Swantje Oppermann
Fieber
Alles. Außer. Kontrolle.

Swantje Oppermann

FIEBER

ALLES. AUSSER. KONTROLLE.

Roman

Swantje Oppermann studierte Literatur, Kultur und Medien an der Universität Siegen sowie Film- und Fernsehwissenschaften an der Universität Utrecht. Nach Zwischenstopps in Santa Barbara, Orlando und Bonn zog sie nach Berlin, wo sie für Film und Fernsehen tätig ist. Von ihr erschien bereits der Roman *Saligia. Spiel der Todsünden.*

Für Lina & Johannes

Dieses Buch ist erhältlich als:
ISBN 978-3-407-75851-4 Print
ISBN 978-3-407-75852-1 E-Book (EPUB)

© 2021 Beltz & Gelberg
in der Verlagsgruppe Beltz · Weinheim Basel
Werderstraße 10, 69469 Weinheim
Alle Rechte vorbehalten
Lektorat: Christian Walther
Einbandgestaltung: UNIMAK GmbH, Hamburg
Einbandbilder: Annie Spratt, Pawel Czerwinski, Dan Gold / unsplash
Herstellung und Satz: Elisabeth Werner
Druck und Bindung: Beltz Grafische Betriebe, Bad Langensalza
Printed in Germany
1 2 3 4 5   25 24 23 22 21

Weitere Informationen zu unseren Autor_innen und Titeln finden Sie unter:
www.beltz.de

BRANDENBURG

Schweiß stand Evie auf der Stirn. Sie schnappte nach Luft wie ein Taucher, der zu lange unter Wasser gewesen war.

Das Vorderrad quietschte unter ihrem Tritt. Die Felge war verzogen und leistete bei jeder Umdrehung Widerstand. Evie drehte sich um. Die letzten Häuser, an denen sie vorbeigezogen war, wachten dort wie verlassene Hochsitze. Seufzend sog sie die schmerzhaft kühle Luft ein. Zurückzuschauen war, wie in eine tiefe Schlucht zu blicken, die man zu überqueren hatte. Keine gute Idee.

Mit dem nächsten Tritt kam Evie aus dem Gleichgewicht. Sie zog die Bremse und hielt schlitternd im Schotter des Straßenrandes. Der Schnürsenkel ihres Boots hatte sich in der Pedale verheddert. Als sie von ihrem Rad stieg, um ihn zu lösen, stürzte Evie. Sie fing ihren Körper an einem knochigen Baum ab, der am Wegrand wuchs. Das Fahrrad hing an ihrem Schuh wie eine übergroße Fußfessel. Es begrub ihren Unterkörper, als Evie einbeinig zu Boden sank. Ihr fehlte der Atem, um laut darüber zu fluchen.

Dafür schrien ihre wunden Fingerkuppen auf, als sie sich an dem Schnürsenkel zu schaffen machte. Die Wohnsiedlung hinter ihr schien mit jedem Atemzug wieder näher zu rücken, als bewege Evie sich rückwärts. Es war zu früh für eine Pause. Aber jetzt hing ihr Fuß fest, ihre Lunge prickelte und unter der dicken Kleidung war es entsetzlich heiß. Kalte Luft strömte durch den Stoff ihres Pullovers, als Evie den Reißverschluss des Mantels aufzog.

Während ihre Finger erneut das spitze Ende des Schnürsenkels zu fassen suchten, blickte Evie gen Himmel. Ein weißer Schleier hing seit Tagen über der Welt. Nicht einmal der Himmel sah mehr so aus wie früher. Sie hatten ihn seiner Farben beraubt.

Evie biss die Zähne aufeinander, als sie mit den Fingern abrutschte. Der Nagel ihres Zeigefingers grub sich in das rosafarbene Fleisch unter ihrem abgekauten Daumennagel.

»Gib mir meinen Schuh zurück und ich werde nie wieder an den Nägeln kauen«, fluchte sie.

Ihr Wunsch wurde nicht erhört. Schließlich schlüpfte sie aus dem Schuh und löste den Schnürsenkel aus dem Boot. Das Pedal hatte den Kampf gewonnen. Es durfte ihn behalten.

Evie lehnte sich gegen den Baum, der krumm neben der Fahrbahn wuchs wie eine angefahrene Straßenlaterne. Sie schätzte, dass sie bisher etwas mehr als fünfzehn Kilometer zurückgelegt hatte. Direkt vor ihr lag das Naturschutzgebiet. Ungefähr zwei Drittel der Strecke standen ihr somit noch bevor.

Müll quoll ihr entgegen, als sie ihren Rucksack öffnete. Evie grub nach ihrem Smartphone. Erst nachdem sie die halbe Tasche geleert hatte, wurde sie fündig. Sie schaltete das Gerät ein. Ihr blieben 28 Prozent Akku. Evie prüfte den oberen rechten Rand des Displays. Kein Empfang. Immer noch nicht.

Sofort schaltete sie das Smartphone wieder aus. Zu gern hätte sie ein wenig Musik gehört, aber das konnte sie sich bei dem niedrigen Akkustand nicht erlauben.

Stattdessen ergriff sie die gläserne Trinkflasche, die in der Seitentasche steckte. Trüb schwappte das Wasser in dem Gefäß. Mit dem Zeigefinger fischte Evie eine tote Mücke heraus, dann trank sie einen Schluck. Beinahe kam ihr die Flüssigkeit wieder hoch. Der Geschmack von Stein und Moos mit einer Apfelnote hing ihr in der Kehle. Wie Feinstaub legte er sich über Evies Speiseröhre. Mit verzogenem Gesicht wischte sie sich den Mund ab. Am liebsten hätte sie keinen Schluck mehr von der Brühe getrunken, aber sie hatte das Gefühl, mit jedem Tropfen mehr Durst zu bekommen. Pelzig legte sich der Geschmack über ihre Zunge. Für einen Moment wurde ihr schwindelig. Dieses Durstgefühl, die Hitze, die trockene Zunge ... sie kannte die Symptome. Mit unruhiger Hand griff sie nach dem Smartphone und hielt es sich vor die Augen. Waren ihre Pupillen geweitet? Sie konnte es in der schwachen Spiegelung kaum ausmachen.

»Nein«, sagte sie zu sich selbst. »Nein.« Evie sammelte hastig ihre Utensilien ein und steckte sie zurück in den Rucksack. Wollpullover, Trinkflasche, Energieriegel, Kopfhörer, Taschenlampe, den zerlesenen Zeitungsartikel. Sie musste sofort weiterziehen.

»Nein, bitte nicht«, murmelte sie.

Wenn ihre Befürchtung stimmte, dann blieben Evie maximal vierundzwanzig Stunden. Wahrscheinlich weniger.

Vierundzwanzig Stunden.

Dann war sie tot.

EVIE 1

Meine Geschichte beginnt, lange bevor ich geboren wurde. Millionen von Entscheidungen, Milliarden kleiner Handlungen haben dazu geführt, dass ich diese Fahrt auf mich nehme. Auf einige der Entscheidungen hatte ich einen Einfluss. Auf die meisten nicht.

Auch ich kenne nicht die ganze Story. All die Zusammenhänge, die komplizierten Verstrickungen, die komplexen Vorgänge, die zu dieser Katastrophe geführt haben. Ich kann lediglich meine Sicht der Ereignisse schildern, so gut ich mich daran erinnere. Manchmal passierten sie so schnell, überholten uns gar, dass wir nicht mehr hinterherkamen.

Fieber hat alles verändert. Das Leben, das ich vor einem Jahr lebte, hat nichts mit dem Heute und Jetzt gemeinsam. Ich war ein normales sechzehnjähriges Mädchen. Ich hatte Träume und Wünsche. Ängste und Macken. Einige davon habe ich noch immer, andere sind nicht länger von Bedeutung.

Ich wollte die Welt bereisen. Mit dem Zug nach Paris oder Moskau, mit dem Segelboot nach Schweden oder bis nach Kapstadt. Ich wollte studieren. Was genau, hatte ich mir noch nicht überlegt. Hauptsache, in Berlin. Ich wollte einen Nebenjob annehmen, um mir die Kleidung leisten zu können, für die meine Eltern kein Geld ausgeben wollten. Vielleicht würde ich in einem Café arbeiten, regelmäßig Open Stage Nights organisieren und neue Musiker entdecken. Ich wollte nach dem Abitur mit meinem Freund Cedric in eine eigene Wohnung ziehen. Eine mit einem Balkon, von dem aus unsere zukünftigen Katzen auf die Straße herabblicken konnten.

Ich dachte, das wäre nicht zu viel verlangt.

Jetzt aber möchte ich nur noch eines: leben.

2

Meine erste Begegnung mit Fieber hatte mit einer positiven Nachricht zu tun. Es war der letzte Tag unseres Italienurlaubs und der vorletzte Tag der Sommerferien. Mama und ich standen uns seit einer halben Stunde in der Abflughalle die Beine in den Bauch. Wir hatten die letzten drei Wochen jeden Tag miteinander verbracht und einander entsprechend nichts mehr zu erzählen. Stattdessen lehnte ich mit Kopfhörern in den Ohren an einer Säule und schoss über mein Handy Nachrichten nach Deutschland.

»Wem schreibst du? Pippa?«, kämpfte Mamas Stimme gegen den Klang der Gitarre in meinen Ohren an.

»Ric«, antwortete ich knapp.

»Ich hätte dich nicht für so anhänglich gehalten«, sagte Mama.

Sie meinte es freundlich, erntete dafür aber einen irritierten Seitenblick von mir. »Ich bin nicht anhänglich.«

»Dafür verbringt ihr aber viel Zeit miteinander«, bemerkte sie.

Ich befand es für überflüssig, darauf einzugehen.

Mama streckte die Beine durch, wippte auf und ab. »Ich mag die Kombination. Außergewöhnlich.«

»Ric und ich?«, fragte ich verdutzt.

Lachend schüttelte sie den Kopf und deutete auf meine Fingernägel.

Für einen Moment nahm ich den Daumen vom Display und betrachtete mein Werk. Ich hatte die untere Hälfte der Nägel rosa lackiert und die Enden rot übermalt.

»Danke«, sagte ich und widmete mich wieder meinem Handy.

Als wir endlich an der Reihe waren, um unser Gepäck aufzugeben, bekam ich dies nur mit Verzögerung mit. Mama stupste mich mit dem Ellenbogen an, damit ich dem Flughafenmitarbeiter wenigstens das Mindestmaß an Respekt entgegenbrachte: einen Blick.

»Es freut mich, Ihnen mitteilen zu dürfen, dass Sie heute mit uns in der Business-Klasse fliegen«, verkündete der Mann hinter dem Check-in-Schalter mit einem unverhältnismäßig breiten Lächeln. Für jemanden, der sich täglich die Beschwerden von Passagieren anhören muss, war dies vermutlich das Highlight des Tages. Dementsprechend enttäuschend muss Mamas Reaktion für ihn gewesen sein.

Die zog eine verwunderte Grimasse. »Bei so einem kurzen Flug gibt es eine Business-Klasse?«

Das war typisch für sie.

Ich nahm den Ohrstöpsel aus dem linken Ohr, um mich besser in das Gespräch einbringen zu können. »Freu dich doch«, sagte ich und bemühte mich um die Begeisterung, die sie dem armen Fluglinienmitarbeiter verwehrte.

»Ein Upgrade«, murmelte Mama, als wir in die Business-Lounge geführt wurden.

»Papa wird sich ärgern, dass er früher geflogen ist«, kommentierte ich.

»Es ging nicht anders. Er wird nun mal in Zürich gebraucht. Das weißt du.« Mama blickte sich in der Lounge um, in der auffällig viele Männer in Anzügen saßen. »Siehst du. Bei der Bahn würde so etwas nie passieren. Die wissen nicht einmal, wie man Service buchstabiert.«

»Mama«, stöhnte ich.

Sie sagte es, um mich zu triezen. Als wir die Reise zu meinen Großeltern in die Toskana geplant hatten, hatte ich vorgeschlagen, zur Abwechslung mit der Bahn zu fahren. Mit dem Nachtzug kam man innerhalb von vierzehn Stunden nach Florenz. Mama aber weigerte sich, ihre kostbaren Urlaubstage in einem übervollen Abteil zu verbringen.

Bevor ich auf ihre Stichelei eingehen konnte, schoss mir ein Schmerz durch den Knöchel.

»Scusi«, murmelte jemand neben mir, um mich im nächsten Moment zur Seite zu schubsen.

Der Mann, der mir in die Hacke getreten war, beachtete mich nicht weiter. Auch er gehörte zur Spezies Geschäftsmann. Mit der linken Hand hielt er sich ein Telefon ans Ohr. Mit der anderen griff er nach einer Flasche Wasser. Auf dem Rückzug rempelte er mich erneut an. Diesmal bekam ich kein ›Scusi‹.

Ich rieb mir den schmerzenden Knöchel. »Ich wusste nicht, dass ich zum Boxsack upgegradet wurde.«

»Evelyn«, mahnte Mama und stieß mir zum dritten Mal an diesem Tag den Ellenbogen in die Seite.

Für mich war das eine klare Bestätigung. Ich *war* ab jetzt der Boxsack. Entnervt sah ich dem Mann hinterher. Er versprühte die Unruhe eines Wespenschwarms. An seinem Handgelenk funkelte eine Rolex, auf die er immer wieder nervöse Blicke warf. Untertassengroße Schweißflecken bildeten sich unter den Achseln. Das Gefäß unter seinem linken Auge pulsierte verdächtig. Schweiß lag ihm auf der Oberlippe, während er hektisch in sein Handy plapperte. *Ratattatatta.* Wie Gewehrfeuer.

Obwohl ich ein wenig Italienisch sprach, verstand ich kein Wort. Es klang, als stünde der Mann unter Druck. Ein Dampfkessel, der jeden Augenblick zu explodieren drohte. Er sah aus, als wolle er nicht hier sein. Und irgendwie passte er auch nicht ins Bild. Er wirkte wie jemand, für den selbst die Business Class zur Holzklasse gehörte.

Als das Boarding begann, setzte sich der Mann zu meiner Erleichterung auf einen Platz drei Reihen schräg vor uns. Genug Abstand, um uns nicht weiter mit seinem Geplapper zu beschallen. Kurz vor dem Start hörte er auf zu telefonieren. Speisen und Getränke lehnte er ab. Er machte stattdessen die Augen zu, um sich auszuruhen.

Tatsächlich unterschied sich die Business-Klasse bei einem so kurzen Flug kaum von der Economy. Wir bekamen ein extra Sandwich (labbrig) und Kaffee (dünn). Die Sitze waren etwas bequemer. Der Rest war nahezu identisch. Mama verbarg ihre Enttäuschung darüber nicht.

»Business-Klasse ist eine Übertreibung«, murmelte sie, als hätte sie für diese Plätze mehr gezahlt.

Erschöpft von der Reise zum Flughafen, entschied ich mich ebenfalls für ein Nickerchen. Mama war in ihr Buch vertieft und damit grundsätzlich unansprechbar. Ich lehnte mich zurück und zupfte den Mundschutz in meinem Gesicht zurecht. Darauf abgebildet war die flauschige Nase eines Kaninchens. Das war mein liebstes Design. Ric hatte mir den

Mundschutz geschenkt. Inzwischen besaß ich mindestens ein Dutzend Masken.

Meine Augen brannten von der trockenen Flugzeugluft. Die Lider fielen mir von alleine zu.

Ich weiß nicht, wie lange ich schlief. Es konnten nicht mehr als dreißig Minuten gewesen sein, aber es fühlte sich an wie ein halber Tag. Der Geschäftsmann erschien mir im Traum. Erneut rempelte er mich an. Als ich die Augen wieder öffnete, machte sich der kostenlose Kaffee bemerkbar. Ich schnallte mich los und ging den schmalen Gang vor zu der Kabine. Die Toilette befand sich direkt hinter dem Cockpit. Sie war besetzt.

Ich lehnte mich gegen die Kabinenwand und wartete. Der Platz des Geschäftsmannes war leer. Natürlich blockierte er das WC. Wer sonst?

Ich überkreuzte die Beine und starrte in den Gang. Die meisten anderen Passagiere schliefen. Einige spielten auf ihren Handys herum. Wenige lasen. Kaum jemand unterhielt sich. Da war nur das Rauschen der Turbinen. Ein beruhigendes Geräusch, das davon ablenkte, dass wir in einer tonnenschweren Kapsel eingeschlossen waren, die Tausende von Metern über der Erde schwebte.

Erneut rieb ich mir die Augen. Mir ist es ein Rätsel, warum Reisen so anstrengend ist. Man sitzt die meiste Zeit herum oder wartet. Am Ende des Tages fühlt man sich, als wäre man die ganze Strecke zu Fuß gelaufen.

Das Schloss der Toilettenkabine öffnete sich klackend. Ich weiß nicht mehr, was als Nächstes kam. Der Knall oder der Schrei? Vielleicht beides gleichzeitig.

Die Toilettentür flog auf. Im nächsten Moment lag ich unter dem Geschäftsmann begraben. Der Bereich war zu eng für uns zwei. Unsere Körper verkeilten sich zwischen Tür und Wand. Später wurde mir bewusst, dass mein Kopf einen metallenen Trolley nur um Millimeter verfehlt haben musste.

Der Mann wog mindestens hundert Kilo. Er schrie mich auf Italienisch an. Der Mundschutz baumelte von seinem linken Ohr. Speichel flog mir ins Gesicht. Seine linke Hand umfasste den Stoff meines Sweatshirts. Die andere war unter meinem Oberkörper begraben. Sein Gesicht war feuerrot, die Pupillen geweitet, Schweiß perlte ihm von der Stirn, als er mich zu Boden drückte. Diese Augen. Wild und panisch wie bei einem angeschossenen Tier.

Wehrlos wand ich mich unter ihm. Ich bekam keine Luft. Das gesamte Gewicht des Mannes lastete auf mir. Für mich gab es keine Möglichkeit, mich zu befreien. Er zerrte am Kragen seines Hemds, schrie mir weiter italienische Worte ins Gesicht. Die immer gleichen Worte. Aber ich verstand sie nicht. Das sagte ich ihm unter Luftnot. Auf Deutsch.

Dann riss ihn jemand von mir herunter, zurück in den Gang. Der Mann stotterte vor sich hin. Schaum trat aus seinen Mundwinkeln.

Eine Handvoll Passagiere aus der Business-Klasse versammelte sich um den Mann. Eine Stewardess und ein Steward hatten Mühe, an ihnen vorbeizukommen. Sie versperrten mir die Sicht auf den zuckenden Körper.

Ich lag nach wie vor auf dem Boden. Mein Hinterkopf schmerzte. Ich war damit an die Wand geknallt, als der Mann auf mir gelandet war. Den Abdruck seiner Hand spürte ich noch auf meinem Rücken. Glühend heiß wie ein Brandmal.

Über die Lautsprecherdurchsage fragte die Stewardess, ob ein Arzt an Bord sei.

Dann stand Mama plötzlich neben mir und half mir, mich aufzusetzen. Sie fragte, ob es mir gut ginge. Ich reagierte nicht, aber ein klares »Nein« wäre die einzig richtige Antwort gewesen.

Der Mann lag im Gang. Seine Augenlider flatterten wie Mottenflügel. Einige der Passagiere waren wie versteinert, andere filmten den Vorfall mit dem Handy. Aus der Economy Class drängten weitere Passagiere nach vorne, um einen Blick auf das Geschehen zu bekommen. Einige von ihnen gaben dem Arzt, der sich mittlerweile zu dem Patienten vorgekämpft hatte, auf unterschiedlichen Sprachen Ratschläge. Deutsch, Englisch oder Italienisch; sie waren alle nutzlos. Denn der Arzt wirkte genauso hilflos wie alle anderen. Er sei eigentlich Gynäkologe, gestand er.

Mama fragte einen der Mitfliegenden, was mit dem Mann los sei. Keiner kannte die Antwort.

»Er hat nur immer wieder gesagt, dass er verbrennt«, behauptete jemand.

Dann regte sich der Geschäftsmann nicht mehr.

Eine halbe Stunde nach der Notlandung war er tot.

Ich weiß bis heute nicht, wie er hieß.

3

Noch Stunden später hörte ich die Schreie des Mannes in meinen Ohren wie einen grausamen Ohrwurm. Ich fühlte seinen Atem auf meinem Gesicht. Das Gewicht auf meinem Körper. Die Hand im Rücken.

»Ich habe noch nie eine Person sterben sehen«, sagte ich, als wir auf unsere Koffer warteten. Mit den Worten traten mir Tränen in die Augen.

Mama war selbst erschüttert. Ihr ganzer Körper war wie versteinert. Sie versuchte trotzdem, mich zu trösten. Schützend legte sie einen Arm um meine Schultern und versprach mir mit dünner Stimme, dass alles wieder gut werden würde. Ein Versprechen, das sie nicht halten konnte. Schon gar nicht für den toten Mann.

Meine Schwester Romy holte uns überraschend vom Flughafen ab. Durch den Zwischenfall an Bord und die Notlandung in München hatten wir reichlich Verspätung. Romy war sofort ins Auto gestiegen, sobald sie davon gehört hatte. Papa saß mittlerweile selbst im Flieger nach Zürich.

Wie betäubt sank ich auf die Rückbank. Mama schob sich neben mich. Sie nahm meine Hand und drückte sie. Ihre Fingerspitzen waren eiskalt. Zumindest kam es mir so vor. Vielleicht steckte die Hitze des Mannes noch in meinen

Gliedern. Das Infrarot-Thermometer am Ankunftsterminal hatte meine Körpertemperatur allerdings als normal angegeben.

Da Romy kein eigenes Auto besaß, holte sie uns mit dem Fiat ihres Freundes ab. Eine alte Kiste, die bei jeder Bodenwelle knarzte und in der es permanent nach Heu roch.

In den ersten Minuten herrschte benommenes Schweigen. Dann fragte Romy, wie es Oma und Opa ginge. Mama erwiderte knapp, dass sie das Rentnerdasein weiterhin in vollen Zügen genossen. Oma sprach mittlerweile fast fließend Italienisch. Und Opa hatte den Hang hinter dem Haus mit Olivenbäumen bepflanzt, die inzwischen erste Früchte trugen. Erneutes Schweigen folgte.

Ungefragt begann Romy daraufhin, von ihrem Hof zu erzählen. Nicht wir waren es, die die Stille nicht ertrugen. Sie war es. Sie zählte auf, wie viele Eier die Hühner legten, berichtete, dass sie in diesem Sommer so viele Tomaten und Zucchini geerntet hatten wie nie zuvor, und erklärte, dass sie bei der Installation der neuen Photovoltaik mitgeholfen hatte.

Vor drei Jahren war Romy mit ihrem Freund Vito und einem befreundeten Pärchen auf einen alten Hof in Brandenburg gezogen. Seitdem drehte sich bei ihr alles um das Leben auf dem Land.

Romy redete an einem Stück. Mamas Zwischenbemerkungen fielen einsilbig aus. Ich hörte nur mit einem Ohr hin. Mit dem anderen lauschte ich über meine Kopfhörer der Musik. Aber in Gedanken war ich weiterhin bei dem Mann im Flugzeug.

Als Romy uns vor unserem Haus absetzte, dämmerte es.

Mama machte sich daran, das Gepäck aus dem Kofferraum zu holen. Als ich aussteigen wollte, um ihr zu helfen, hielt Romy mich zurück.

»Kommst du zurecht, Lynnie?«, fragte sie. Eigentlich nannte nur Papa mich so. Irgendwann in den letzten Monaten war auch Romy zu diesem Spitznamen übergegangen. In den falschen Momenten konnte sie eine Nervensäge sein. Aber in den richtigen war sie warmherzig und der Inbegriff von Besonnenheit. Ich rechnete jede Woche damit, dass sie ihre Schwangerschaft verkündete und zur Super-Mum wurde.

»Ja«, sagte ich, nur weil ein »Nein« eine viel längere Antwort verlangt hätte, als ich in diesem Moment zustande bringen konnte.

Entsprechend kaufte Romy es mir nicht ab. »Das muss heftig für dich gewesen sein«, sagte sie. »Bist du sicher, dass du dir nichts getan hast? Mama hat gesagt, dass der Mann voll auf dich draufgeknallt ist.«

Ich schüttelte den Kopf. »Nur ein paar blaue Flecke.«

»Wenn du willst, kannst du für ein paar Tage mit auf den Hof kommen. Übermorgen kriegen wir einen Esel.« Romy lächelte vorsichtig. »Es heißt, dass Esel viel innere Ruhe ausstrahlen. Wenn sie nicht gerade schrecklich laut schreien.«

Jetzt wagte sie sich zu einem vollen Lächeln vor. Romy hatte ein markantes Lächeln. Breit und voll. Sofort wanderten auch meine Mundwinkel ein Stück nach oben.

»Du kommst so selten zu Besuch«, bemerkte sie.

»Danke, Romy. Ehrlich. Aber die Schule geht wieder los«, schlug ich das Angebot aus. »Außerdem wartet Ric schon darauf, mich endlich wiederzusehen.«

»Der Kerl hat es dir echt angetan, was?«

»Wir haben Spaß zusammen«, sagte ich und zuckte mit den Schultern. »Mit ihm vergesse ich alles andere.«

»Ist doch schön. Die erste Liebe.« Romy lächelte, in Erinnerungen versunken. Ich versuchte, mich an ihren ersten Freund zu erinnern. Es gelang mir nicht. Sie hatte so viele gehabt. Romy als Single. Diese Person gab es in meiner Vorstellung nicht.

»Du kannst dich ja melden, solltest du es dir anders überlegen«, sagte sie dann.

Vermutlich lag es an dem Altersunterschied von acht Jahren, dass sie mich wie ihr Kind behandelte und nicht wie ihre Schwester. Romys Verhalten mir gegenüber schwankte zwischen bemutternd und belehrend. Deshalb haben wir nie ein besonders inniges Verhältnis zueinander entwickelt. Und weil sie genau dann von zu Hause auszog, als ich sie am meisten gebraucht hätte: Als ich in die Pubertät kam. Manchmal fühlte ich mich wie ein Einzelkind, so sehr hatte Romy sich aus unserem Alltag entfernt.

Hinter uns knallte die Kofferraumklappe zu. Mama zog die beiden Koffer zur Haustür. Romy sah ihr nach.

»Kommst du noch mit rein?«, fragte ich.

Sie schüttelte den Kopf. »Passt aufeinander auf, ja?«, bat sie. »Du siehst ja, wie schnell es gehen kann. Mama hat gesagt, dass der Mann wohl einen epileptischen Anfall hatte?«

Diese Einschätzung teilte ich nicht. »Wie kommt sie ausgerechnet darauf?«, fragte ich.

Romy zuckte mit den Schultern.

Ich wusste nicht, was Mama zu dieser Diagnose geführt hatte.

Das rot glühende Gesicht des Mannes blitzte vor meinen Augen auf.

Stürzten sich Personen mit einem epileptischen Anfall auf andere Leute? Schrien sie? Klagten sie über das Gefühl, zu verbrennen?

Für den Rest des Abends konnte ich an nichts anderes mehr denken.

Woran war der Mann wirklich gestorben?

4

In dieser Nacht bekam ich kein Auge zu. Ich lag auf dem Rücken. Arme und Beine von mir gestreckt. Die Decke weit weg am Fußende des Bettes. Um kurz nach vier Uhr morgens gab ich auf.

Ich griff nach meinem Smartphone und suchte nach einer Erklärung. Anfangs war das eine schwachsinnige Idee. Ich hätte mir denken können, dass man nur auf Grausiges stößt, wenn man nach Schlagwortkombinationen wie ›Menschen‹, ›krank‹ und ›verbrennen‹ sucht. Wer lud solche Bilder hoch? Und, schlimmer noch, wer wollte sie sehen? Ich war in eine Ecke des Internets vorgestoßen, die ich eigentlich versuchte zu meiden.

Ich klickte mich durch unzählige Artikel, las über Brandopfer und brennende Ausschläge, über Notfälle in Flugzeugen, selbst über das Burning Man Festival. Keiner der Texte enthielt hilfreiche Hinweise.

Nach einer Weile kam ich auf die Idee, nach Videos aus dem Flugzeug zu suchen. Einige der Passagiere hatten mitgefilmt. Vielleicht hatte jemand einen Mitschnitt online gestellt.

Fast war ich erleichtert, als auch diese Suche keine Ergebnisse hervorbrachte. Wollte ich das Ganze wirklich noch einmal auf dem Display ansehen? Die Bilder waren auch so in mein Gehirn eingebrannt.

Ich war kurz davor, aufzugeben und mich einer Nacht voller Albträume zu stellen, als ich auf den ersten nützlichen Artikel stieß. Er war wenige Wochen alt. Darin wurden ein Dutzend Todesfälle miteinander in Verbindung gebracht. Von einigen hatte ich schon in den Medien gehört, weil die Opfer so prominent waren.

Der reichste Mann der Welt. Ein saudischer Prinz. Der spanische Besitzer eines der größten Textilunternehmen der Welt. Ein Mitarbeiter eines amerikanischen Agrarkonzerns. Ein indischer Kohlebaron. Der CEO einer US-amerikanischen Investmentfirma … Ihre Todesfälle gaben Experten weltweit Rätsel auf.

In dem Artikel behauptete der Journalist, einen Zusammenhang erkannt zu haben. Mehreren Quellen zufolge hätten einige der Betroffene kurz vor ihrem Tod von einem Hitzegefühl berichtet. Die Körpertemperatur stiege schlagartig an. Augenzeugen zufolge hatten mindestens drei von ihnen beklagt, dass sie das Gefühl hätten, von innen zu verbrennen.

Die Todesfälle traten alle unabhängig voneinander auf. Viele der Betroffenen waren einander nie begegnet. Im näheren Umfeld der Verstorbenen hingegen gab es bisher keine ähnlichen Fälle oder Vorerkrankungen. Der Autor des Artikels glaubte trotzdem felsenfest an eine Verbindung. Die Opfer zählten zum Who's who der Weltwirtschaft. Entscheider. Staatslenker.

Das konnte kein Zufall sein.

Nachdem ich den Artikel gelesen hatte, war mir unwohler

als zuvor. Ich hatte meine Suche in der Hoffnung nach Antworten gestartet. Antworten, die mir Gewissheit gaben. Die hatte ich nicht gefunden. Und jetzt saß ich aufrecht im Bett.

Ich suchte nach weiteren Quellen. Einige Seiten zitierten den Artikel. In mehreren Foren wurde darüber diskutiert. Ein Großteil der Nutzer hielt den Autor für einen Spinner. Und die Nutzer, die ihn doch ernst nahmen, klangen selbst nach den ärgsten Verschwörungstheoretikern. Sie trugen Nutzernamen wie *flatearther4real* und *princelebt*.

Kaum ein anderes Medium sprang auf die Theorie auf. Die Sache war im täglichen Nachrichtenkreislauf untergegangen.

Trotzdem klang der Artikel für mich glaubhaft. Die vielen Todesfälle. Die Beschreibung der Symptome. Es traf alles genau auf den Mann aus dem Flugzeug zu. Nur hatte ich keine Ahnung, wie der dazu passen sollte.

Ich hatte einen ersten Hinweis gefunden.

An Schlaf war in dieser Nacht nicht mehr zu denken.

5

»Lies das«, sagte ich am nächsten Morgen und legte das Handy auf Mamas Frühstücksbrett.

Fragend sah sie mich an.

»Ich glaube, der Mann gestern ist daran gestorben«, sagte ich.

Mama überflog den Artikel in weniger als fünf Sekunden. Ich bezweifelte, dass sie dabei auch nur ein Wort erfasste. »Woran?«

»An dieser«, ich suchte nach dem richtigen Wort, »Hitze.«

»Hitze? Evie, der Mann hatte einen Anfall. Vermutlich einen epileptischen Anfall.«

»Das war kein epileptischer Anfall.«

Da war ich mir mittlerweile sicher.

Mamas Stirn schlug besorgte Falten. Ich kannte diesen Ausdruck. Er gefiel mir nicht. »Du siehst aus, als hättest du kaum geschlafen.« Sie nahm meine Hand und zog mich näher an sich heran. Dann betastete sie meine Stirn. »Wie fühlst du dich?«

Ich drehte den Kopf zur Seite und wand mich aus der Berührung. »Ich hab nichts.«

»Ich möchte nicht, dass du dich wieder in etwas hineinsteigerst.«

»Ich steigere mich da nicht hinein«, widersprach ich und war mir selbst nicht sicher, ob das stimmte. Schon einmal war mir die Kontrolle über meine Gefühle entglitten. Das lag gerade einmal sechs Monate zurück.

»Schatz, was da gestern passiert ist, ist furchtbar«, sagte sie. »Aber bitte denk nicht mehr darüber nach, als du musst. Das tut dir nicht gut. Das weißt du.«

»Machst du dir denn gar keine Gedanken?«, fragte ich.

»Natürlich. Ich …« Mama hielt inne und setzte sich auf. Sie wählte ihre Worte wohlüberlegt, als hätte sie Angst, etwas Falsches zu sagen. Dabei hätte ich gerne gewusst, was wirklich in ihr vorging, anstatt die zensierte Version zu hören. »Wir können dem Mann nicht mehr helfen. Es bringt nichts, sich darüber den Kopf zu zerbrechen. Aber wenn dich das zu stark mitnimmt, dann …«

»Schon gut«, unterbrach ich sie und nahm das Smartphone.

»Evie.« Mamas Hand wand sich um mein Handgelenk. »Du kannst mit mir über alles reden.«

Ich nickte. »Ich weiß.«

Ein Seufzen entwich meinen Lippen. Ich konnte über alles mit Mama reden. Das bedeutete noch lange nicht, dass sie mich auch verstand. Ich ging zurück auf mein Zimmer und checkte meine Nachrichten. Ric hatte noch nicht auf meine nächtlichen Zeilen geantwortet. Vermutlich schlief er noch. Ich bat ihn, sich zu melden, sobald er wach war.

Dann fragte ich Pippa, ob sie Zeit hatte, zu uns nach Hause zu kommen. Obwohl es frühmorgens war, antwortete sie nach wenigen Augenblicken.

Pippa und ich kennen uns seit der ersten Klasse. Seit der zweiten sind wir beste Freundinnen.

Sind.

Waren.

Nach den Ereignissen der letzten Wochen bin ich mir da nicht mehr so sicher.

Mit Ric hatte ich vor allem Spaß. Er machte gerne Witze, aber auf richtige Diskussionen ließ er sich nicht ein. Schnitt man ein tief greifendes Thema an, war das Gespräch mit hundertprozentiger Sicherheit nach einer Minute beendet. Ric war schlecht darin, seine Gedanken und Gefühle auszudrücken. Das bedeutete nicht, dass er sie nicht hatte. Er sprach nur nicht gerne darüber. Vielleicht lag es daran, dass er der Jüngste von vier Brüdern war. Zu Hause fragte ihn niemand nach seiner Meinung.

Bei Pippa hingegen war das Gegenteil der Fall. Sie war Einzelkind. Sie drängte anderen ihre Meinung nahezu auf. Dafür konnte man mit ihr über die ernsten Fragen des Lebens reden, denn sie selbst war meistens ernst. Das fing schon in ihrem Gesicht an. Die ausdrucksstarken Augenbrauen schossen wie Pfeile auf ihre angedeutete Zornesfalte zu. Ihre spitze Nase roch jedes Problem auf fünfzig Meter Entfernung. Ihre kastanienbraunen Augen suchten stets nach einer Lösung.

Seit anderthalb Jahren war sie besonders ernst.

Seitdem wollte sie nicht mehr mit Pippa, sondern mit ihrem vollen Namen, Filippa, angesprochen werden. Plötzlich war auch ich nicht mehr Evie, sondern Evelyn.

Bis zuletzt konnte ich mich daran nicht gewöhnen. Es war, als spräche eine Fremde mit mir. Als ich Mama einmal davon erzählte, sagte sie mir, dass es normal sei, dass Freunde sich auseinanderentwickelten und unterschiedliche Wege einschlugen. Dass es in dem Fall keine Schuldige gab. Jede von uns tat das, was sie für richtig hielt.

Trotzdem fühlte es sich falsch an. Ich wollte nicht, dass sich alles änderte. Ich wollte, dass alles wieder so wurde, wie es einmal gewesen war. Ich hatte ja keine Ahnung, was noch auf uns zukommen würde.

»Wie geht's dir?«, fragte Pippa, als sie zur Tür hereinkam. Ihre Stirn schlug besorgte Falten. Auch wenn wir mittlerweile unterschiedlichen Interessen folgten, waren wir doch füreinander da. Sie zog mich in eine feste Umarmung. Bei ihrem Geruch hatte ich das Gefühl, nie aus der Toskana abgereist zu sein. Pippa benutzte Olivenöl statt herkömmlicher Body Lotion. Das Haar wusch sie mit Zitronenwasser.

»Der erste Schock ist überwunden«, sagte ich.

Pippa legte ihren Mantel ab. Ein altes Stück aus ockerfarbener Wolle, das sie ihrer Mutter abgequatscht hatte. Sie trug fast ausschließlich Secondhandkleidung. Da Modetrends sich ständig wiederholten, sah man ihr meistens nicht an, dass ihre Kleidung älter war als sie selbst.

»Was ist denn hier passiert?«, fragte Pippa, als ich sie in mein Zimmer führte.

Die Gardinen waren zugezogen. Mein Koffer stand samt schmutziger Wäsche in der Ecke. Poster meiner Lieblingskünstler lagen auf dem Bett verteilt. Ich hatte sie abgehängt, um eine freie Fläche an der olivgrünen Wand zu schaffen.

Ich schaltete den Beamer ein, den ich aus Mamas und Papas Bürozimmer herübergeholt und an den ich meinen Laptop angeschlossen hatte. Als Abstellfläche diente die Kommode, die jetzt in der Mitte des Zimmers stand.

Der Lichtstrahl des Beamers warf ein rechteckiges Bild an

die Wand. In der Mitte der Projektion befand sich der Artikel, den ich in der Nacht zuvor entdeckt hatte. Drum herum hatte ich digitale Karteikarten angeordnet, eine pro Todesopfer. Darauf standen Name, Funktion und Todestag der jeweiligen Person. Ich hatte Bilder von ihnen rausgesucht und hinzugefügt. Durch die Wandfarbe erhielten ihre Gesichter eine kränkliche Färbung. Grün war eigentlich die Farbe der Hoffnung. In diesem Fall sorgte sie für einen furchtbaren Teint.

Knapp zwei Dutzend Karten wurden in Sternform an die Wand projiziert. In der vergangenen Stunde war eine Person – wie ich vermutete – hinzugekommen. Ein brasilianischer Minister. Die Opfer stammten aus allen Regionen der Welt. Die einzige Verbindung, die zwischen ihnen bestand, war, dass sie einflussreich und wohlhabend waren.

»Die Schule hat doch noch gar nicht wieder angefangen«, wunderte sich Pippa. Die Falte zwischen ihren Augenbrauen erreichte eine bisher ungeahnte Tiefe.

Ich erklärte ihr, was es mit meinen privaten Hausaufgaben auf sich hatte.

»Die sind alle an der gleichen Sache gestorben?«, fragte Pippa. Sie stieg auf das Bett und kniete sich vor die Projektion, sodass ihr Körper einen Schatten an die Wand warf. In ihrem Hinterkopf setzten sich die ersten Rädchen in Bewegung.

»Scheint so«, antwortete ich. »Und der Mann gestern im Flugzeug gehört auch dazu. Glaube ich.«

Pippa musterte die Bilder. »Die ist auch tot?«

Sie deutete auf die Karte im unteren linken Zacken des Sterns. Darauf zu sehen war die Erbin eines Kosmetikimperiums.

»Was hat die Frau mit dem Gründer einer Firma im Silicon Valley zu tun? Oder mit der Vorsitzenden eines«, Pippa stockte kurz, als sie die Karte las, »chinesischen Internetkonzerns?«

Ich zuckte mit den Schultern. »Ich weiß nicht, wie das alles zusammenhängt oder wie der Mann aus dem Flugzeug da reinpasst. Aber das geht offenbar schon seit Monaten so. Und bis jetzt hat noch niemand eine Verbindung hergestellt.« Ich deutete auf den Artikel in der Mitte. »Bis auf ihn.«

Pippa überflog die ersten Zeilen des Textes. Sie fasste ihre schulterlangen Haare zusammen und band sie zu einem Zopf hoch. Auf beiden Seiten kam ein Undercut zum Vorschein.

»Warst du beim Friseur?«, fragte ich.

Pippas Augenbrauen formten zwei Widerhaken. Sie deutete auf das raspelkurze Haar an der Seite ihres Kopfes.

Ich nickte.

»Das trage ich schon seit ein paar Wochen so«, sagte sie dann.

Ich versuchte, mich daran zu erinnern, wann ich Pippa zuletzt mit hochgebundenem Haar gesehen hatte. Es gelang mir nicht. An den Undercut konnte ich mich auf jeden Fall nicht erinnern.

»Glaubst du, jemand hat die alle gezielt umgebracht?«, fragte ich. Bei dem bloßen Gedanken wurde mir übel.

Pippa legte den Kopf schief. Je mehr sie nachdachte, desto mehr spitzten sich ihre Lippen. Ihr Blick wanderte über die Karteikarten. »Wenn da was dran wäre, dann würden die Medien sich doch darauf stürzen, oder?«

»Womöglich suchen sie glaubwürdige Quellen«, warf ich ein. Selbst ich musste zugeben, dass die Beweislage dünn war. Und doch sagte mir mein Bauchgefühl, dass das nicht alles sein konnte.

Pippa sackte zurück, bis sie auf ihren Hacken saß. »Aber warum? Warum sollte das jemand tun? Ich kann mir das einfach nicht vorstellen.«

»Terror? Politische Morde? Ein wahnsinniger Serienmörder, der es auf die Reichen und Mächtigen abgesehen hat? Es muss eine Erklärung geben«, sagte ich.

Ich wusste selbst nicht, warum ich so darauf bestand. Jetzt, da einmal der Gedanke, dass mehr dahintersteckte, in meinen Kopf gepflanzt war, wurde ich ihn nicht mehr los. Dabei war es doch unkomplizierter, das Ganze als Zufall abzutun, keinen Zusammenhang darin zu sehen und nicht weiter darüber nachzudenken.

Pippa verzog das Gesicht. »Ich bin keine Expertin für Serienmörder. Aber wenn sich schon jemand die Mühe macht, all diese Leute umzubringen, dann würde der doch wollen, dass das bekannt wird. Denen geht es doch meistens um Aufmerksamkeit und Anerkennung.« Pippa zuckte mit den Schultern. »Also, mich würd's stören, wenn ich mir die ganze Arbeit machen würde, aber niemand es mitbekommt.«

»Vielleicht machen die oder der Täter sich ja einen Spaß daraus. Vielleicht warten sie darauf, dass jemand den großen Zusammenhang sieht.«

»Und wie sollen die sich Zugang zu den ganzen Leuten verschafft haben? Die haben doch alle Bodyguards und Sicherheitspersonal.« Pippa zog die linke Augenbraue zu einem Bogen. »Sei mir nicht böse, aber das alles klingt ein wenig nach Verschwörungstheorie.«

Ich ließ die Schultern hängen. »Du hast recht.«

Frustriert biss ich mir auf die Unterlippe. In der Nacht hatte ich noch über *flatearther4real* gespottet, jetzt stellte ich selbst solche Vermutungen an. Die Projektion an der Wand hätte besser in den Keller eines Preppers gepasst als in das Zimmer einer Sechzehnjährigen.

»Du bist ganz blass«, bemerkte Pippa und stand vom Bett auf. »Willst du dich setzen?«

Ich schüttelte den Kopf.

»Das war alles zu viel für dich«, sagte sie. »Es ist besser, wenn du das Teil ausschaltest und versuchst, dich abzulenken. Mach mal die Gardinen auf und lass frische Luft rein. Dich hier einzuschließen und dir den Kopf zu zerbrechen, bringt doch nichts. Die Sache klärt sich bestimmt bald von selbst«, sagte sie. Sie wartete einige Sekunden, bis sie einen anderen Vorschlag einbrachte: »Du könntest mit zum Plenum kommen.«

Stumm schüttelte ich den Kopf. Das war der letzte Ort, an den ich wollte. Gerne hätte ich es ihr erklärt, aber ich brachte es nicht über mich.

Pippa spitzte die Lippen. Ein klares Zeichen dafür, dass ihr ein paar unausgesprochene Worte auf der Zunge lagen. Irgendwann in den letzten sechs Monaten hatten wir aufgehört, jeden unserer Gedanken miteinander zu teilen.

In dem Augenblick ertönte ein Klopfen. Die Zimmertür ging auf. Cedric hatte die Basecap tief in die Stirn gezogen. Der Rucksack hing ihm über der linken Schulter. In seinem Kapuzenpullover und der Jogginghose sah er aus, als hätte er ursprünglich vorgehabt, den Tag auf dem Sofa zu verbringen. Kaugummi kauend sah er zwischen mir und Pippa hin und her.

»Was macht sie hier?«, fragte er.

»Was machst *du* hier?«, erwiderte Pippa schnippisch.

Cedric ließ sich von ihrem Konter nicht beirren. Er nahm seine Basecap vom Kopf, verwuschelte sein schwarzes Haar und legte sein unverschämtes Grinsen auf. Unverschämt, weil er es grundsätzlich dann einsetzte, wenn es vollkommen unpassend war. Sofort musste auch ich lächeln. Rics Grinsen hatte jedes Mal diesen Effekt auf mich. Wir hätten in diesem Moment auf einem sinkenden Schiff stehen können und einander trotzdem angelächelt, als wäre alles bestens.

»Deine Mum hat mich reingelassen. Sobald ich deine Nachrichten gelesen habe, bin ich hergekommen«, sagte Ric und nahm mich in die Arme. Er legte das Kinn auf meinen Kopf und schloss mich völlig ein, als wäre ich ein Päckchen, das er abholen wollte. Ich schmiegte den Kopf an seine Brust und sog den süßen Duft des Weichspülers ein, der in seinem Hoodie hing. Einen Moment lang wurde ich ganz ruhig. Nach diesem Gefühl hatte ich mich die letzten drei Wochen gesehnt.

Cedrics Herzschlag trommelte in meinem linken Ohr wie einer meiner Lieblingssongs. Ich hob den Kopf und gab ihm einen Kuss. Seine Lippen waren weich und warm.

Pippas Räuspern erinnerte mich daran, dass sie auch noch da war. »Wir waren eigentlich gerade beschäftigt ...« Ich löste mich mit einem »Sorry« aus der Umarmung und wunderte mich direkt über mich selbst, dass ich mich dafür überhaupt entschuldigte.

»Ist alles in Ordnung?« Rics Blick fiel auf die Projektion an der Wand. »Was ist das?«

Ich erklärte ihm die Sachlage in fünf kurzen Sätzen. Ich erwartete, dass Pippa sich in das Gespräch einklinkte. Aber die war auf stumm geschaltet. Als hätte Cedric ihr mit seinem Auftauchen die sonst so laute Stimme genommen.

Sobald die beiden im gleichen Raum waren, herrschte grundsätzlich eine Atmosphäre wie nach dem Staffelfinale von *Game of Thrones*.

»Sieht aus, als würdest du mich hier nicht länger brauchen.« Pippa griff nach ihrem Rucksack und bewegte sich in Richtung Tür. »Wie gesagt. Wahrscheinlich klärt sich die Sache bald von selbst.«

»Geh noch nicht«, sagte ich, als sie an mir vorbeirauschte.

»Ich muss zum Plenum. Wir sehen uns in der Schule.«

Bevor ich etwas erwidern konnte, verschwand sie auf den Flur.

»Mann. Die Eiskönigin ist nichts dagegen«, sagte Ric mit einem Grinsen auf den Lippen.

»Dir macht das wohl überhaupt nichts aus? Dass sie dich nicht ausstehen kann?«, fragte ich. Mich hätte es gewurmt, wenn jemand so viel Abneigung mir gegenüber an den Tag gelegt hätte. Vor allem, wenn es die beste Freundin der eigenen Freundin war.

Cedric aber gefiel das. »Wieso sollte es?« Er lächelte sein breites Ric-Lächeln, dann fuhr er mit den Händen unter mein Shirt. Warm glitten seine Finger über meinen Rücken. »Jetzt habe ich dich wenigstens für mich allein.«

Ich ging nicht darauf ein. Dabei hatte ich bis zum Rückflug an nichts anderes denken können als daran, Ric wiederzusehen und ihm von all den Urlaubserlebnissen zu berichten, von denen ich ihm längst per Sprachnachricht erzählt hatte. Doch Pippas abrupter Abgang hing mir nach. Ich überlegte, ihr nachzulaufen. Warum konnten wir nicht einfach alle miteinander auskommen?

»Hey«, sagte Ric und zog mich an sich. Er legte die Stirn an meine. Seinen karamellbraunen Augen blickten mich aufmunternd an. »Ich hab dich vermisst.«

Das entlockte mir ein erneutes Lächeln.

Sein Atem kitzelte auf meinem Gesicht, als er sprach. Er roch fruchtig. Nach dem Kaugummi, den er im Mund hatte.

»Yaro war voll genervt von mir«, erzählte er. »Weil ich die ganze Zeit nur von dir gequatscht habe. Er findet übrigens auch, dass dir der neue Bikini ziemlich gut steht.«

Ich seufzte, irritiert und geschmeichelt zugleich. »Hast du ihm etwa alle Fotos gezeigt?«

»Nicht alle.« Er grinste.

Das Gespräch war albern. Das wusste ich. Aber einen Moment lang war es Cedric gelungen, mich abzulenken.

»Schön, dass du wieder da bist«, sagte er.

»Finde ich auch.« Ich schmiegte den Kopf an seinen Hals und schloss die Augen. Ich hatte nicht Pippas kritische Art gebraucht, sondern Cedrics Ablenkungsmanöver. Wo Pippa die Dinge kaputt dachte, machte er sich keinen großen Kopf. Seine Handflächen schlossen sich um meine Taille. Dann küsste er mich erneut.

In diesem Moment war Cedric der Einzige, der mich die Ereignisse der letzten vierundzwanzig Stunden vergessen machen konnte. Ich nahm sein Gesicht zwischen meine Hände und erwiderte die Küsse. Seine Lippen schmeckten nach Cassis. Auch das hatte ich in den letzten drei Wochen vermisst.

Unsere Füße glitten über den Boden. Fast stießen wir gegen die Kommode. Unsere Körper verdeckten das Bild des Beamers. Lang und breit legte sich unser Schatten auf die Wand über meinem Bett. Ich beachtete die Projektion nicht weiter. Die Namen, die Todesdaten, die Gesichter.

Ich beschloss, nicht mehr darüber nachzudenken.

Vermutlich hatte Pippa recht. Die Sache würde sich bestimmt bald von alleine klären.

BRANDENBURG

Evie entwich ein bitteres Seufzen, als sie an jenen Tag zurückdachte. Damals war es ihr so leicht gefallen, wegzugucken und die Augen vor der Wahrheit zu verschließen. Das war nicht länger möglich.

Jetzt, da die Wahrscheinlichkeit bestand, dass der letzte Tag ihres Lebens angebrochen war, trat sie noch heftiger in die Pedale. Sie wollte so schnell wie möglich ankommen.

Evie hörte das Ticken in den Ohren. Der Zeiger, der mit jeder Sekunde voranschritt, bis ihre Zeit abgelaufen war. Er übertönte das Rauschen des Windes. Das Zwitschern der Vögel. Selbst das Brummen, das hinter ihr erklang, nahm sie nicht wahr. Erst als der rote Wagen in ihrem linken Augenwinkel erschien, bemerkte sie das Fahrzeug. Vor Schreck riss Evie den Lenker herum und landete fast im Graben. Das war das erste Auto, das sie seit ihrem Aufbruch auf der Straße sah.

Der Wagen wurde langsamer und hielt einige Meter entfernt am Straßenrand.

Evies Blick fiel auf den Auspuff des Autos, vor dem sich in der kühlen Februarluft weiße Wölkchen bildeten. Sie stieg von ihrem Fahrrad und näherte sich dem Fahrzeug. Geschmeidig glitt das Fahrerfenster herunter. Dahinter kam das Gesicht eines Mannes mittleren Alters zum Vorschein. Er trug eine Brille. Mit seinen silbergrauen Haaren erinnerte er Evie an ihren Vater. Ihr Magen verformte sich zu einem schweren Stein, als sie in sein Gesicht blickte.

»Bist du ganz alleine unterwegs?«, fragte der Mann.

Evie nickte. Die Zunge klebte ihr am Gaumen und ließ ihr »Ja« zu einem flachen Laut verkommen.

»Wie alt bist du?«, fragte er.

»Siebzehn.«

»Und deine Eltern?«

Evie schluckte schwer. »Nicht da.«

Der Mann rückte die Brille auf der Nase zurecht und nickte. Er sah zu seiner Beifahrerin. Die Frau war ein Stück jünger als er. Sie hätte seine Tochter oder seine Partnerin sein können. Als sie die Hand auf das Knie des Fahrers legte, tippte Evie auf Letzteres.

»Sollen wir dich ein Stück mitnehmen?«, fragte er und deutete auf das Fahrrad. »Vielleicht kriegen wir das in den Kofferraum.« Der Gestank des Auspuffs zog giftig in Evies Nase. Sie wischte sich eine Schweißperle von der Schläfe. Wenn sie krank war, dann war es für Bedenken zu spät. Je schneller sie an ihr Ziel kam, desto besser. Egal auf welchem Weg.

Sie presste ein »Okay« aus dem trockenen Mund.

Sobald sie zugestimmt hatte, löste die Beifahrerin den Sicherheitsgurt, stieg aus dem Wagen und öffnete den Kofferraum.

»Wollen wir es mal versuchen?«, fragte sie.

Evie schob das Fahrrad an die Rückseite des Autos.

»Das Vorderrad hat ja eine schöne Acht«, bemerkte die Frau. »Hattest du einen Unfall?«

»Ist eine längere Geschichte«, sagte Evie. Sie hätte sie kurz machen können, aber das wollte sie nicht. Denn vor allem war die Geschichte schmerzhaft.

Erneut stieg die Übelkeit in ihr hoch. Im letzten Moment hielt sie die brodelnde Säure in ihrer Speiseröhre zurück.

»Hätten Sie vielleicht einen Schluck Wasser für mich?«, fragte Evie, während die Frau überlegte, wie sie eine zusätzliche Person plus Rad in das Auto bekommen sollten.

»Wasser?« Die Frau sprach das Wort aus, als hätte Evie sie um eine Million Euro gebeten.

»Nur einen Schluck.«

Die Frau zögerte. Einige Sekunden vergingen, bis sie ihre menschliche Seite wiederentdeckte. Sie ging um den Wagen herum, griff in den Fußraum des Autos und kam mit einer halb vollen Glasflasche zurück.

»Hier.« Sie reichte Evie die Flasche.

Hastig drehte das Mädchen den Deckel auf und nahm einen großen Schluck. Sie musste sich zurückhalten, nicht alles auszutrinken. In ihrem Bauch rumorte es.

»Geht es dir gut?«, fragte die Frau, als Evie die Flasche mit zitternden Fingern zuschraubte. »Du bist ganz blass um die Nase.«

»Ja. Ist nur die Anstrengung. Vom Radfahren«, log Evie.

Die Frau musterte sie eingehend. Unbehagen und Skepsis breiteten sich in ihrem Gesicht aus.

»Was macht ihr denn da hinten?«, rief der Mann vom Vordersitz. »Braucht ihr Hilfe?«

»Nein. Schon gut«, antwortete die Frau. Sie wich einen Schritt zurück. »Weißt du, ich befürchte, das mit dem Rad wird nicht passen.«

Verwirrt blickte Evie zu dem Auto. Sie hatten es noch gar nicht versucht.

»Ich kann mich mit dem Rad in den Kofferraum setzen. Dann können wir die Rückbank herunterklappen«, bot sie an. »Kontrollieren wird uns wohl keiner.«

Die Frau sah sich nervös auf der Straße um. Dann schloss sie den Kofferraum und machte einen weiteren Schritt zurück.

»Tut mir leid«, sagte sie. »Ich schätze, wir können dir nicht helfen.«

Sie ging zurück zur Beifahrertür.

»Was ist denn los?«, wunderte sich der Fahrer.

»Wir sollten fahren«, antwortete die Frau, als sie auf den Beifahrersitz glitt. »Wir bringen uns schon genug in Gefahr.«

Nun verstand Evie, was das Problem war. Sie lief auf die Fahrerseite des Wagens.

»Es ist nicht ansteckend«, sagte sie und beugte sich vor.

Die Hand des Mannes fuhr über den Schaltknauf.

»Es ist nicht ansteckend«, wiederholte Evie. »Das wissen Sie. Ich bin keine Gefahr.«

Die Frau seufzte. Dann legte sie die Hand auf das Knie des Fahrers. »Komm«, sagte sie. »Wir haben schon lange genug herumgestanden.«

Zweifelnd sah der Mann zwischen der Frau und Evie hin und her. Er krümmte sich, so tief war sein Seufzen.

»Es ist nicht ansteckend«, sagte Evie zum dritten Mal.

Der Mann legte den Gang ein. Im nächsten Moment brauste der Wagen davon.

Ohne Evie.

EVIE 6

Das neue Schuljahr brach über uns herein wie eine Welle und schwemmte all meine Gedanken über den Zeitungsartikel und die Toten hinfort. Hausaufgaben, Präsentationen, Tests. Im täglichen Stress ertrank die Erinnerung an den Mann im Flugzeug. Das Thema verschwand in einer gedanklichen Schublade, die fest verschlossen war.

Vieles aus jenen Wochen habe ich längst vergessen. Es herrschte der immer gleiche Alltagstrott aus Aufstehen, Schule, Hausaufgaben, Schlafen. Papa flog weiterhin jede Woche für die Arbeit in die Schweiz. Mama jagte mich morgens aus dem Bett. Romy zog sich auf den Hof zurück. Und Pippa und ich widmeten uns wieder unseren jeweiligen Interessen. Bei ihr war es der Aktivismus und bei mir war es mein Freund. Eine Weile hielt Pippa dazu die Füße still. Zwar machte sie keinen Schritt auf Ric zu, aber sie behandelte ihn auch nicht wie einen Aussätzigen, wenn sie in der Schule aufeinandertrafen. Ich hoffte auf eine Art stillen Frieden zwischen den beiden.

Die Hoffnung zerschlug sich, als Pippa nach wenigen Wochen des Waffenstillstands erneut durchblicken ließ, wie sehr sie sich an unserer Beziehung störte. Es geschah in der letzten Schulstunde. Ethikunterricht bei Herrn Johannsen. Die gesamte Klasse kam in einem großen Sitzkreis zusammen. In seinem Unterricht durften wir die Gesprächsthemen bestimmen. An den Lehrplan hielt er sich nicht.

Herr Johannsen war kein gewöhnlicher Lehrer. Genau genommen war er gar kein Lehrer. Früher hatte er fürs Fernsehen gearbeitet und Reportagen gedreht. Vor einigen Jahren war er in Rente gegangen und hatte sich nach eigenen Angaben jeden Tag zu Tode gelangweilt. Bis er davon hörte, dass händeringend Lehrkräfte gesucht wurden. Kurz darauf heuerte er an unserem Gymnasium an.

Vermutlich hatte Herr Johannsen nicht geahnt, worauf er sich einließ. Andererseits behauptete er immer, dass ihn nach der Karriere beim Fernsehen nichts mehr abschrecken konnte. Selbst Teenager nicht.

Wie so oft, eröffnete Pippa an jenem Septembertag die Gesprächsrunde. »Morgen Mittag demonstrieren wir wieder«, verkündete sie. »Meldet euch bitte bei mir, wenn ihr mehr Infos braucht.«

Ihr Blick fiel bei den letzten Worten auf mich.

Ich wich ihm gekonnt aus.

»Dass ihr das immer noch durchzieht«, kommentierte Adrian. Ablehnung lag in seiner Stimme. Eine gegelte Strähne fiel ihm in die Stirn, als er den Kopf schüttelte. Adrian saß uns schräg gegenüber. Die Beine auseinandergespreizt, die Arme vor der Brust verschränkt. Selbst sitzend war er ein Riese.

»Wie viele von euch sind noch übrig?«, fragte er. »Zehn? Fünf? Oder gehst du mittlerweile allein auf die Straße?«

»Komm doch mit und finde es heraus«, konterte Pippa.

Lucy und Aliye, die neben Adrian saßen, sahen einander

kichernd an. Auch sie gingen für den Klimaschutz auf die Straße. Alleine war Pippa auf jeden Fall nicht.

»Wann seht ihr ein, dass bunte Plakate zu malen überhaupt nichts bringt?«, fragte Adrian. »Die Leute tun so, als würden sie euch zuhören, um euch zu beruhigen. Danach machen sie weiter wie zuvor.«

Ein mulmiges Gefühl überkam mich bei diesen Worten. Als würde mir jemand langsam, aber mit Druck eine spitze Nadel zwischen die Rippen schieben.

»Wenn jeder so denkt wie du, dann sehe ich wirklich keine Hoffnung mehr für die Menschheit«, sagte Pippa unter einem Seufzen.

»Du kannst den Leuten nicht deinen Willen aufzwingen und dich dann beschweren, wenn sie anders denken und handeln als du«, konterte Adrian. »Die Menschen entscheiden danach, was am besten für sie selbst ist, und fertig.«

»Du hast ein ziemlich beschränktes Bild von ›den Menschen‹«, erwiderte Pippa. »Die meisten tun gerne Gutes. Wir sind nicht alle so eigennützig, wie du denkst. Und je mehr Leute das Richtige tun, desto mehr machen auch mit.«

Lucy und Aliye nickten bei diesen Worten.

Adrian jedoch schüttelte den Kopf. »Das hat alles seine Grenzen. Am Ende ist jeder auf seinen eigenen Vorteil bedacht. Keiner will leer ausgehen. Warum auch? Jeder muss für sich selbst schauen, wie er am besten zurechtkommt. Das hat uns die Evolution über Jahrtausende so beigebracht.«

Pippa erwiderte dies mit einer Grimasse, in der sich pure Abscheu gegenüber Adrian abzeichnete. »Ist das deine Ausrede dafür, keine Verantwortung zu übernehmen?«

Die Ablehnung zwischen den beiden wuchs sekündlich.

»Filippa, Adrian – danke für die Einblicke«, unterbrach Herr Johannsen die Diskussion. »Ihr habt eure Standpunkte ziemlich deutlich gemacht. Wirklich. Mehr als deutlich …« Er klatschte in die Hände, um die Aufmerksamkeit aller einzufangen. Manchmal gestikulierte er, als habe er es mit einer Gruppe Welpen zu tun. »Ich würde das Gespräch gerne für die große Runde öffnen.«

Herr Johannsen spielte den Schiedsrichter, der regelmäßig die Partie unterbrach, um andere Spieler mit aufs Feld zu holen. Allerdings waren die meisten von uns ziemlich zufrieden mit ihrem Platz auf der Ersatzbank. Stumm gingen wir seinem Blick aus dem Weg und musterten unsere Füße, als sähen wir unsere eigenen Schuhe zum ersten Mal.

»Wie denkt der Rest der Klasse darüber?«, fragte der Lehrer in die Runde.

Niemand hob freiwillig die Hand.

»Denkt ihr, es bringt etwas, regelmäßig für ein Thema auf die Straße zu gehen?« Herr Johannsen deutete auf Ric. »Cedric, was ist mit dir?«

Unsicher sah Ric ihn an. Das war genau die Art von Gesprächssituation, die er nicht ausstehen konnte. »Weiß nicht.«

»Irgendeine Haltung wirst du doch dazu haben?«, hakte Herr Johannsen nach.

»Wir können hier noch so viel machen«, quälte Ric sich zu einer Antwort. »Wenn keiner mitzieht, dann schützt uns das auch nicht. Was ich tue oder lasse, macht eh keinen Unterschied.«

Er hing eher auf seinem Stuhl, als dass er saß. Die Arme hatte er zur Unterstützung seiner Haltung vor dem Bauch zu einem X verschränkt. »Nicht, solange der Großteil der Leute weitermacht wie bisher.« Er sah zu Pippa. »Sorry. Ist meine Meinung.«

Bei dieser Aussage nickte Herr Johannsen. Mit Daumen und Zeigefinger fuhr er sich über die tiefen Lachfalten. Er musste in seinem Leben viel Spaß gehabt haben.

»Ein interessanter Einwand, Cedric«, sagte er. »Lohnt es sich, Nachteile für etwas in Kauf zu nehmen, wenn kaum ein anderer mitmacht und der Effekt damit womöglich verpufft?«

Wieder war es Pippa, die sich als Erste zu Wort meldete. Die anderen im Raum bemühten sich erst gar nicht, die Stimme zu erheben. Für sie war Pippa zur offiziellen Sprecherin geworden, die ihre Position verteidigte.

»Man tut nicht das Richtige, weil man denkt, dass man damit erfolgreich sein wird oder weil alle anderen es machen. Man tut es, einfach weil es das Richtige ist«, sagte sie. »Wenn du siehst, dass ein Kind ertrinkt, und alle tatenlos um dich herumstehen, unternimmst du dann auch nichts? Weil das alle so machen?«

»Hier ertrinkt aber keiner«, erwiderte Ric.

»In gewisser Weise schon«, sagte Pippa. »Alles, was wir tun, hat Konsequenzen. Mit unserer Lebensweise fügen wir anderen Schaden zu, ob wir wollen oder nicht. Jetzt mehr denn je.«

»Mach mal halblang«, mischte Adrian sich ein. »Du tust so, als hätte Ric das Kind eigenhändig ins Wasser geworfen.«

»Wenn wir nichts tun, dann *sind* wir mitverantwortlich«, sagte Pippa. »Wir müssen Vorbilder sein. Nur wenn wir vorangehen, können andere uns folgen.«

»Natürlich würde Ric ein ertrinkendes Kind retten«, sprang ich ein.

Cedric schenkte mir ein dankbares Lächeln für diesen Verteidigungsversuch. Er nahm meine Hand und verschränkte seine Finger mit meinen. Mir entging nicht, dass Pippa daraufhin das Gesicht verzog, als wäre ich mit Lord Voldemort höchstpersönlich zusammen.

»Wir alle hier im Raum würden das tun«, ergänzte ich. Die anderen nickten.

»Warum macht ihr es dann nicht?« Pippas stechender Blick verriet mir, dass die Frage ausschließlich an mich gerichtet war.

»Weil es keinen Ertrinkenden vor unserer Nase gibt, für den wir schnell ins Wasser springen können; den wir rausziehen und damit unseren Beitrag geleistet haben«, antwortete ich. »Das ist doch das Problem. Keiner hier im Raum möchte absichtlich jemandem schaden. Aber wie wir das Kind aus dem Wasser bekommen, wissen wir auch nicht.«

Pippa taxierte mich für einen Moment.

»Dass das ausgerechnet von dir kommt«, zischte sie. Ihre braunen Augen wichen schmalen Schlitzen, als sie zwischen Ric und mir hin- und hersah. »Vielleicht passt ihr doch ganz gut zueinander.«

Wortlos öffnete ich den Mund. Ich wusste auf diese Aussage nichts zu erwidern. Mit keiner Silbe hatte ich ihre Meinung untergraben. Ich versuchte lediglich, alle Standpunkte zu berücksichtigen.

»Gut. Ich denke, dass ihr alle wunderbare Argumente vorgebracht habt«, durchschnitt Herr Johannsen den unangenehmen Moment. »Wie Evelyn schon richtig angemerkt hat, liegen die Dinge nicht immer so einfach, wie wir es gerne hätten. Nicht auf jede Frage gibt es eine klare Antwort. Und manchmal geht es eben nicht um Schwarz oder Weiß. Richtig oder Falsch.

Gibt es viele Egoisten auf dieser Welt, wie Adrian behauptet? Mit Sicherheit.« Pippa wollte einen Einwand einbringen, da gab der Lehrer ihr mit einer Geste zu verstehen, dass er noch nicht fertig war. »Aber sicherlich gibt es auch pure Altruisten, wie Filippa angemerkt hat. Und ganz vieles dazwischen. In den meisten von uns steckt wahrscheinlich sogar beides.«

Herr Johannsen stützte die Ellenbogen auf die Knie. »Wir sollten uns die Konsequenzen unseres Handelns und Nichthandelns bewusst machen. Unabhängig davon, was andere tun oder lassen. Und wir sollten nicht immer den bequemsten oder nützlichsten Weg wählen. Erst recht nicht, wenn wir anderen und uns selbst damit langfristig schaden könnten. Aber ich befürchte, dass wir es dennoch tun.

Denkt nur an all die guten Neujahrsvorsätze, die wir spätestens im Februar wieder vergessen haben. Auf die eigene Gesundheit achten, mit dem Rauchen aufhören, mehr Sport treiben, sich öfter bei der Tochter melden …« Er zog eine Grimasse. Waren dies seine eigenen verworfenen Vorsätze? »Oft schaden wir uns selbst und sind uns dessen sogar bewusst. Trotzdem ändern wir nichts.«

Herr Johannsen blickte mit einem Schmunzeln in die Runde. »Wenigstens das haben wir wohl alle gemeinsam. Manche mehr, manche weniger.« Er setzte sich auf. »Die Frage ist: Schaffen wir es, uns von diesen inneren Widersprüchen zu befreien? Wollen wir das überhaupt? Hoffen wir darauf, dass wir Glück haben und noch mal ungeschoren davonkommen – oder bringen wir uns damit am Ende gar selbst zu Fall?«

7

Nach dem Ethikunterricht schnappte ich mir Rics Hand und zog ihn aus dem Raum, ohne mich von Pippa zu verabschieden. Ihre spitzen Kommentare während des Unterrichts hatten mich gekränkt.

»Was ist los?«, fragte Cedric, als ich ihn kommentarlos hinter mir herzog. »Sonst bin ich derjenige, der es kaum erwarten kann, hier rauszukommen.«

Zur Antwort blieb ich stehen und gab ihm einen Kuss. Darauf hatte er, bis auf ein Grinsen, nichts zu erwidern.

»Lass uns was unternehmen«, sagte ich und schlang die Arme um seinen Hals. »Ich habe genug von den ganzen Diskussionen.«

Ric lächelte. »Da bist du bei mir an der richtigen Stelle.«

Händchen haltend verließen wir das Schulgebäude. Ich konnte es kaum erwarten, mich gemeinsam mit Ric ins Wochenende zu stürzen.

Die Tür fiel hinter uns ins Schloss und schwang kurz darauf wieder auf. »Evelyn.«

Die Nackenhaare stellten sich bei dem Klang meines vollen Namens auf.

»Evie«, murmelte ich und ging weiter.

Ric hielt mit mir Schritt.

Pippa kam hinter uns hergelaufen. »Evelyn. Jetzt bleib doch mal stehen.«

Ich hatte keine Lust auf ein erneutes Wortgefecht mit ihr. Sie war für den Rest der Woche aus meiner Planung gestrichen. Vermutlich wollte Pippa mich nur davon überzeugen, mit zu der Demo zu kommen. Bei dem Thema ließ sie nie locker.

Am Schultor holte sie uns ein. »Warum wartet ihr denn nicht?«

Ich setzte zu einer passenden Antwort an, da hielt sie mir das Display ihres Smartphones entgenen. »Lies das.«

Fragend sah ich sie an. Was sollte das denn jetzt schon wieder?

»Na, mach.« Pippa drückte mir das Smartphone in die Hand.

Mysteriöse Todesfälle geben Weltgesundheitsorganisation Rätsel auf, stand dort in fetten Buchstaben. Ich nahm das Handy und überflog den Text.

»*Mehreren Journalisten wurde ein interner Bericht der Weltgesundheitsorganisation zugespielt, der Bedenkliches zutage fördert*«, las ich leise.

»Dachte mir, dass dich das interessieren würde«, sagte Pippa und rückte den Riemen ihrer Tasche zurecht.

»Was ist das?«, fragte Cedric und legte das Kinn auf meine Schulter, um mitzulesen.

Anstatt ihm direkt zu antworten, erklärte Pippa: »Da steht, dass die schon seit Monaten an den Fällen dran sind. Die Sicherheitsbehörden sind längst informiert. Die Leute haben alle die gleichen Symptome. Schweißausbrüche, glänzende Augen, Gliederschmerzen. Gefolgt von Schüttelfrost.

In manchen Fällen Erbrechen, sogar Verwirrtheit und Halluzinationen.«

»Das kenne ich«, sagte Ric. »Man nennt es Vollrausch.«

Pippa verzog keine Miene. »Und steigt bei dir dann auch die Körpertemperatur auf 42,5 Grad an?«, fragte sie unbeeindruckt.

Ric dachte noch über die Frage nach, da antwortete sie bereits selbst: »Ganz sicher nicht. Dann wärst du nämlich tot. 42,5 Grad – das überlebt niemand. Ist die Grenze einmal überschritten, gibt es kein Zurück mehr. Die Betroffenen sterben angeblich innerhalb von vierundzwanzig Stunden. Ohne Ausnahme.«

Ein Frösteln durchfuhr mich bei ihren Worten. »Da steht, dass sie inzwischen in über hundert Todesfällen ermitteln. Wieso erfahren wir das jetzt erst?«

»Angeblich wollten sie die Öffentlichkeit nicht beunruhigen. Deshalb haben sie es unter Verschluss gehalten. Und was hätten die uns schon sagen sollen? Die sind sich ja nicht einmal sicher, was die genaue Todesursache ist. Die haben Autopsien durchgeführt. Sie konnten keine Erreger ausmachen, auch keinen Hinweis auf giftige Substanzen oder sonst was. Das sind die führenden Mediziner der Welt, und die wissen nicht, womit sie es zu tun haben. Wer weiß, wie viele Fälle es noch gibt, auf die sie noch gar nicht aufmerksam geworden sind?«

»Etwas haben die Opfer gemeinsam«, bemerkte Ric, als er die Bilder auf dem Display betrachtete. »Die sind alle steinreich.«

Pippa nickte. »Richtig. Deswegen dachten die Experten auch erst, dass es sich um gezielte Angriffe handelt.«

»Und was glauben sie jetzt?«, fragte ich.

»Sie gehen davon aus, dass es eine neue Art von Krankheit ist.«

»Ein neues Virus?«, fragte Ric alarmiert.

Pippa schüttelte den Kopf. »Das hier ist eine ganz andere Nummer. Ein Leiden, das so weit entwickelt ist, dass es sich mit der modernen Medizin nicht erklären und schon gar nicht behandeln lässt.«

»Man kann nichts dagegen machen?«, fragte ich ungläubig.

Bei einem normalen Virus gerieten manche Leute schon in Panik. Wie reagierten sie dann erst, wenn diese Krankheit weiter um sich griff?

Ratlos zuckte Pippa mit den Schultern. »Die können ja nicht mal sagen, *woran* diese Leute sterben«, seufzte sie. »Die Symptome sind klar, die Ursache nicht. Da steht, dass es wie eine Viruserkrankung verläuft. Nur ohne Virus. Kaum zu fassen, oder?« Sie stupste mich an. »Du hattest recht. Die Sache im Flugzeug – das war kein epileptischer Anfall.«

»Heißt das, dass bald wieder ein Lockdown kommt?«, fragte Ric.

Pippa legte die Stirn in Falten. »Hast du gerade überhaupt zugehört?«

Er antwortete nicht darauf.

»Das hier ist mit nichts anderem zu vergleichen«, stellte Pippa klar. »Die alten Regeln gelten nicht.«

Diesmal war es meine Stirn, die Falten schlug. Obwohl ich als Erste an die Echtheit dieser Neuigkeit hätte glauben müssen, kam mir die Nachricht unwirklich vor. Einerseits hielt ich die Bestätigung für meine Vermutungen in den Händen.

LEA-LINA OPPERMANN

Z

FÜRCHTET UNS, WIR SIND DIE ZUKUNFT

ROMAN

BELTZ & Gelberg

590446 | Verlagsgruppe Beltz | Werderstraße 10, 69469 Weinheim | 11.2019 | Motiv: © Büro Dirk Rudolph | Gedruckt auf Recyclingpapi

Als der Klavierstudent Theo auf die charismatische Aida trifft, stürzt sein Weltbild in sich zusammen. Aida kämpft mit der ZUKUNFT gegen die Machtstrukturen an der Akademie. Die Studenten prangern Missstände an, wollen wachrütteln und das Leben feiern. Fasziniert lässt sich Theo von Aidas feurigen Reden mitreißen.

Leseprobe auf **beltz.de**

/beltz.gelberg   Beltz & Gelberg

Lea-Lina Oppermann:
Fürchtet uns, wir sind

Andererseits hörte sich das Ganze so unwahrscheinlich an, dass ich überzeugt war, es müsse sich um einen Fehler handeln.

Die Haupttür schwang erneut auf und Adrian trat auf den Schulhof. Unter dem Arm trug er einen Rollerhelm. Adrian nahm nicht nur beim Sitzen viel Platz ein, sondern auch beim Laufen. Seine Füße schwangen schräg nach vorne, als wolle er die Umstehenden wegtreten wie einen Fußball. Jeder, der ihm entgegenkam, wich direkt beiseite.

»Pippa«, rief Adrian über den halben Platz und wedelte mit seinem Handy. »Was sagst du dazu? Die Leute einfach wegsterben lassen. Auch eine Lösung.«

»Ha-ha«, erwiderte die trocken. »Es gibt nichts Lustigeres als den Tod Hunderter Menschen.«

Ihre Miene blieb hart.

Adrian gesellte sich zu uns. »War doch nur ein Scherz.«

»Seltsam. Und ich dachte immer, Scherze sollen lustig sein«, sagte Pippa.

Adrian erwiderte dies mit einem unantastbaren Lächeln. »Warum so ernst?«, fragte er. »Bist du heimliches Mitglied im Club der Milliardäre?«

Manchmal hatte ich das Gefühl, dass er Pippa insgeheim mochte. Ständig sah Adrian zu ihr herüber, sprach sie an, zog sie auf. Er aber entsprach allem, was Pippa verabscheute. Abgesehen davon hatte sie die Jungen aus unserem Jahrgang nie interessant gefunden. Sie waren ihr zu unreif.

»Die Sache ist fieser, als du denkst«, sagte Pippa. »Frag Evelyn.«

Adrians Blick ging zu mir. »Was soll das heißen?«

Ich sträubte mich dagegen, die Gedankenschublade aufzuziehen und den Vorfall aus dem Flugzeug hervorzuholen. Aber blieb mir überhaupt eine andere Wahl?

»Sie war dabei, als eines der Opfer gestorben ist«, sagte Pippa.

Adrians Augen weiteten sich überrascht.

»Vermutlich«, wandte Ric ein. Er stupste mich an. »Hundertprozentig weißt du es nicht, oder?«

»Auf jeden Fall gehörte der Kerl nicht zu den hundert reichsten Menschen der Welt«, sagte Pippa. »Die Gefahr ist vielleicht größer, als alle denken.«

Mich überkam bei ihren Worten ein altbekanntes Gefühl der Enge. Der Schulhof schrumpfte auf wenige Quadratmeter zusammen. Erinnerungen zogen an meinen Beinen und brachten mich ins Wanken. Die Umgebung verschwamm vor meinen Augen. Die Stimmen der anderen verstummten unter dem Donnern meines Herzschlags. Ich hatte das Bedürfnis, vor diesem Gefühl wegzulaufen. Aber ich wusste, dass das nichts brachte. Denn es saß tief in mir und würde mir überallhin folgen.

Ich atmete tief durch. Nein. Ich würde nicht zulassen, dass dieses Gefühl die Kontrolle über mich erlangte. Lange hatte ich erfolgreich dagegen angekämpft. Gedanklich zählte ich von fünf rückwärts.

»Keine Ahnung«, murmelte ich, als das beklemmende Gefühl abebbte.

»Das kommt jetzt vielleicht etwas unpassend, aber ich feiere nächsten Samstag meinen Geburtstag nach«, sagte Adrian dann. »Ihr seid eingeladen.« Er sah zu Pippa. »Sogar du.«

»Was für eine Ehre«, erwiderte sie.

»Party? Klingt gut«, sagte Ric und klatschte mit Adrian ab.

Ich reagierte als Einzige nicht auf die Einladung. Die Neuigkeit über diese vermeintliche Krankheit warf einen dunklen Schatten über den Schulhof. Ich hatte einem der möglichen Opfer direkt in die Augen gesehen. Hatte es berührt. Hatte es sterben sehen. Die Erinnerung lag wieder sengend heiß auf meiner Haut.

An den anderen ging all das vorbei. Mit einer Handbewegung verabschiedete Adrian sich von uns.

Sobald er mit seinem Motorroller abgedüst war, wandte Pippa sich uns zu. »Die Schule sollte uns Schmerzensgeld dafür zahlen, dass wir jede Woche mit ihm auf engstem Raum eingesperrt werden.«

Manchmal war ich mir nicht sicher, wen sie mehr hasste: Adrian oder Cedric. Wahrscheinlich war es ein Kopf-an-Kopf-Rennen.

»Wir sollten alle zu seiner Party gehen«, sagte Ric, unberührt von Pippas grimmiger Art. Er legte den Arm um meine Schultern. »Das wird bestimmt lustig.«

Stumm sah ich ihn an. Ich brachte kein Wort hervor. Wenn eine Beschreibung nicht länger zu unserer Situation passte, dann war es »lustig«.

BRANDENBURG

»Schweißausbrüche, glänzende Augen, Gliederschmerzen«, hallten Pippas Worte durch Evies Erinnerung. *»42,5 Grad – das überlebt niemand. Ist die Grenze einmal überschritten, gibt es kein Zurück mehr.«*

Mit dem Handrücken wischte Evie sich den Schweiß von der Schläfe. Sie schob die Gedanken beiseite und konzentrierte sich auf den Weg, der vor ihr lag. Ihre Oberschenkel schmerzten bei jedem Tritt. Schlimmer als der drohende Muskelkater aber war das lähmende Gefühl, das ihre Glieder befiel. Wie ein Betäubungsmittel zog es von den Unterschenkeln bis in die Hüfte, selbst ihre Hände und Unterarme fühlten sich schlapp an.

Nachdem das Pärchen sie am Wegrand stehen gelassen hatte, war ihr nichts anderes übrig geblieben, als sich wieder auf den Sattel zu setzen und mit dem Rad weiterzufahren.

Evie ärgerte sich über das Verhalten der beiden. Zwar hatten sie keinerlei Verpflichtung, ihr zu helfen, aber Evie verstand nicht, warum das Pärchen diesem Irrglauben über Fieber aufsaß.

Als einziger Trost blieb ihr, dass die Frau ihr bei der übereilten Abfahrt die Wasserflasche überlassen hatte. Allerdings bedeutete dies zusätzlichen Ballast auf Evies Schultern.

Mit zusammengebissenen Zähnen trat sie weiter in die Pedale. Sie dachte nicht darüber nach, wie viele Kilometer sie noch vor sich hatte. Wenn sie in den letzten Wochen und Monaten etwas gelernt hatte, dann war es, sich auf kleine Zwischenziele zu konzentrieren. Es half gedanklich und ließ jede noch so große Aufgabe bewältigbar erscheinen. Selbst wenn sie das in Wirklichkeit nicht war.

Evie kämpfte sich von Straßenschild zu Straßenschild. Von Leitpfosten zu Leitpfosten. Von Baum zu Baum. Bis sie auf beiden Seiten nichts als Bäume umgaben und jeder Tritt einem neuen Etappenziel gleichkam. Evie stöhnte unter dem Gewicht des Rucksacks und beugte sich über den Lenker.

Der Himmel hing drückend schwer über den Baumwipfeln. Die dicke Wolkenschicht schien ihr zum Greifen nahe, so tief lag sie über dem Wald.

Evie blinzelte, als sie etwas Funkelndes vor sich am Straßenrand entdeckte.

»Nein«, dachte sie.

Diesmal würde sie nicht anhalten. Sie war gerade einigermaßen in Schwung gekommen. Sie hatte Angst, dass ihr Körper den Geist aufgab, sobald sie die Bremsen zog und vom Rad stieg. Womöglich würde sie nie wieder auf die Beine kommen.

Entschlossen blickte sie in die andere Richtung, als sie an dem Gegenstand vorbeirollte. Sofort sank das schlechte Gewissen in sie ein. Ihre Finger zogen von alleine an den Bremsgriffen.

»Das ist lächerlich«, murmelte sie unter schwerem Atem. »Du bist lächerlich, Evie.«

Doch sie konnte nicht anders.

Über sich selbst fluchend, stieg sie vom Rad. Die Erdanziehungskraft schien sich zu verdoppeln, sobald sie festen Grund unter die Füße bekam. Ihre Beine fühlten sich an, als hätten ein paar Mafiosi sie in Betonklötze gegossen, um sie im nächsten See zu versenken.

Evie schlurfte die wenigen Schritte zurück zu dem Gegenstand und hob ihn auf. Selbst das verlangte ihr Energie ab. Sie schüttelte den Dreck ab und begutachtete die alte Chipstüte. Evie seufzte. Wäre die Tüte voll gewesen, dann hätte sie wenigstens etwas von dieser Aktion gehabt. Das hier würde ihr nicht das Leben retten. Dessen war Evie sich sicher. Trotzdem stopfte sie die Kunststofffolie in die Seitentasche ihres Rucksacks.

Ein Klirren ließ sie herumfahren. Evie sah sich um. Bildete sie sich jetzt schon Geräusche ein? Verwirrtheit und Halluzinationen gehörten zu den Begleiterscheinungen. Sie fasste sich an die Stirn.

Klirr. Da war es schon wieder. Evie drehte sich einmal im Kreis, bis sie die eisblasse Kugel auf dem Asphalt entdeckte.

Klirr. Klirr. Klirr. Immer mehr Hagelkörner fielen herab, als sich die graue Wolkendecke über ihr erbrach. Einige von ihnen waren so groß wie Golfbälle. Evie zog die Kapuze ihres Mantels über die Ohren und sprang zu ihrem Fahrrad. Sie schrie auf, als eine größere Eiskugel sie am Hinterkopf traf. Wie Gewehrfeuer hagelte es auf sie nieder. Suchend sah sie sich um. Auf der Straße würde sie keinen Schutz finden. Stattdessen schob Evie das Rad in den nahen Wald hinein.

Eine Windböe peitschte durch die Äste. Mehr und mehr Hagelsteine schossen durch das Nadeldach. Vor wenigen

Minuten war der Himmel totenstill gewesen, jetzt griff der Sturm sie tosend an.

Evie biss die Zähne zusammen, als ein Hagelkorn auf ihre verkrampfte Hand knallte. Sie hatte das Gefühl, ihre Finger würden unter dem Geschoss zersplittern. Wenn sie nicht schnell Schutz suchte, dann würde sie sich womöglich ernstere Verletzungen zuziehen.

In der Ferne erklang ein grollendes Donnern. Der Wind durchkämmte die Baumwipfel, als wolle er Evie herausfischen. Die Luft klatschte ihr ins Gesicht, Hagelkörner schlugen prasselnd auf dem Boden auf. Evie schirmte mit der linken Hand ihre Augen ab, während sie ihr Rad mit der anderen neben sich herschob. Die Reifen schleiften durch die Blätter und die Nadeln auf dem Waldboden.

In der Ferne entdeckte Evie eine Felsformation. Darunter konnte sie sich verstecken. Während die Hagelkörner um sie herum einschlugen, eilte sie zu dem grauen Koloss. Kurz vor dem Ziel traf sie ein Hagelstein im Nacken. Evie geriet ins Taumeln. Für einen Moment wurde ihr schwarz vor Augen. Mit dem Vorderreifen stieß sie gegen den harten Felsbrocken.

Wie ein nasser Hund schüttelte Evie sich, um wieder einen klaren Kopf zu bekommen. Sie untersuchte den feuchten, dunklen Spalt unter dem Gestein. Wenn sie sich klein machte, passte sie in die Öffnung.

Schnell stellte Evie das Fahrrad ab, nahm ihren Rucksack vom Rücken und kroch in die Höhle. Der Boden war feucht und kalt unter ihren Fingern. Sie konnte die Insekten und Würmer, die hier hausten, zwar nicht sehen, aber sie spürte ihre Anwesenheit. Doch lieber verbrachte sie die Zeit mit heimischen Kriechtieren, als sich von einem faustgroßen Hagelkorn den Kopf einschlagen zu lassen.

Evie rutschte in die Öffnung, bis ihre Schulter die Steinwand berührte. Den Rucksack klemmte sie zwischen die Beine. Im Halbdunkel zog Evie den Reißverschluss auf und tastete nach der Taschenlampe, die sich darin verbarg. Sie schaltete das Licht ein und leuchtete ihr Versteck aus. Hagelkörner hingen in den Falten ihres Mantels. Moos spross aus den Spalten der kleinen Höhle. Wasser rann an dem Gestein herab, während es draußen weiter stürmte und hagelte.

Evie knipste die Taschenlampe aus. Sie wusste nicht, wie lange die Batterie halten würde. In den letzten Tagen hatte sie die Taschenlampe ausgiebig in Anspruch genommen. Sie schaltete ihr Handy ein und prüfte die Symbole am oberen Rand des Displays. Kein Empfang. Noch Sekunden nachdem sie das Gerät wieder ausgeschaltet hatte, tanzten die bunten Symbole vor ihren Augen wie Sternchen nach einem Schlag auf den Kopf.

Der Wind heulte vor der Höhle und zischte durch alle Ritzen. Evie zog die Beine an den Körper. Solange es stürmte, konnte sie nicht weiterziehen. Sie würde hier ausharren müssen, bis sich das Wetter beruhigte. Einen Moment lang schloss Evie die Augen und blinzelte die Symbole weg. Sie legte den Kopf auf die Knie und gab sich der Erschöpfung hin.

Mit den Fingerspitzen tastete sie ihre linke Hand ab. Die Haut war eisig und schmerzte bei jeder Berührung. Evies Finger fuhren weiter bis zu ihrem Handgelenk, an dem sie die Armbanduhr ihres Vaters trug.

Sie kam vorerst keinen Schritt voran.

Doch die Uhr tickte ...

EVIE 8

Mit geröteten Augen lag ich im Bett. Sie tränten vom vielen Lesen und Starren. Das blaue Licht des Handydisplays erleuchtete mein Zimmer. Bilder und Schlagzeilen brannten sich in meine Netzhaut ein und ließen ein Nachbild zurück, das mich bis in den Schlaf verfolgen würde.

Es war zwei Uhr nachts. Ursprünglich hatte ich mir vorgenommen, spätestens um eins die Augen zuzumachen. Doch ein Klick führte zum nächsten und zum nächsten und zum nächsten …

Nach dem geleakten Bericht der Weltgesundheitsorganisation überschlugen sich die Nachrichten über die mysteriöse neue Krankheit.

Innerhalb kürzester Zeit hatte man das ungeklärte Phänomen auf den prägnanten Namen »Fieber« getauft. Jeder prominente Todesfall wurde sofort mit der Todeswelle in Verbindung gebracht. Auch wenn er rein gar nichts damit zu tun hatte.

Längst beschäftigte sich eine internationale Notfallkommission mit den Fällen. Die Theorie, dass es sich nicht um Anschläge, sondern um eine neue Krankheit handelte, verhärtete sich, als ein kanadischer Geschäftsmann tot in seinem Atomschutzbunker aufgefunden wurde. Anscheinend hatte er sich dort vor der drohenden Gefahr verstecken wollen. Vergeblich.

Die Körper der Opfer schienen auf etwas zu reagieren. Was das genau war, da waren sich die Wissenschaftler uneins. Sicher war nur, dass es die Opfer unvermittelt traf und ihnen keine Überlebenschance ließ. Einige vermuteten, dass es mit dem Lebensstil der Betroffenen zusammenhing. Denn das war das Einzige, was die Opfer bisher miteinander verband. Nur einer der Todesfälle passte nicht in die Liste: einer der meistgesuchten Umweltverbrecher der Welt. Jahrelang hatte er illegal Millionen Tonnen Giftmüll rund um Neapel entsorgt. Interpol hatte ergebnislos nach ihm gefahndet – bis er mit Fiebersymptomen in einem Krankenhaus in Südthailand auftauchte.

Gerade weil das alles so rätselhaft war, verhielt sich die breite Bevölkerung entspannt. Zwar sprach jeder über Fieber und die Opfer, aber niemand in meinem Umfeld sah sich selbst gefährdet. Wie Adrian schon angemerkt hatte, gehörte keiner von uns zum ›Club der Milliardäre‹.

Für die meisten war Fieber etwas, von dem man im Internet oder Fernsehen hörte. Ein Ereignis, das sie nicht berührte. Das ihnen nichts anhaben konnte. Sie waren nicht wohlhabend oder mächtig. Fieber stellte für sie keine direkte Bedrohung dar.

Müde rieb ich mir eine Träne aus dem Augenwinkel und klickte auf das nächste Video. Als die Tür zu meinem Zimmer unangekündigt aufging, gelang es mir nicht, das Smartphone rechtzeitig unter der Bettdecke zu verstecken. Hastig drückte ich auf »Pause«.

»Du bist ja noch wach«, sagte Mama.

Ihre Stimme verriet, dass sie das gewusst hatte, bevor sie zur Tür hereingeplatzt war. Mama hatte eine Art siebten Sinn. Keine Ahnung, wie sie es anstellte, aber sie ahnte meine Handlungen voraus. Genauso wie sie mir und Romy jedes Mal im Gesicht ablas, wenn wir irgendetwas ausgefressen hatten.

»Ist alles in Ordnung?«, fragte sie.

»Ja«, log ich.

Mamas Blick ging zu dem Smartphone in meiner Hand. »Schlaf jetzt.«

Obwohl wir beide zu den ersten Zeugen von Fieber gehörten, hatte sie mir deutlich zu verstehen gegeben, dass sie nichts darüber hören wollte. Wenn ein Beitrag zu dem Thema in den Nachrichten kam, schaltete sie schnell weg.

Mama wollte nicht darüber nachdenken, weil sie nicht wollte, dass ich darüber nachdachte. Als wäre die eigentliche Gefahr nicht Fieber, sondern der Gedanke daran.

Doch Gedanken kann man nicht vorausplanen und erst recht nicht stoppen. In den ersten Schulwochen hatte ich den Vorfall im Flugzeug verdrängt, doch jetzt konnte ich die Augen nicht länger vor den Ereignissen verschließen. Täglich wuchs die Anspannung in mir. Ich hatte Angst, mich wieder in etwas hineinzusteigern, wie es mir früher schon einmal passiert war, aber ich konnte nicht anders.

Ich las jeden Post, schaute jeden Clip, den ich zu dem Thema finden konnte. Ich geriet in einen Sog, von dem ich selbst wusste, wie gefährlich er war, weil ich all das schon einmal erlebt hatte. Je mehr ich mich darüber informierte, desto ratloser blieb ich zurück. Fieber war real. Das stand außer Frage. Doch keiner konnte eine klare Antwort bieten, was genau dahintersteckte und wie man damit umzugehen hatte. Und das machte mir Angst.

Der Tag von Adrians Party rückte näher und mir war stets weniger nach Feiern zumute. Am Morgen der Party schickte ich Ric eine Nachricht. Ich behauptete, dass es mir nicht gut ginge. In gewisser Hinsicht stimmte das ja auch.

Ich hätte mir denken können, dass Ric nicht so schnell aufgab. Um Punkt neunzehn Uhr stand er auf der Türschwelle. Ich trug meinen Katzen-Onesie, als ich die Tür öffnete. Er bestand aus schwarzem Samt. Wenn ich die Kapuze aufsetzte, sah es aus, als hätte ich Ohren.

»Warum bin ich nicht überrascht, dich zu sehen?«, begrüßte ich ihn.

»Was ist los?«, fragte Ric. »Die Party fängt in dieser Minute an.«

»Ich habe dir doch geschrieben, dass ich mich nicht gut fühle.«

Ric folgte mir in den Hausflur. Er fasste mir erst an die Stirn, dann an die Wange. »Ich finde, du fühlst dich gut an.« Er grinste und gab mir einen seiner Cassis-Küsse. »Komm schon«, bat er. »Eine Party ohne dich macht nur halb so viel Spaß.«

»Ich weiß nicht.«

Inzwischen fühlte ich mich tatsächlich kränklich. Das passierte mir öfter. Jedes Mal, wenn ich die Schule schwänzen wollte und Mama deshalb Übelkeit vortäuschte, war mir am Ende des Tages tatsächlich schlecht.

»Was ist?«, fragte Cedric. »Willst du den Abend in deinem Bett verbringen, Artikel über Fieber lesen und dir den Kopf darüber zerbrechen?«

»Du kennst mich wirklich gut«, sagte ich.

»Das merkst du erst jetzt?« Ric zog den Reißverschluss meines Onesies auf und ab. *Ritsch, ratsch, ritsch, ratsch.* Darunter trug ich meinen bequemsten Sport-BH. Ich hatte mir an diesem Tag nicht die Mühe gemacht, in Alltagskleidung zu wechseln.

»Na los, Bae«, bat er mich.

Ritsch, ratsch, ritsch, ratsch. Bei jedem *Ritsch* kam der BH zum Vorschein.

Meine Mauer des Widerstandes bröckelte, je länger Ric mich ansah. Manchmal beneidete ich ihn um seine dichten, dunklen Augenbrauen. Ich hätte stundenlang in seine Augen blicken können. Wenn das Sonnenlicht im richtigen Winkel auf sie traf, funkelten sie golden wie Sternenstaub.

»Ich habe gar kein Geschenk für Adrian«, fand ich eine weitere Ausrede, bevor Ric mich mit seinem bloßen Blick überzeugen konnte.

»Ich auch nicht. Wir besorgen ihm auf dem Weg eine Tafel Schokolade oder eine Tüte Chips oder so«, sagte er.

»Hat sich jemals irgendwer eine Tüte Chips zum Geburtstag gewünscht?«, fragte ich.

»Glaub mir, ich habe in den letzten sechzehn Jahren schon schlimmere Geschenke bekommen. Ich habe drei ältere Brüder.« Ric grinste.

Automatisch musste auch ich lächeln. Ich gab ihm einen Kuss. Diesmal länger und intensiver. Ich legte die Hand in Rics Nacken und zog ihn an mich. Er durchschaute das Ablenkungsmanöver. »Hm«, summte er und zog eine Augenbraue in die Höhe. »Denkst du, du kannst dich so aus der Sache herauswinden?«

»Einen Versuch ist es wert«, sagte ich.
Ritsch.
»Hallo, Cedric«, ertönte plötzlich Mamas Stimme hinter mir.
RATSCH. Ric zog den Reißverschluss so schnell hoch, dass er mir bis unters Kinn ging.
»Ich wusste gar nicht, dass du heute vorbeikommst«, sagte Mama, ohne etwas von dem Mini-Striptease bemerkt zu haben.
»Ich bin auch nur hier, um Evie zu entführen. Adrian feiert Geburtstag«, sagte Ric mit einem Lächeln, die Finger noch immer am Reißverschluss.
»Dann viel Spaß«, erwiderte Mama, offensichtlich darüber erfreut, dass ich den Abend nicht mit ›Fieber‹ im Bett verbrachte. Bevor sie in die Küche verschwand, schoss sie hinterher: »Aber, Evie, zieh dir bitte vorher was Vernünftiges an.«
Riiitsch.
Ric hob die Augenbraue und grinste mich unverschämt an.
Ich gewann die Hoheit über den Reißverschluss zurück. »Muss ich dich daran erinnern, dass du derjenige bist, der feiern gehen will?«
Er legte den Kopf schief. »Wie wäre es damit: Wir gehen für ein, zwei Stunden zu Adrian, und wenn es dir nicht gefällt, dann kommen wir einfach wieder her und schauen einen Film von unserer Watchlist. Uns fällt schon was ein …«, schlug er vor. »Wenn es nach mir geht, musst dich nicht einmal umziehen.« Ric deutete auf seine schwarze Jogginghose. »Wir können im Partnerlook gehen.«
Bei dem Vorschlag musste ich lachen. Ich fand allein die

Vorstellung, in meinem Katzen-Onesie auf einer Party aufzutauchen, so bescheuert, dass ich gedanklich direkt ein passendes Outfit zusammenstellte. Obwohl ich gerne Mamas Gesicht gesehen hätte, wenn ich wirklich in dem Teil vor die Tür gegangen wäre.

»Du bist ein Idiot«, sagte ich.

Ric lächelte. »Deshalb bist du doch mit mir zusammen, oder?«

Eine Stunde später waren wir auf dem Weg zu Adrian.

* * *

Als Ric und ich ankamen, war die Feier bereits in vollem Gange. Ich hatte mich ganz ohne Rics Hilfe erfolgreich von einer Stoffkatze zurück in ein sechzehnjähriges Mädchen verwandelt.

Obwohl es ein kühler Herbsttag war, hatte Adrian beschlossen, die Feier in den Garten zu verlegen. Mitschüler standen in Jacken und Schals gewickelt über die Terrasse verteilt wie vorzeitige Adventspäckchen. Ihre Köpfe lugten aus Lagen von Stoff hervor. Ab und an blitzte eine Hand auf, um schnell ein wenig Alkohol oder Limo nachzukippen. Deutsche Rap-Musik donnerte aus einem tragbaren Lautsprecher. Zum Tanzen war niemand betrunken genug. Trotzdem war ich froh, aus meiner Schale gekrochen und hergekommen zu sein.

Cedric marschierte schnurstracks zu dem Tisch mit den Getränken. Er legte die Schokolade ab, die wir unterwegs für Adrian gekauft hatten, und kam mit einem Bier für sich und einem Becher Apfelsaft für mich zurück. Ich fror innerlich, als ich einen Schluck trank. Der Saft war eiskalt.

»Die Drachenkönigin ist auch da. Hat sogar ihre Armee dabei«, sagte Ric und deutete auf die gegenüberliegende Seite der Terrasse. Dort stand Pippa zusammen mit Aliye und Lucy.

»Ach. Du redest von meinen Freundinnen«, entwich es mir trocken.

»Hätte nicht gedacht, dass sie echt hier auftaucht«, sagte Ric.

Obwohl wir in den letzten Monaten einige Schwierigkeiten miteinander gehabt hatten, war ich froh, sie hier zu sehen. Pippa war eine der wenigen, die die Nachrichten um Fieber ebenfalls ernst nahm.

Sobald sie uns entdeckte, winkte sie mich zu sich. Ich schob mich an einigen Grüppchen vorbei zu den Mädchen, die über ihre Handys gebeugt standen.

»Evie, schön, dich zu sehen«, sagte Lucy, sobald ich sie erreichte.

Wir kannten einander seit der fünften Klasse. Ich erinnere mich nicht daran, dass Lucy jemals etwas Negatives oder Gemeines zu mir gesagt hätte. Sie brachte so schnell nichts aus der Fassung. Das führte manchmal so weit, dass andere auf sie sauer wurden, weil sie es nie war.

»Was seht ihr euch da an?«, fragte ich.

Aliye hielt mir das Display ihres Smartphones entgegen. Zu sehen war eine Fotomontage, die einige Fieber-Opfer in einem Raumschiff zeigte. ›Tschüss, ihr Idioten‹, stand in einer Sprechblase darüber.

Ich scrollte durch den Feed. Die Montagen zeigten vermeintliche Fieberopfer auf verlassenen Inseln, mit Cocktails in den Händen, im Erdkern versteckt, auf einer einsamen Eisscholle. In den letzten Tagen hatte ich zahlreiche solcher Memes gesehen. Der Feed war endlos. Je weiter ich scrollte, desto mehr Bilder luden nach.

Mama empörte sich jedes Mal über solche Fotomontagen. Sie fand sie geschmacklos. Dabei ging es nicht darum, die Opfer zu verspotten. Zumindest meistens nicht. Die Fotomontagen halfen, auf witzige Weise mit ernsten Situationen klarzukommen. Für viele war die Vorstellung einiger Superreicher, die sich gemeinsam in einem Panic Room versteckten, leichter zu verdauen als die Realität. Aber vielleicht war jedes Bild leichter zu verdauen als das des eigenen drohenden Todes. Vor allem, wenn der in der Form einer Krankheit auftrat, die sich jeglichen wissenschaftlichen Erkenntnissen entzog.

»Einige Leute sagen, der Bericht der WHO ist gefakt«, erklärte Lucy. »Sie behaupten, es gibt keine Toten. Dass uns eine Lüge von einer mysteriösen Krankheit aufgetischt wird, um die Wirtschaft endgültig zu zerstören.«

»Ich hab das Gegenteil gehört«, sagte Aliye. »In Wirklichkeit sollen schon viel mehr Leute an Fieber gestorben sein, als sie zugeben. Tausende, heißt es. Aber sie wollen mit allen Mitteln vermeiden, dass die Leute in Panik geraten.«

»Wer weiß, wo diese Behauptungen herkommen«, wandte Pippa ein. »Wahrscheinlich sind es nur ein paar frustrierte Trolle, die diese Verschwörungstheorien verbreiten. Ist das nicht immer so?«

»Also, wenn ich mir eine Theorie aussuchen könnte, dann würde ich auch daran glauben wollen, dass die alle in einem großen Raumschiff zum Mars geflogen sind«, sagte Aliye trocken.

»Du kannst glauben, was du möchtest«, erwiderte Pippa. »An den Tatsachen ändert das leider nichts.«

Das brachte es auf den Punkt.

»Was zieht ihr denn so lange Gesichter?«, fragte Ric, als er sich zu uns gesellte.

Er fuhr mir mit der Hand über den Rücken und gab mir vor versammelter Mannschaft einen langen Kuss. Diesmal schmeckte er nicht nach Cassis, sondern nach Bier.

Pippa konnte ihren Ekel nicht verbergen: »Nehmt euch ein Zimmer.«

»Später«, sagte Ric und nippte an seinem Bier. »Ich freue mich auch, dich zu sehen, Pip.«

In ihrem Gesicht sah ich, dass sie kurz davor war, ihn bezüglich ihres Namens zu korrigieren. Aber das war ihr die Mühe offenbar nicht wert.

»Und woran glaubst du, Ric? Raumschiff oder Friedhof?«, fragte sie stattdessen.

Cedric hob die dunklen Augenbrauen. Er sah mich an, als müsse er sich vergewissern, dass sie nicht den Verstand verloren hatte.

»Glaubst du, dass dieses Fieber wirklich existiert?«, hakte Pippa nach. »Oder denkst du, die ganze Sache wird in den Medien nur aufgeblasen?«

Ric zuckte mit den Schultern. »Keine Ahnung.« Unsicher sah er zu mir. »Klar. Ich denke schon, dass das echt ist. Was weiß ich?«

Er warf die Antwort dahin wie ein altes Taschentuch, das er nicht lange anfassen wollte. Allzu viele Gedanken machte er sich über das Thema anscheinend nicht. Ich fand die Antwort enttäuschend. Er wusste, was mir im Flugzeug widerfahren war und dass ich keine Zweifel an Fieber hatte.

Cedric legte den Arm um meine Schultern. »Ich könnte was zu futtern vertragen«, sagte er stattdessen. »Bist du dabei?«

Er deutete in Richtung eines kleinen Pavillons, der in der Mitte des Gartens stand. Dort grillte Adrian inmitten einer Rauchwolke.

Ich schloss mich Ric an. Nicht weil ich Hunger hatte, sondern weil ich Adrian aus reiner Höflichkeit Hallo sagen wollte.

Der war in seine Aufgabe als Grillmeister vertieft. Er wedelte mit der Zange in der Luft, um den Rauch zu vertreiben. In der anderen Hand hielt er eine Bierflasche. Während Adrian die Würstchen wendete, schwankte er leicht vor und zurück. Kurz befürchtete ich, er könnte selbst auf dem Rost landen.

»Evie«, rief er, als er mich entdeckte. »Würstchen? Steak?«

Ich schüttelte den Kopf.

»Ich aber.« Ric sprang einen Schritt vor. Mit den Fingerspitzen schnappte er sich eine der Bratwürste vom Grill und biss genüsslich hinein.

»Schmeckt gut«, sagte er und gab mir einen Kuss.

»Bäh, Ric«, beschwerte ich mich.

Mit dem Handrücken wischte ich mir das Fett von den Lippen und verzog das Gesicht. Ich war mir sicher, dass er sich gerade den Gaumen verbrannte.

»Sag bloß, du bist unter die Vegetarier gegangen?«, fragte Adrian und schwenkte eine Wurst mit der Zange, als könne er mich damit ködern.

»Schon länger«, antwortete ich, während Cedric neben mir die heiße Bratwurst verschlang.

»Gut. Dann bleibt mehr für mich«, grinste Adrian und legte drei marinierte Steaks auf den Grill.

Eines musste ich zugeben: Das Fleisch sah gut aus.

Adrians Grinsen hingegen nicht.

»Hast du auch was Veganes da?«, fragte Pippa, als sie neben mir auftauchte.

»Natürlich nicht«, erwiderte Adrian.

Zur Antwort streckte Pippa ihm den Mittelfinger entgegen.

Adrian öffnete den Mund, um zu kontern. Heraus kam kein Wort, sondern ein Ächzen. Der Ausdruck in seinem Gesicht veränderte sich. Das Grinsen verzerrte sich zu einer grotesken Maske. Wie ein Hilfeschrei ohne Ton.

»Hör auf mit dem Scheiß«, warnte Pippa ihn.

Adrian antwortete nicht. Die Grillzange fiel ihm aus der Hand. Das rohe Stück Fleisch klatschte auf die Holzpaneele. Adrians Körper folgte. Er ging auf die Knie. Würgend fasste er sich an den Hals. Ein Gurgeln entwich seiner Kehle. Im nächsten Moment gaben die Beine unter ihm nach. Mit einem Poltern knallte er seitlich auf den Boden.

»Er hat einen Anfall.«

Sobald ich den Satz ausgesprochen hatte, kam die Botschaft auch in meinem Kopf an. Das war kein Scherz. Adrian hatte einen Anfall. Und wir standen tatenlos daneben.

9

Stöhnend wälzte sich Adrian vor uns auf dem Boden.

Ohne zu wissen, was zu tun war, kniete ich mich neben ihn. Ich packte ihn an den Schultern und versuchte, ihn ruhig zu halten. Es brauchte all meine Kraft. Er wand sich heftig unter meinem Griff.

»Adrian«, sprach ich ihn an. »Was ist los?«

»Die …« Er stockte und verdrehte die Augen. Speichel floss ihm aus dem Mundwinkel. Sein Gesicht lief rot an. Es sah aus, als würde er ersticken.

Ich fuhr zu Cedric herum. »Ruf den Notarzt. Los!«

Ric war wie festgefroren. Er bewegte sich keinen Millimeter, während Adrian unter meinen Händen gegen seinen eigenen Körper ankämpfte.

Ein Totalausfall.

Erneut sah ich zu Adrian. Er strampelte mit den Füßen, traf den Grill. Funken stoben auf.

»Fieb… Ich kann nicht …«, stöhnte er.

Ich fasste ihm an die Stirn. »Er glüht.«

Mit dieser Erkenntnis stieg auch in mir Hitze auf.

Pippa hockte sich neben mich. Gemeinsam fixierten wir ihn. »Wenn es …«, begann sie und schluckte. »Wenn es Fieber ist, dann …«

Dann wird der Notruf nichts bringen. So hätte der Satz enden sollen. Sie wagte nicht, ihn auszusprechen.

Wortlos sahen wir einander an, als uns das bewusst wurde. Nein. Das durfte nicht passieren. Es konnte nicht sein. Tränen stiegen mir in die Augen. Ich hatte das ein Mal mitgemacht, ich würde nicht ein zweites Mal zusehen, wie jemand Fieber zum Opfer fiel. Erneut drehte ich mich zu Cedric. »Ric! Notruf!«

Er verharrte wie angewurzelt, als hätte ihn jemand in Wachs gegossen, das langsam erstarrte.

»Was ist denn mit dir los?«, schrie ich ihn an.

Ich erkannte meine eigene Stimme nicht wieder. Sie war wie losgetrennt von meinem Körper, platzte aus mir heraus in den Garten hinein. Ich löste die linke Hand von Adrians Handgelenk und holte das Smartphone aus meiner Bauchtasche. Mit zitternden Fingern wählte ich den Notruf.

Ein schriller Laut kam aus Adrians Kehle. Der Ton drang tief in meine Ohren. Seine Finger gruben sich in mein Handgelenk, dann riss er mir das Handy aus der Hand und warf es beiseite. Erschrocken sah ich zu Adrian. Er hatte den Mund weit aufgerissen. Die Augen bildeten zwei schmale Schlitze.

Er lachte.

Er wälzte sich auf dem Boden und lachte.

Mein Schock wich erst Fassungslosigkeit und dann dem Gefühl unkontrollierter Wut. Das war ein Scherz. Er hatte uns einen Streich gespielt und den Anfall vorgetäuscht. Adrian keuchte, als ich ihm mit der Faust auf den Brustkorb schlug. »Du Scheißarschloch!«

Adrian wusste, dass ich einen Mann an dem echten Fieber

hatte sterben sehen, und jetzt zog er eine so verschissene Nummer ab? Ich stand auf und wich von ihm zurück.

Cedric blickte mich völlig verstört an. Er war noch immer wie erstarrt. Als wäre die Info, dass Adrian uns etwas vorgespielt hatte, nicht bei ihm angekommen. Als würde überhaupt nichts mehr bei ihm ankommen.

»Natürlich ist mir heiß«, sagte Adrian und setzte sich auf. »Stellt ihr euch mal den ganzen Abend an den Grill.«

Pippa rollte mit den Augen und stand ebenfalls auf. »Du bist der größte Idiot aller Zeiten«, sagte sie, gefolgt von einem langen Seufzer. »Und ich kenne viele dumme Leute. Ich habe fünf Cousins.«

Für sie war er ein hoffnungsloser Fall.

Adrian aber lachte weiter. Er fand seinen Auftritt unglaublich lustig. Damit war er alleine.

»Jetzt seid nicht sauer. Ihr wisst genau, dass ich nicht annähernd in die Risikogruppe falle«, sagte er, als würde das die Aktion rechtfertigen. »Schön wär's. Dann würde ich nicht in dieser Hütte leben. Und zur Schule würde ich definitiv auch nicht mehr gehen. Dachtet ihr ernsthaft, mich hätte dieses Fieber erwischt?«

Ich trat noch einen Schritt zurück. Beschämt und wütend darüber, dass ich auf seinen Trick hereingefallen war, wischte ich mir eine Träne von der Wange.

Als Ric die Reaktion in meinem Gesicht sah, wachte er endlich auf. Ein Blitz durchfuhr seinen Körper. Die Bierflasche glitt ihm aus der Hand und landete im Gras. Er stürzte sich auf Adrian und packte ihn am Kragen seines Mantels.

»Das findest du witzig, ja?«, schnaubte er.

Er griff nach dem rohen Stück Fleisch, das auf den Holzpaneelen lag, und zwang es Adrian zwischen die Zähne. »Friss das. Dann erwischt es dich vielleicht wirklich.«

Adrian ächzte unter der Last. Das Steak nahm ihm die Luft zum Atmen.

»Ric!« Ich zerrte an seinem Oberarm, aber ich kam nicht gegen ihn an. Das war das erste Mal, dass ich ihn derart wütend erlebte.

Adrian würgte an dem Stück Fleisch, das zwischen seinen Zähnen steckte. Cedrics Hand bedeckte sein halbes Gesicht.

»Hör auf.« Pippa kam mir zu Hilfe. Sie geriet ins Wanken, als Cedric sie beiseitestieß. Mit einem Stöhnen landete sie auf der Hüfte. Ich riss Ric von Adrian weg. Am Ende lagen wir alle im Gras.

»Bist du jetzt völlig verrückt geworden?«, fragte ich Cedric, als er sich neben mir aufsetzte.

Er antwortete nicht. Stattdessen blickten Adrian und er einander wild an. Ric schleuderte das Stück Fleisch beiseite. Er rieb sich die verschmierten Hände an der Jogginghose ab.

»Wusste ich doch, dass es eine Scheißidee war, herzukommen«, fauchte Pippa und stand auf. Ihr Gesicht nahm eine tiefrote Schattierung an. Der Mund verformte sich zu einem festen Bumerang. Die dichten Augenbrauen zogen sich tief auf ihrer Stirn zusammen. In diesem Moment war ich mir sicher, dass Pippa die ursprüngliche Inspiration für das Wut-Emoji gewesen sein musste. »Vielen Dank für die Einladung. Nicht.«

Sie strich sich den Dreck von der Hose. Dann stampfte sie davon.

»Warte«, rief ich und sprang ebenfalls auf die Füße.

Pippa hörte nicht auf mein Rufen.

Lucy kam uns entgegen. »Was ist denn passiert?«, fragte sie. Besorgt sah sie zu Adrian und Ric, die auf dem Boden hockten.

Pippa ignorierte sie. Zielsicher marschierte sie über den Rasen in Richtung Auffahrt.

»Pippa, jetzt warte doch mal«, rief ich und lief ihr hinterher. »Pippa«, forderte ich erneut, um es schließlich mit einem energischen »Filippa« zu versuchen.

Sie fuhr herum. Ihre Augenlider flatterten vor Aufregung. »Ernsthaft. Mit dem Kerl willst du zusammen sein?«

»Adrian hat es drauf angelegt«, verteidigte ich Ric, obwohl auch ich seine Reaktion überzogen fand. Ich war ebenfalls wütend auf Adrian, aber ein Stück rohes Fleisch hätte ich ihm deswegen nicht um die Ohren geschlagen.

Pippa schnaubte. »Wenn wir ihn nicht davon abgehalten hätten, wäre Adrian an dem Steak erstickt.«

»Jetzt übertreibst du aber«, sagte ich.

Sie schlug die flachen Hände auf die Oberschenkel. »Warum nimmst du Ric ständig in Schutz? Immer bist du auf seiner Seite.«

Ich verschränkte die Arme vor der Brust. »Was ist eigentlich dein Problem?«

Adrian hatte soeben vorgetäuscht, an einem Fieberanfall zu sterben, und uns damit eine Heidenangst eingejagt. Warum war sie nicht auf ihn wütend, sondern auf Ric?

»Was *mein* Problem ist?«, entfuhr es Pippa.

»Du konntest Ric von Anfang an nicht ausstehen. Seitdem wir zusammen sind, hast du nicht *ein* nettes Wort über ihn verloren. Wenn er im gleichen Raum ist, tust du so, als würde er nicht existieren. Bist du eifersüchtig?«

Entgeistert sah Pippa mich an. »Eifersüchtig? Auf wen? Auf dich oder auf Cedric?«

Ich antwortete mit einem Schulterzucken. In dem Moment hielt ich alles für möglich. »Warum redest du nicht einfach mal Klartext?«

»Klar. Ich bin eifersüchtig auf euch. Cedric und Evelyn – das Traumpaar.« Ihr Sarkasmus schlug mir hart entgegen.

»Was ist es dann?«, fragte ich. »Wieso gönnst du mir das nicht? Wieso kannst du dich nicht darüber freuen, dass ich jemanden gefunden habe, dem ich etwas bedeute und der mir was bedeutet?«

»Der dir etwas bedeutet«, wiederholte Pippa. »Verstanden.«

Sie klang wie jemand, dem das Herz gebrochen worden war. Enttäuschung zog in tiefen Schatten über ihr Gesicht. Pippa biss sich auf die Unterlippe. Sie schüttelte den Kopf und blickte auf das Stück Rasen, das zwischen uns lag. Saftig grün. Gleichmäßig geschnitten. Kein Blatt Unkraut zwischen den Halmen. Von Menschen gemachte Natur.

»Warum bist du aus der Bewegung ausgestiegen?«, fragte sie dann.

»Was?« Mit diesem Themenwechsel hatte ich nicht gerechnet.

»Wieso kommst du nicht mehr zu den Treffen?«, fragte Pippa. »Du hast mich da reingeholt. Und dann hast du dich einfach verzogen.«

Das war das erste Mal, dass sie mich offen darauf ansprach. Es stimmte. Ich war diejenige, die sich als Erste der Bewegung angeschlossen hatte, um gegen den Klimawandel, das Artensterben und die Umweltverschmutzung zu demonstrieren. Ich hatte nicht länger stumm hinnehmen können, dass wir nach jeder Katastrophe noch mehr Schaden anrichteten als zuvor, anstatt endlich Konsequenzen zu ziehen. Regelmäßig ging ich zu den Treffen. Ich machte mich schlau, engagierte mich, änderte mein Verhalten. Ich wurde Vegetarierin. Ich verbannte Kaffeekapseln, Plastikflaschen und Strohhalme aus unserem Haushalt. Wenn ich duschte, stellte ich einen Timer. Das war noch immer so. Meine Eltern freuten sich. Sie sparten Geld. Damals verzichtete ich sogar auf unseren Italienurlaub, um gemeinsam mit anderen Demonstranten auf die Straße zu gehen.

Darüber freuten sich meine Eltern nicht.

»Also«, sagte Pippa mit fordernder Stimme, »warum kommst du nicht mehr?«

Seit sechs Monaten gab sie mir zu verstehen, dass sie Cedric verabscheute. Und erst in diesem Augenblick begriff ich, worum es wirklich ging.

»Kannst du Ric deshalb nicht ausstehen? Denkst du, ich hätte seinetwegen aufgehört?«

Pippa sagte nichts, verschränkte nur die Arme vor der Brust. Für mich war das Antwort genug.

»Ich bin nicht seinetwegen ausgestiegen«, sagte ich.

Die wahren Gründe hatte ich Pippa nie erzählt. Sie würde sowieso kein Verständnis aufbringen. Dafür bedeutete ihr das Thema zu viel. Aber jetzt war ich sauer über die Tatsache, dass sie Ric so viel Macht über mich zusprach. Dass sie ernsthaft glaubte, mein Freund wäre dazu in der Lage, mich von meinen Interessen abzubringen und meine Freizeit zu bestimmen. Die Wut war so groß, dass die Wahrheit aus mir herausplatzte:

»Ich gehe nicht mehr hin, weil ich es nicht mehr ertragen konnte. Jede Woche die gleichen Forderungen, die Aufrufe, die immer verzweifelteren Versuche, uns Gehör zu verschaffen. Und jedes Mal die gleiche Enttäuschung. Auf jede positive Nachricht kamen zwei negative. Fliegen wird teurer, aber schaut, die Polkappen schmelzen trotzdem und lassen tonnenweise Methan entweichen. Wir investieren in erneuerbare Energien, aber die Arktis brennt weiter und setzt dabei mehr CO_2 frei als du in einem ganzen Leben. Du willst kein Fleisch mehr essen? Okay, aber der Amazonas wird jetzt noch schneller abgeholzt.

Es war, als würden wir versuchen, mit einem Wassereimer einen ganzen Waldbrand zu löschen. Und je lauter wir geschrien haben, desto härter wurde der Widerstand. Als wären wir auf einmal schuld an allem. Das hat mich fertiggemacht.«

Ich seufzte, wie ich es damals so oft getan hatte.

Pippa hörte mir geduldig zu.

»Irgendwann stand ich im Supermarkt und mir ist schlecht geworden. Richtig übel, verstehst du? Ich habe mich umgesehen, und alles, was ich gesehen habe, waren Verpackungen und Plastik. Müll. Tonnen von Müll. Und das nur in einem einzigen Supermarkt. Da musste ich mir all die anderen Supermärkte auf der Welt vorstellen. Berge von Müll. In brennenden Haufen, im Ozean versenkt, in Tiermägen, in unseren Körpern. Müll. Überall. Und da habe ich Panik bekommen. Richtige Panik. Die Aufgabe erschien mir zu groß, nicht zu bewältigen. Ich war völlig überfordert.«

Ich fühlte noch immer die Enge in meiner Brust. Den Schwindel, der mich überkommen hatte. Es war, als würde mich die Last der Situation an Ort und Stelle erdrücken. Die Welt zerfiel vor meinen Augen und ich mit ihr. Ich hatte auf dem Absatz kehrtgemacht und war aus dem Supermarkt gestürmt.

Ich schloss mich für den Rest des Wochenendes in meinem Zimmer ein und weinte. Stundenlang lag ich regungslos im Bett, aber ich schlief nicht. Mein Essen rührte ich nicht an. Ich sah keinen Sinn mehr darin, in die Schule zu gehen. Morgens aufzustehen erschien mir zwecklos. Meine Eltern begriffen nicht, was los war. Mama glaubte, dass ich überreagierte. Papa konnte mein Leiden noch weniger nachvollziehen. Allein Rics Nachrichten boten mir Ablenkung. Seine unbeschwerte Art brachte mich auf andere Gedanken.

Da entschied ich, aus der Bewegung auszusteigen. Nicht nur das. Ich packte das Problem bei den Wurzeln und riss es aus meinem Leben. Ich hörte auf, mich damit zu beschäftigen. Ich blendete jegliche Diskussionen darüber aus. Informierte mich nicht mehr. Ich wandte der Bewegung den Rücken zu, als würden all die Probleme damit verschwinden. Mama schien nahezu erleichtert und Ric hinterfragte die Entscheidung nicht weiter.

Das Traurige war, dass ich mich danach besser fühlte. Das ist das Absurde an diesem Problem. Es *war* das Absurde an diesem Problem. Nicht die, die gedankenlos weitermachten wie zuvor, litten darunter. Sondern diejenigen, die sich einsetzten. Sie litten jeden verdammten Tag. In Gedanken. Im Herzen.

»Ignoranz ist so leicht«, sagte ich. »Man muss dafür keine Energie aufwenden. Sich zu kümmern, das verlangt Kraft, Zeit, persönliche Opfer.«

Ich ertrug es damals nicht. Zwar hatte ich anfangs ein schlechtes Gewissen, wenn die anderen ohne mich auf die Straße gingen, aber nach wenigen Wochen schlief ich wieder ruhig.

»Ich konnte nicht so weitermachen. Ich kann mich nicht um alles sorgen und selbst daran kaputtgehen«, gestand ich. »Und jetzt ist da dieses Fieber. Und ich habe Angst, dass das alles wieder von vorne losgeht.«

Pippa machte einen Schritt auf mich zu. »Warum hast du mir das nie erzählt?«

Sie fühlte mit mir. Das erkannte ich an ihren sonst geraden Augenbrauen, die jetzt zwei besorgte Häkchen formten.

»Ich hatte Angst, dass du wütend wirst«, gestand ich. »Dass du mich davon würdest überzeugen wollen, doch weiterzumachen.«

»Oh, Süße«, sagte Pippa und strich mir über den Arm. »Du kennst mich zu gut.«

Das entlockte mir ein Lachen.

»Denkst du, ich kenne das Gefühl nicht?«, fragte sie.

Ihre Antwort überraschte mich. Ich dachte, ich hätte Pippa durchschaut, würde wissen, wie es in ihr aussah. Aber in diesem Moment begriff ich, dass auch sie einen Teil ihrer Innenwelt vor mir verbarg.

»Manchmal ist die Angst unerträglich. Ich brauche auch ab und an eine Auszeit. Sonst hält man das nicht aus. Dann gehe ich joggen oder lese oder mache einfach … gar nichts. Und dann denke ich an unsere Ziele. Wir können alles erreichen, wenn wir wollen. Wir müssen nur lange genug durchhalten. Nur so haben wir eine Chance. Es gibt keine Abkürzung.«

Ich bewunderte Pippa für ihren Ehrgeiz. Für ihren Mut. Ihre Unnachgiebigkeit.

Und ich schämte mich für meine Gleichgültigkeit. Meine Feigheit. Meine Ignoranz.

»Aufzugeben ist genauso schlimm, wie das Problem zu leugnen. Beides sorgt dafür, dass nichts unternommen wird.« Pippa nahm meine Hand. »Außerdem musst du es so sehen«, fuhr sie fort, »ohne die Bewegung hätten wir nicht einen Schritt vor und zwei zurück gemacht, sondern drei zurück – und das wäre noch viel schlimmer. Wir haben schon mehr erreicht, als viele denken.«

Ihre Finger verschränkten sich mit meinen.

»Du kannst immer mit mir reden«, sagte sie. »Denk nicht, dass ich deine Gefühle nicht verstehen kann.«

Mit dem Daumen strich sie über meinen Handrücken.

Seit langer Zeit hatte ich endlich wieder das Gefühl, meiner besten Freundin gegenüberzustehen.

10

Pippa und ich hielten einander noch an den Händen, als wir gemeinsam zu den anderen zurückgingen. Die Aussprache hatte uns beide von einer Last befreit, die wir zuvor wie selbstverständlich mit uns herumgeschleppt hatten.

Für die anderen Partygänger war unsere Auseinandersetzung unbemerkt geblieben.

Adrian stand wieder am Grill, als wäre nichts gewesen.

Ric unterhielt sich mit Yaro auf der Terrasse und trank sein mittlerweile zweites oder drittes Bier.

»Ich glaube, ich bleib nicht mehr lange und geh nach Hause«, sagte ich.

Ich sehnte mich in den Katzen-Onesie zurück.

»Was dagegen, wenn ich mitkomme?«, fragte Pippa.

Wie zur Antwort vibrierte das Handy in meiner Bauchtasche. Ich zog den Reißverschluss auf, um nachzusehen. Es war eine Push-Nachricht mit den neuesten Meldungen zu Fieber. Sofort öffnete ich die letzte Mitteilung.

Schlecht fürs Klima? Dann kommt Fieber, lautete die einfallslose Überschrift.

»Was ist?«, fragte Pippa.

»Fieber«, antwortete ich knapp, als würde ihr das irgendwie weiterhelfen.

Ich startete das Video zu dem Beitrag und hielt das Display so, dass Pippa mitschauen konnte. Ein Vlogger mit rot gefärbten Haaren und Kapuzenpullover tauchte auf dem Bildschirm auf. Er ratterte seinen Text in einem Zug herunter, ohne Luft zu holen. Hätte jeder so ein Tempo draufgehabt, dann hätten wir alle doppelt so schnell gesprochen, gegessen und gelebt. Und vermutlich wären wir doppelt so früh gestorben.

»Hey, Leute! Inzwischen habt ihr bestimmt alle von Fieber gehört«, begrüßte er uns. »Dieser total krassen, total tödlichen Krankheit, von der keiner sagen kann, ob es wirklich eine Krankheit ist. Täglich kommen neue Fälle hinzu, und bisher konnte uns keiner erklären, was dahintersteckt.«

Mehrere Fragezeichen poppten im Bild auf.

»In den letzten Tagen gab es megaviele Spekulationen und Gerüchte rund um Fieber. Jetzt hat eine Expertenkommission die bisherigen Todesfälle ausgewertet und festgestellt, dass sich die Ausbreitung von Fieber zu einer ernsten Bedrohung für uns alle entwickeln könnte. Ja, ihr habt richtig gehört: Fieber stellt ein Risiko für die gesamte Weltbevölkerung dar.«

Auf dem Display erschien eine Weltkarte, die mit Totenkopfsymbolen übersät war.

»Mittlerweile zählt man über dreihundert bestätigte Fieber-Opfer«, sprach er weiter. »Fieber breitet sich unaufhaltsam aus, es erfasst Personen aller Altersgruppen, es tritt weltweit auf und zeigt einen ungewöhnlichen Erkrankungsverlauf. Bei allen Opfern gab es bisher keine erkennbaren Vorzeichen. Wie aus dem Nichts steigt die Körpertemperatur an, der Kreislauf bricht zusammen, das Eiweiß ge-

rinnt im Körper …«, Schnitt auf ein Spiegelei in einer heißen Pfanne, *»… und am Ende ist der Patient tot.«*

Kirchenmusik in D-Moll erklang im Hintergrund.

»Aktuell ist kein Ende in Sicht. Im Gegenteil: Fieber breitet sich von Tag zu Tag schneller aus. Wie? Dazu gibt es jetzt eine neue Theorie.«

Zum ersten Mal machte der VJ eine Pause. Pippa und ich holten ebenfalls kurz Luft.

»Die Experten haben sich ausführlich mit den Vorgeschichten der bisherigen Opfer auseinandergesetzt«, fuhr er fort. *»Wie euch sicherlich aufgefallen ist, waren bisher unverhältnismäßig viele Reiche unter den Opfern. Also, eigentlich fast nur … Die globale Elite ist in Panik. Und das zu Recht. Denn die Expertenkommission ist sich inzwischen einig, dass das Erkrankungsrisiko vom ökologischen Fußabdruck der Person abhängt.«*

»Was?«, entwich es Pippa und mir gleichzeitig.

»Ihr habt richtig gehört. Was hat das jetzt mit – Achtung, Wortspiel – viel Kohle zu tun?«, fragte der Vlogger. *»Na ja, in der Regel gilt: Je mehr man besitzt, desto verschwenderischer lebt man. Und das trifft nicht nur auf die Superreichen zu. Sorry für die schlechten News, Leute, aber selbst wenn ihr euch einbildet, dass ihr nachhaltig lebt, dann ist das oft einfach nicht der Fall. Zumindest nicht, wenn ihr zu den glücklichen Gewinnern unseres Wirtschaftssystems gehört. Und dabei ist egal, ob ihr neunzehn oder neunundneunzig seid.*

Je größer euer Vermögen, desto größer ist das Haus, in dem ihr lebt; desto fetter der Fuhrpark, mit dem ihr durch die Gegend brettert; desto weiter und luxuriöser sind eure

Reisen. Je extremer der Konsum, umso klimaschädlicher die individuelle Lebensweise – umso größer ist die Gefahr, dass man an Fieber erkrankt.

Kurz gesagt: Die alten Gewinner sind die neuen Verlierer. Zumindest wenn es um Fieber geht. Also, ich würde euch empfehlen, mal euren aktuellen Kontostand zu checken. Ihr wollt ja nicht die Nächsten sein und ein Ende ist momentan nicht in Sicht.

Wenn euch dieses Video gefallen hat, dann vergesst nicht, es zu liken, und falls ihr meinen Kanal nicht abonniert habt, dann tut das jetzt! Haltet die Ohren steif. Adios. Bis zum nächsten Klick.«

Mit offenen Mündern starrten Pippa und ich auf das Display. Gerade als das Video endete, kamen Lucy und Aliye auf uns zu.

»Wo habt ihr denn gesteckt?«, fragte Lucy.

Sobald sie unsere Gesichter sah, blieb sie stehen. »Ist alles in Ordnung?«

Sprachlos sahen Pippa und ich vom Display auf. Wir hatten die Neuigkeiten noch nicht verdaut. Das extreme Sprechtempo des Vloggers hatte nicht dazu beigetragen, die Informationen schneller zu verarbeiten. Im Gegenteil. Mein Kopf ratterte wie mein Laptop beim Virenscan.

»Habt ihr schon die letzten News zu Fieber gesehen?«, fragte Pippa und deutete auf mein Smartphone. »Das ist doch makaber.«

Sofort zog Aliye ihr eigenes Handy hervor und tippte darauf herum.

Lucy wählte den einfacheren Weg: »Was sagen sie denn?«, fragte sie.

»Dass Fieber diejenigen zuerst tötet, die sich am klimaschädlichsten verhalten«, antwortete ich und schluckte.

Aliye legte die Stirn in Falten. »Zuerst?«

Ich hatte soeben Wörter wie *Fieber*, *töten* und *klimaschädlich* ausgesprochen, und doch war es dieses kleine Wort, das für sie hervorstach. Ich fragte mich, ob sie begriff, was ich ihr gerade mitgeteilt hatte. Denn auch ich hatte Mühe, diese neuen Informationen zu verarbeiten.

»Ja. Zuerst«, bestätigte ich. Meine Finger umschlossen das Smartphone fest. »Sie gehen davon aus, dass Fieber weiter tötet«, sagte ich. »Einen nach dem anderen. Und es gibt kein Heilmittel, um es zu stoppen.«

11

Wenn man die Information bekommt, dass der eigene Todestag vom ökologischen Fußabdruck abhängt, dann gibt es zwei mögliche Reaktionen: Man bricht entweder in hysterisches Gelächter aus und tut das Ganze als Fake News ab, oder man fängt an, genauer über den eigenen Fußabdruck nachzudenken.

Fieber stellte alle bisherigen Annahmen auf den Kopf. Der Klimawandel traf vor allem die Verletzlichsten zuerst. Die Schwachen, Armen und Älteren.

Fieber aber arbeitete sich genau andersherum vor. Es traf jene als Erstes, die sich lange in Sicherheit gewogen hatten. Jene, die zugleich die meiste Verantwortung trugen. Und das tat es unmittelbar und unaufhaltsam. Manch einer sah darin eine Art ausgleichende Gerechtigkeit. Andere sprachen von der Strafe Gottes.

Ich weiß nicht, ob Gott etwas damit zu tun hatte, aber ab jetzt machten täglich Schlagzeilen über Superreiche die Runde. Von heute auf morgen spendeten viele von ihnen Unmengen an Geld an Umweltprojekte, Forschungsstiftungen und die Weltgesundheitsorganisation, in der Hoffnung, verschont zu bleiben oder schnell ein Gegenmittel zu finden. Investoren zogen ihre Gelder aus Öl, Gas und Kohle zurück.

Vorstandsvorsitzende großer Konzerne gingen frühzeitig in den Ruhestand, um die Verantwortung an den nächsten Willigen weiterzureichen. Internationale Politiker traten von ihren Ämtern zurück.

Nach wenigen Tagen erschien eine App, mit der jeder selbst berechnen konnte, in welche Risikogruppe er oder sie fiel. Ein Regierungssprecher riet davon ab, den Rechner zu nutzen. Es gäbe keinen Grund zur Beunruhigung. Die Einteilung der Weltbevölkerung in Fieber-Kategorien sorge für unnötige Panik. Die Lage sei für die breite Bevölkerung bei Weitem nicht so ernst, wie in den Medien behauptet würde.

Ich wusste nicht, ob er das wirklich glaubte oder ob er das nur sagte, um die Öffentlichkeit in Sicherheit zu wiegen. Vielleicht war es ein wenig von beidem.

Ich sah aus Neugier trotzdem nach.

Man musste einen endlosen Fragenkatalog ausfüllen, um herauszufinden, in welche Kategorie man fiel. Die Fragen gingen vom Ernährungsverhalten über die Größe des Hauses sowie den Wasser- und Energieverbrauch bis hin zu Hobbys, Konsum und Reiseverhalten.

Da Mama sich weigerte, mir den Ordner mit den Rechnungen zu zeigen, gab ich grobe Richtwerte ein. Ich hatte keine genaue Vorstellung davon, wie teuer oder billig unser Leben war.

Nervös rollte ich mit dem Schreibtischstuhl hin und her, während das Ergebnis lud. Kurz darauf blitzten mehrere rote Zahlen auf dem Display auf. Beinahe kippte ich mit meinem Stuhl um. Ich ergriff die Schreibtischkante und hielt im letzten Moment das Gleichgewicht.

Kinder und Jugendliche, die bei ihrer Familie lebten, wurden vorerst mit ihren Eltern in die gleiche Kategorie gezählt. Daher fiel ich gemeinsam mit Mama und Papa in die Kategorie 8. Von zehn. Hätte jeder so gelebt wie wir, hätte es zweieinhalb Erden gebraucht. Und Papas berufliche Reisen waren darin nicht eingerechnet. Dafür gab es nicht einmal ein entsprechendes Eingabefeld.

»Kategorie 8?«, murmelte ich.

Über uns standen viele Millionen Menschen – aber das beruhigte mich nicht. Nach uns kamen Milliarden.

Das Ergebnis hätte mich nicht überraschen dürfen. Bereits zu meiner Zeit bei der Bewegung hatte ich diverse Fußabdruckrechner benutzt und die Resultate waren jedes Mal ernüchternd gewesen. Dennoch war ich erstaunt. Ich hatte gehofft, dass die kleinen Maßnahmen, die ich in den letzten anderthalb Jahren eingeführt hatte, einen größeren Einfluss auf unsere Bilanz haben würden. Aber das hatten sie offenbar nicht. Es reichte nicht. Allein mit unseren Küchengeräten verbrauchten wir mehr Energie als andere im ganzen Jahr.

Direkt bereute ich, den Rechner benutzt zu haben. Ich schloss die App und deinstallierte sie umgehend.

Vielleicht hatte der Regierungssprecher recht. Den Rechner zu benutzen, war keine gute Idee. Wer wusste, ob die Berechnungsgrundlage stimmte? Die Daten, die ich eingegeben hatte, waren ungenau. Wer konnte schon sagen, welche Handlung und welche Entscheidung wie stark ins Gewicht fiel? Womöglich hatten wir Glück und fielen in eine niedrigere Kategorie.

Und doch war mir bei dem Gedanken an das Ergebnis unwohl. Acht von zehn. Damit bewegten wir uns im oberen Drittel.

Ich stand auf und schlurfte durch das Haus. Nach und nach sah ich mir die Zimmer an. Sie waren alle bis obenhin vollgepackt mit Möbeln, Klamotten und Krimskrams. Mein Blick wanderte über die Heizkörper, die Lampen, die Wasserhähne. Dinge, die ich lange nicht infrage gestellt hatte.

Ich ging zurück in mein Zimmer und sah zum Fenster hinaus. Mama lud gerade die Einkäufe aus dem Kofferraum des Kombis. Erneut musste ich an meinen Panikanfall im Supermarkt vor einem halben Jahr denken. Ich konnte die Gefahr in diesem Moment so klar sehen wie damals, als ich auf das Meer aus Plastik geblickt hatte. Unser Lebensstil war zu einem direkten Risiko für uns alle geworden.

Ich musste dafür sorgen, dass meine Eltern und ich auf der Liste weiter nach unten wanderten.

Die Frage war nur: wie?

BRANDENBURG

Ein Quietschen schreckte Evie auf.

Dichter Nebel umhüllte ihren Verstand, als sie die Augen öffnete. Kälte und Dunkelheit umgaben sie. Benommen setzte sie sich auf und fuhr direkt zusammen, als ein Schmerz durch ihren Schädel schoss. Evie ertastete die schmerzende Stelle. Sie hatte sich an etwas Hartem gestoßen.

Ihr Mund war wie zugeklebt. Die Augen brannten bei jedem Blinzeln. Der kalte Waldboden kroch feucht in ihre Jeans. Sie brauchte einige Sekunden, um sich daran zu erinnern, wo sie war. Die Höhle. Sie saß immer noch in der Höhle, in die sie sich vor dem Hagel gerettet hatte. Anscheinend war sie eingeschlafen. Evie rieb sich die Augen. Sie fühlte sich erschöpfter als zuvor. Ihr Körper erzitterte unter einem Frösteln.

Das Quietschen ertönte erneut und vertrieb den Nebel in Evies Kopf. Sie kannte dieses Geräusch. Seit ihrer Abfahrt hatte sie es Hunderte Male gehört. Es begleitete sie bei jedem Tritt. Das war der Laut, den ihr Vorderrad von sich gab, wenn sie mit dem Fahrrad fuhr. Das Fahrrad, das draußen angelehnt an der Steinwand stand, während sie hier im Halbtrockenen hockte.

Unmöglich.

Evie kraxelte aus der Höhle und kam stolpernd auf die Füße. Ihr wurde schwindelig. Sie blinzelte den Schleier weg. Erst glaubte sie, einen Bären vor sich zu haben. Dann erkannte sie, dass es ein Mann in einer dicken Felljacke war, der auf ihrem Fahrrad saß und mit zitternden Knien davonfuhr.

Panik erfasste sein Gesicht, als er über die Schulter blickte und Evie entdeckte. Er kam ins Wanken. Das Rad schlitterte über den Waldboden. Der Mann sah so aus, als säße er zum ersten Mal auf einem Fahrrad.

»Hey! Was soll das?«, schrie Evie. Sie wollte lossprinten, da erinnerte sie sich an ihr übriges Hab und Gut. Sie zog den Rucksack aus dem Unterschlupf hervor, schwang ihn über die Schultern und lief dem Mann hinterher.

Der Dieb drehte sich ein weiteres Mal um. Die schiefergrauen Augen stießen aus seinem hageren Gesicht hervor. Er hatte strähniges Haar, das am Ansatz fettete. Die Manteltaschen waren prall gefüllt. Sonst hatte er nichts dabei. Bis auf Evies Fahrrad.

Er versuchte, schneller zu werden, geriet dabei aber erneut aus dem Gleichgewicht. Wackelte hin und her wie ein Trapezkünstler bei der ersten Probe.

Evies Schwäche wich Entschlossenheit, als sie ihn so strampeln sah. Sie würde ihn nicht davonkommen lassen. Das war ihr Rad und sie brauchte es. Ohne ihr Fahrrad würde sie ihr Ziel sehr wahrscheinlich nicht rechtzeitig erreichen. Sie lehnte sich vor und legte all ihre Kraft in ihre Beine. Mit jedem Schritt kam sie dem Dieb näher.

Der Mann riss die Augen auf, als Evie hinter ihm hergesprintet kam.

»Verschwinde!«, rief er über die Schulter.

»Dann gib mir mein Rad zurück«, knurrte Evie und griff nach ihm. In dem Moment, in dem sie zupacken wollte, trat der Mann einmal fest in die Pedale. Evies Vorstoß ging ins Leere. Sie stolperte. Die Sohlen ihrer Boots schlitterten über den Waldboden.

»Bleib stehen, verdammt!«, forderte Evie und legte einen Schritt zu. Sie bekam seine Jacke zu fassen. Das Fell war dreckig und klamm. Mit einem kräftigen Ruck zog sie daran, ohne darüber nachzudenken.

Der Mann schrie protestierend auf und bremste ab. Sein fauliger Mundgeruch schlug ihr entgegen, als Evie ihn vom Sattel zerrte.

Jetzt hatte sie ihn. Er würde ihr das Fahrrad zurückgeben und dann konnte er sich schön zu Fuß weiter auf den Weg machen. Sie würde nicht zulassen, dass ... ein dumpfer Schmerz durchfuhr Evies Kiefer, als der Mann zuschlug. Die Wucht seines Schlags traf sie unvermittelt und hart. Sie rutschte auf dem glitschigen Untergrund aus und kam zu Fall. Dreck spritzte ihr ins Gesicht, als sie einen kleinen Abhang hinabglitt und in einer feuchten Kuhle landete.

Evie benötigte einen Moment, um zu begreifen, was soeben geschehen war. Ihr Schädel vibrierte.

Das war das zweite Mal, dass sie in den letzten Monaten geschlagen worden war. Das zweite Mal, dass sie überhaupt in ihrem Leben geschlagen worden war. Und beide Male waren auf ihre eigene Art schmerzhaft.

Keuchend blickte sie auf. Der Kopf des Mannes verschwand hinter der kleinen Erhebung. Mit schmerzendem Gesicht und Körper zog Evie sich auf die Beine. Sie rutschte mehrmals ab, als sie die Senke hochstieg.

Als sie auf der Anhöhe ankam, war der Kerl zu weit weg, um ihn einzuholen. Langsam hatte er den Dreh mit den Pedalen raus. Der Mann war gewissenlos. Oder verzweifelt. Wer wusste, was er die letzten Tage und Wochen erlebt hatte?

Evie wischte sich den Matsch aus dem Gesicht und ließ die Schultern hängen. Ihr Mantel war überzogen mit feuchter Erde und totem Laub. Evies Gesicht verzerrte sich vor Wut. Ihr schöner Mantel. Sie beugte sich vor und holte tief Luft. Dann blickte sie auf ihre Armbanduhr. Sie hatte fast zwei Stunden in der Höhle verbracht. Zwei verlorene Stunden. Jetzt war sie auch noch ihr Fahrrad los.

Evie sah sich um. Auf allen Seiten war sie von Bäumen umgeben. Sie war tiefer in den Wald vorgedrungen, als sie vorgehabt hatte.

Nicht nur hatte sie wichtige Zeit verloren. Evie wusste nicht länger, wo sie war.

EVIE 12

Die Berechnung der Fieber-Kategorie hatte mich wachgerüttelt. Ich konnte noch so viele Artikel über das Thema lesen und mir alle möglichen Videos dazu ansehen. Das Wissen um Fieber allein aber reichte nicht aus. Ich musste etwas unternehmen, um mich und meine Familie vor der drohenden Gefahr zu schützen. Dabei brauchte ich Hilfe.

Der Geruch von frisch gebrühtem Kaffee zog mir in die Nase, als ich wenige Tage später die Turnhalle der Grundschule betrat. Zögerlich lugte ich um die Ecke. Schuhsohlen quietschten über den Boden. Mehrere Kinder hetzten zum Kuchenbuffet. Erwachsene und Jugendliche standen in Grüppchen zusammen und unterhielten sich. Die wenigsten Gesichter kamen mir bekannt vor.

Bei dem Anblick der zahlreichen Fremden wurde mir bewusst, wie viel sich seit meinem Rückzug verändert hatte.

Aber wenn jemand wusste, was gegen Fieber zu tun war, dann waren es die Leute von der Bewegung. Pippa kam auf mich zu und umarmte mich zur Begrüßung. »Endlich. Ich dachte schon, du hast es dir doch anders überlegt.«

»Ist ungewohnt, nach so langer Zeit zurück zu sein«, gestand ich.

Sie lächelte. »Hier beißt keiner. Die freuen sich, dass du

wieder dabei bist. Abgesehen davon ist die Hälfte der Leute zum ersten Mal da. Im Vergleich zu denen bist du ein alter Hase.«

»Die sind alle neu?«, fragte ich.

»Fieber«, erwiderte Pippa. »Der ein oder andere nimmt es doch ernst.«

»Ja, ich habe auf dem Weg hierher sogar ein paar Hamsterkäufer entdeckt.« Ich zuckte mit den Schultern. »Allerdings ist Hamstern wohl das Letzte, was gegen Fieber hilft.«

»Evie?«, unterbrach eine Stimme unser Gespräch.

Als ich mich umdrehte, kam Pippas Mutter mit ausgestreckten Armen auf mich zugelaufen, dicht gefolgt von ihrem Mann Mark.

»Hey, Katharina«, begrüßte ich sie.

Sie empfing mich mit einer innigen Umarmung, die mir jede Chance zum Atmen nahm. Zunächst schien mir diese Reaktion übertrieben. Dann wurde mir bewusst, dass ich seit Wochen nicht bei Pippa zu Hause gewesen war und wir einander seitdem nicht gesehen hatten. Dabei mochte ich sie so sehr. Katharina vermittelte einem das Gefühl, dass die eigene Meinung zählte. Sie unterstützte jedes von Pippas Hirngespinsten.

»Wie geht es dir?«, fragte sie mit freudestrahlendem Gesicht. Der letzte Buchstabe rollte ihr von der Zunge.

Pippa hatte die ausdrucksstarken Augenbrauen von ihr geerbt. Jede Emotion ließ sich klar an ihnen erkennen, ohne dass ein Wort gesprochen wurde. Katharina sah mich an, als wäre eine lang verlorene Tochter wieder heimgekehrt. »Wie geht es deinen Eltern? Und Romy? Wie läuft es auf dem Hof?«

»Gut. Gut. Gut. Und gut«, beantwortete ich alles auf einmal, bevor sie mit weiteren Fragen um die Ecke kam.

»Ich kann dir nicht sagen, wie neidisch ich auf deine Schwester bin«, gestand sie. »Sobald klar ist, was Pippa nach dem Abitur macht, werden wir uns auch nach einem kleinen Häuschen auf dem Land umsehen. In der Wohnung ist es so eng.«

Sie legte mir den Arm um die Schultern und drückte mich. Enger als diese Umarmung konnte die Wohnung nicht sein.

Katharina schob mich in Richtung des Tisches mit den Snacks, während sie weitersprach. »Es wird Zeit, dass du mal wieder zu einem unserer Backnachmittage kommst«, sagte Katharina. »Niemand kann die Kuchen so schön verzieren wie du.«

»Es ist die einfachste Aufgabe und die, die am meisten Spaß macht«, sagte ich.

»Du bist zu bescheiden.« Katharina rollte gespielt mit den Augen. »Du warst schon immer das Mädchen für das Feine und Pippa eher für das Grobe.«

Ich lachte. Die Unterscheidung schien mir zu pauschal. Die arme Pippa musste sich die Finger schmutzig machen und den Teig kneten, während ich behutsam Farben aus einer Tube drückte.

»Als sie gesagt hat, dass du wieder herkommst, habe ich mich richtig gefreut«, sagte Katharina. »Deine Meinung ist ihr so wichtig.«

Für mich klang das nach einer Übertreibung.

»Jetzt schau nicht so verwundert«, sagte sie. »Das war schon immer so. Früher wollte sie dich mit ihrem Spielzeug beeindrucken, jetzt mit ihren Aktionen.«

Katharina schnappte sich ein Stück Bananenbrot. »Als Pippa das erste Mal von der Bewegung erzählt hat, wie ihr gemeinsam durch die Straßen gezogen seid, da war sie wie berauscht. An dem Tag habe ich buchstäblich drei Kreuze im Kalender gemacht«, sagte sie. »Bis vor ein paar Jahren habe ich euch für die langweiligste Generation aller Zeiten gehalten. Angepasst, unmotiviert, ständig am Handy. Ich habe mir schon Sorgen gemacht und befürchtet, dass ihr als Beamte in irgendeinem grauen Büro endet.«

»Du bist Beamtin«, bemerkte ich.

»Deshalb! Grauenhafte Vorstellung.« Sie schob sich den letzten Bissen in den Mund. »Was habe ich mich getäuscht.«

Katharina rieb die Hände an den Seiten ihrer Jeans ab. »Ich weiß nicht, was in letzter Zeit zwischen euch los war. Es geht mich auch nichts an.« Sie legte mir die Hand auf den Oberarm. Ihre Fingerspitzen schoben sich in den Stoff meines Pullovers, um ihren Worten Nachdruck zu verleihen. »Aber bitte versprich mir, dass ihr aufeinander aufpasst, ja? Wenn Pippa auf jemanden hört, dann bist du das.«

»In Ordnung«, sagte ich.

»Es ist wichtig, dass ihr zusammenhaltet. Wenn ihr das nicht schafft, wer dann?« Bevor mir eine passende Antwort darauf einfiel, stieg ein groß gewachsener Kerl auf eine umgedrehte Obstkiste und bat die Anwesenden um Ruhe. Ich hatte ihn noch nie zuvor gesehen. Er lächelte zufrieden, als er die Menge überblickte. »Wie ich sehe, wird unsere Gruppe wieder größer.« Er hatte ein leichtes, charmantes Lispeln.

Katharina und ich gesellten uns zu Pippa und ihrem Vater.

»Wer ist das?«, flüsterte ich Pippa zu, während der Typ die Anwesenden im Raum begrüßte.

»Das ist Peer. Er leitet die Bezirksgruppe«, antwortete sie in einer seiner Sprechpausen.

Überrascht sah ich sie an. »Was ist mit Vera? Sie hat das doch alles mit aufgezogen.«

»Hat sich mit den anderen angelegt«, erklärte Pippa. »Da wurde sie abgewählt.«

»Abgewählt?«

»Schhh«, zischte eine Fünftklässlerin hinter uns.

Pippa warf ihr daraufhin einen strafenden Blick zu, als hätte das Mädchen uns gestört und nicht wir sie. Die Fünftklässlerin schoss mit den Augen Giftpfeile zurück. Unbeeindruckt wandte Pippa sich wieder mir zu. »Hat sich einiges geändert, seitdem du zuletzt hier warst.«

»Und der Kerl macht jetzt auf Anführer?«, fragte ich.

»Peer ist in Ordnung«, entgegnete Pippa. »Er treibt die Bewegung voran.«

Skeptisch sah ich nach vorne und hörte mir an, was dieser Peer zu sagen hatte.

»Die Nachrichten über Fieber waren ein eindeutiger Weckruf für viele«, sagte er. »Einige von euch sind heute zum ersten Mal hier. Weil sie wissen wollen, was sie für sich selbst tun können. Wie sie sich und ihre Familien vor Fieber schützen. Darauf habe ich eine einfache Antwort: Hinterfragt eure eigenen Handlungen. Verzichtet auf das, auf das ihr verzichten könnt. Auch wenn es euch schwerfällt. Viele Dinge gebrauchen wir, ohne groß darüber nachzudenken. Schaltet eure Köpfe ein. Wo kommt das alles her? Und wo kommt es hin, nachdem ihr es benutzt habt? Die Sachen lösen sich nicht einfach in Luft auf. Stellt alles infrage, was ihr für selbstverständlich haltet. Und ich meine wirklich alles.« Sein Blick tastete die Menge ab. »Denn absolut nichts ist selbstverständlich.«

Einen Moment lang ließen wir diese Aussage sacken. Die Worte waren leicht gesagt, aber ihre Bedeutung wog schwer.

»Wir kennen den Ursprung von Fieber nicht«, fuhr Peer nach einer kurzen Gedankenpause fort. »Es gibt keinen Verursacher, auf den wir den Finger richten können. Wir können die Schuld auf keine gegnerische Gruppe schieben oder einen großen Bösewicht dafür verantwortlich machen. Uns bleibt nichts anderes übrig, als auf uns selbst zu schauen. Jeder Einzelne steht in der Verantwortung, und wir müssen dafür sorgen, dass das endlich allen klar wird.«

»Und was machen wir als Bewegung?«, warf ein Junge ein, der ungefähr in unserem Alter war.

»Das ist eine sehr gute Frage.« Peer räusperte sich. »Lange haben wir demonstriert, Petitionen organisiert, uns online engagiert. Das werden wir auch weiterhin tun. Aber das allein reicht nicht mehr.«

Peer verschränkte die Hände hinter dem Rücken, als er weitersprach. »Ich habe mich mit den anderen Gruppenleitern ausgetauscht, und wir sind uns einig, dass wir radikaler werden müssen. In unseren Botschaften, in unseren Forderungen und in unseren Aktionen.«

»Radikaler?«, entwich es Mark neben mir.

Das Wort sorgte nicht bei allen für Jubelstürme. Es klang irgendwie nach Farbbeuteln, herausgerissenen Pflastersteinen und Hausbesetzung.

»Sollen wir in Zukunft etwa SUVs anzünden?«, warf jemand im Scherz ein. Doch ein wenig Unsicherheit schwang in den Worten mit.

Peer schüttelte den Kopf. »Nein. Auch wenn jetzt einigen danach zumute ist.« Meinte er damit sich selbst? »Da draußen sind unzählige Gerüchte über Fieber in Umlauf. Viele wissen nicht, wie sie sich verhalten sollen. Und auch wir haben nicht auf alles eine Antwort parat«, gestand er. »Aber das, was wir wissen, das müssen wir verbreiten. Laut und deutlich. Mit auffälligen Aktionen, an denen keiner vorbeikommt. Damit alle kapieren, wie ernst die Lage ist.«

Die Anwesenden bedachten Peer mit einem kurzen Applaus. Nach seiner Rede stieg er von der Kiste und steuerte direkt auf Pippa und mich zu.

»Und du bist?«, fragte er mich.

Peer trug einen Schnauzbart, von dem ich den Blick nicht abwenden konnte, weil er ihn locker fünf Jahre älter machte. An seiner Kleidung erkannte ich, dass er die Sache ernst nahm. Sein Wollpullover hatte am Kragen Löcher. Später bestätigte Peer mir, dass alles, was er trug, fair produziert war. Er besaß nicht viel Kleidung und nur solche, die den Kriterien entsprach. Peer wohnte in einer kleinen Studenten-WG. Der Müll, den er in einem Jahr verursachte, passte in ein einziges Einmachglas. Er machte keine halben Sachen. Das war sofort klar.

»Das ist Evelyn«, stellte Pippa mich vor.

Ich streckte ihm die Hand entgegen. »Nenn mich Evie.«

Peer erwiderte dies mit einem festen Händedruck.

»Sie ist diejenige, die mich ursprünglich dazu gebracht hat, herzukommen«, ergänzte Pippa.

Peer musterte mich. Sein Gesichtsausdruck ließ sich nicht deuten. »Wie kommt es dann, dass ich dich noch nie hier gesehen habe?«

Ich bezweifelte, dass Peer den wahren Grund würde nachvollziehen können. Außerdem ging es ihn nichts an.
»Ist 'ne lange Geschichte«, wand ich mich heraus.
Pippa sagte dazu nichts.
Doch so schnell ließ Peer mich nicht vom Haken. »Was könnte wichtiger sein als unser aller Zukunft?«
Seine Worte umzingelten mich. Anscheinend war ihm egal, ob meine Geschichte lang oder kurz war. Ich hatte das Gefühl, ihm nicht länger ausweichen zu können. Auf einmal fand ich sein Lispeln gar nicht mehr charmant.
Peer unterstellte mir still, dass ich nur wegen Fieber zurück bei der Bewegung war. Dass ich hier war, um an erster Stelle mich selbst zu retten. Vielleicht lag er damit gar nicht so falsch. Damit wäre ich nicht die Einzige. Viele der Neuankömmlinge waren nur deshalb hier. Man musste sich nicht um die Natur oder Tiere sorgen, um Fieber ernst zu nehmen. Im Zweifel nicht einmal um seine Mitmenschen. Nur um sich selbst.
»Nicht viel«, gab ich kleinlaut zu und räusperte mich. Ich suchte einen Ausweg aus dieser unangenehmen Gesprächsecke: »Du hast eben von auffälligen Aktionen gesprochen. Was meinst du damit?«
Zum ersten Mal lächelte Peer mich an. »Das wirst du schon noch erfahren.«

13

Die Kuh starrte uns mit dumpfen Augen an. Sie war braun, hatte flauschige Ohren und muhte unzufrieden in unsere Gesichter.

Als sich vor einer Stunde die Klappe des Anhängers geöffnet hatte, war sie herausgesprungen wie ein tollendes Kind. Fast hätte sie mich umgerannt. Doch die Tatsache, dass wir uns nicht auf einer Wiese, sondern mitten auf dem Kurfürstendamm befanden, hatte bei der Kuh schnell für Verwirrung gesorgt. Seitdem stand sie starr vor dem Steakrestaurant – wie bestellt und nicht abgeholt. Ich konnte diese Reaktion gut nachvollziehen.

»Warum haben wir noch mal die Aktion mit der Kuh abbekommen?«, fragte ich Aliye, die hinter einem Pappschild mit Fakten zum deutschen Fleischkonsum auf dem Boden hockte.

»Weil du dich weder auf eine viel befahrene Straße legen, noch an das Bundesministerium für Wirtschaft und Energie ketten wolltest«, erinnerte sie mich und starrte auf ihr Handy.

»Stimmt.«

Peer und die anderen Bezirksleiter hatten sich einige Aktionen ausgedacht, die für Aufmerksamkeit sorgen sollten.

Er selbst leitete in diesem Moment einen Die-in am Potsdamer Platz. Dabei legten sich mehrere Mitglieder der Bewegung auf eine viel befahrene Kreuzung, stellten sich tot und blockierten damit den Autoverkehr. Keiner sollte sich mehr in ein Auto oder ein Flugzeug setzen, wenn es nicht zwingend nötig war.

Währenddessen standen Aliye und ich mit einer Kuh vor einem Restaurant.

»Muuuh«, kommentierte das Tier die Situation.

Einige Gleichaltrige blieben stehen und machten Handyfotos von uns, der Kuh und dem Plakat.

»Ladet sie hoch und teilt sie!«, rief Aliye ihnen hinterher.

Je mehr Leute von unserer Aktion erfuhren, desto besser. Die Fotos sollten viral gehen. Möglichst viele Medien sollten davon berichten.

Die meisten Passanten machten kommentarlos Fotos, ohne uns anzusprechen. Nur wenige fragten nach, was wir mit der Sache bezwecken wollten. Alle, die in das Restaurant gingen, sahen uns misstrauisch an. Ein Pärchen hatte bei unserem Anblick kehrtgemacht und war stattdessen zum Mexikaner auf der gegenüberliegenden Straßenseite gegangen.

Der Betreiber des Steakhouses war bereits nach draußen gekommen und hatte gedroht, die Polizei zu rufen, wenn wir weiter seine Gäste vergrätzten.

»Meinst du, das bringt mehr als die Demos und Netzstreiks?«, fragte ich. »Ich habe das Gefühl, dass die meisten Leute eher genervt sind.«

Aliye zuckte mit den Schultern. »Einen Versuch ist es wert.«

Ich tätschelte die Kuh, die ungeduldig an dem Strick riss.

»Was sagen deine Eltern zu Fieber?«, fragte ich.

»Mein Vater macht sich vor allem Sorgen um unser Geschäft«, antwortete Aliye und tippte weiter auf ihrem Handy herum. »Er hat Angst, dass die Kunden wegbleiben.«

»Dann hält er von dieser Aktion wohl auch nicht viel? Oder hast du ihm gar nichts davon erzählt?«

»Oh doch. Das findet er gut.« Aliye grinste. »Er kann diese Kette nämlich nicht ausstehen.«

Als die Kuh erneut an dem Strick zerrte, beschloss ich, sie an dem Fahrradständer neben der Eingangstür festzubinden. »Gutes Mädchen«, sagte ich, als sie brav stehen blieb. Ich wusste nicht, ob sie einen Namen hatte.

»Und deine Eltern? Was halten die von Fieber?«, fragte Aliye.

»Sie wollen das alles nicht so richtig wahrhaben.« Ich seufzte. »Es ist schwierig, sie von ihren Gewohnheiten abzubringen. Manchmal kommt es mir so vor, als wären sie die Kinder im Haus und nicht ich. Immer wenn ich die Heizung abstelle, dreht Mama sie wieder auf, anstatt sich einfach was überzuziehen. Und Papa schleicht sich vor jeder Autofahrt aus dem Haus, um einer Diskussion mit mir zu entgehen. Von den Geschäftsreisen ganz zu schweigen …«

»Fliegt der echt noch jede Woche in die Schweiz?«, fragte Aliye.

Ich nickte. Ich wünschte, Mama hätte nur einmal mit ähnlichem Entsetzen auf diese Tatsache reagiert. Im Gegenteil. Bei ihr stieß ich auf immer mehr Widerstand. Meine Anregung, Romys altes Zimmer unterzuvermieten, da unser Haus zu groß für drei Personen war, fand sie mehr als lächerlich. Als ich vor wenigen Tagen Lebensmittel spenden wollte, bevor sie schlecht wurden, kam es zu einem handfesten Streit um eine Zwiebel. Ja. Eine Zwiebel.

»Das ist fast wie bei einer Allergie. Je öfter ich das Thema anspreche, desto heftiger ist der Ausschlag«, sagte ich, während ich das Ohr der Kuh kraulte. »Aber in einem Punkt hat Mama sich auf einen Kompromiss eingelassen: Ich werde mich in Zukunft um die Einkäufe kümmern und beim Kochen helfen.« Ich stutzte, als mir auffiel, wie schnell Mama auf den Deal eingegangen war. »Vielleicht hat sie auch einfach nur die Chance genutzt, die Arbeit auf mich abzuwälzen. Sie hasst Einkaufen und eine Sterneköchin ist sie auch nicht gerade. Außerdem muss ich mir jetzt immer Papas Gejammer anhören. Er kann mit veganem und vegetarischem Essen so gar nichts anfangen. Wahrscheinlich isst er in seinen Mittagspausen heimlich jede Menge Fleisch …«

»Das kann's ja wohl echt nicht sein«, entfuhr es Aliye.

Zuerst dachte ich, dass sie sich über Papas Fleischkonsum aufregte. Vor allem in Anbetracht der Tatsache, dass wir gerade mit einer lebenden Kuh vor einem Steakladen standen. Doch Aliyes Blick klebte am Display ihres Handys.

»Was ist?« Ich hockte mich neben sie.

»Es gibt schon wieder einen neuen Rechner. Da steigt doch keiner mehr durch«, antwortete sie.

Tatsächlich kamen fast täglich neue Apps auf den Markt, mit denen man seine »Fieber-Kategorie« berechnen konnte. Und die Ergebnisse fielen von Software zu Software unterschiedlich aus. Vor wenigen Tagen hatte ich einen Rechner entdeckt, bei dem Geschäftsreisen mit in die persönliche Bilanz fielen. Zugegeben: Ich hatte mich nicht getraut, ihn zu benutzen, aus Angst, dass wir durch Papas Reisen in eine noch höhere Kategorie rutschten. Ich wusste, dass sein Verhalten schädlich war. Ich musste es nicht auch noch bestätigt sehen.

»Und was ist bei dem hier anders?«, fragte ich.

»Hier wird dein politisches und soziales Engagement mit einberechnet«, sagte Aliye. Sie deutete auf einige Eingabefelder, bei denen man ankreuzen konnte, ob man gemeinnützige Organisationen zum Umweltschutz unterstützte, einer Bewegung angehörte, Mitglied einer Partei war und wie man wählte.

»Das könnte für uns beide ganz gut sein«, bemerkte ich.

»Aber das wird alles immer unübersichtlicher«, murrte Aliye, während sie durch den Fragebogen scrollte. »Woher soll man wissen, welches Ergebnis am ehesten der Realität entspricht?«

Ich zuckte mit den Schultern. »Die meisten nehmen wahrscheinlich einfach den Rechner, dessen Ergebnis ihnen am besten in den Kram passt«, sagte ich und biss mir auf die Unterlippe. Ich war nicht viel besser. Ich klammerte mich an der alten Berechnung fest, aus Angst, bei einer anderen App in der Kategorie 9 zu landen … War das noch Selbstschutz oder schon Selbstbetrug?

Berechnung hin oder her – die Bedrohung blieb doch die gleiche.

»Dann ist es ja kein Wunder, dass kaum jemand die Gefahr ernst nimmt«, sagte Aliye. »Die Leute wiegen sich einfach in falscher Sicherheit.«

»Die meisten denken eh, dass das Problem irgendwann von alleine weggeht«, erwiderte ich.

Mama war eine von ihnen. Sie beendete jede Diskussion

damit, dass ich die Sache doch lieber den Experten überlassen sollte.

Ein lauter Knall ließ uns zusammenschrecken. Es klang, als wären zwei Fahrzeuge ineinandergekracht. Doch als ich mich umwandte, sah ich den Fahrradständer, der über den Asphalt polterte. Der Lärm war ohrenbetäubend.

»Scheiße«, entwich es mir. »Die Kuh läuft weg.«

Das war ein Satz, von dem ich nie gedacht hätte, dass ich ihn einmal aussprechen würde.

Aliye und ich sprangen auf die Füße und liefen ihr hinterher. Mir entwich ein schiefer Schrei, als das Vieh auf die Kreuzung rannte. Der Strick löste sich vom Fahrradständer und ließ ihn klappernd auf dem Bürgersteig zurück.

Die Kuh lief unbeirrt weiter über die Straße. Ein Mercedes raste direkt auf sie zu. Ich kniff die Augen zusammen, als das Geräusch quietschender Reifen ertönte. Ich wollte nicht mit ansehen, was als Nächstes geschah. Wie das Auto in die Flanke der Kuh krachte und sie tödlich verletzte.

Ein Hupen ertönte. Noch eins. Dann ein lautes »Muh«.

Ich riss die Augen auf. Die Kuh stand auf der Mitte der Kreuzung. Unversehrt. Die Autos waren kreuz und quer um sie verteilt. Die Fahrer hupten im Wechsel, als wüsste die Kuh damit etwas anzufangen.

Während ich noch damit beschäftigt war, die Situation zu erfassen, war Aliye bereits bei dem Tier und schnappte sich den Strick. Die Kuh bockte, als Aliye sie von der Straße zerren wollte. Panisch sah sie zu den Autos, die sie umgaben.

Zwei Minuten später traf die Polizei ein.

Gemeinsam bugsierten wir die Kuh von der Straße. Die Beamten forderten uns auf, sofort den Besitzer des Tieres anzurufen und es abholen zu lassen. Das Grinsen auf ihren Lippen verriet, dass sie unsere Aktion eher lustig als kriminell fanden.

Jetzt hatten wir mehr Aufmerksamkeit erzielt als erwartet. Nur war es nicht die Art von Aufmerksamkeit, die wir uns erhofft hatten.

In der Zeitung wurde der Gedanke hinter unserer Aktion am nächsten Tag überhaupt nicht erwähnt. Alle schrieben nur von den zwei Teenagern, die eine Kuh über den Ku'damm gehetzt hatten. Dämliche Wortspiele inklusive.

Die Aktion war ein absoluter Reinfall.

***

Obwohl der Plan mit der Kuh nach hinten losgegangen war und eher für Spott als für ein großes Umdenken gesorgt hatte, ging ich weiterhin zu den Treffen. Jetzt, da ich wusste, dass ich nicht als Einzige ab und an von der Situation überfordert war, fühlte ich mich in der Bewegung wieder wohl. Hier hatte ich das Gefühl, nicht auf mich allein gestellt zu sein. Trotzdem musterte Mama mich jedes Mal besorgt, wenn ich loszog.

»Übernimm dich nicht, ja?«, sagte sie. »Es kann sich nicht alles um Fieber drehen.« Sie zögerte. »Und von Kühen hältst du dich ab sofort bitte auch fern.«

Auch sie hätte wohl nie gedacht, dass sie einmal einen solchen Satz aussprechen würde.

Trotz ihrer Warnung verbrachte ich mehr und mehr Zeit mit der Gruppe.

Wir waren nicht die Einzigen, die auf die Ankunft von Fieber reagierten. Einige Firmen nutzten die Situation für Marketingaktionen: Wer zum Ökostromanbieter wechselte, bekam dafür ein Jahresabo für die Öffis geschenkt. Ein großes Autohaus hingegen erntete einen Shitstorm, als es den Kunden zu jedem verkauften Geländewagen ein übergroßes Fieberthermometer dazuschenkte. Noch härter traf es eine Airline, die unter dem Begriff »Reisefieber« Langstreckenflüge zum Sparpreis anbot.

Die Regierung setzte währenddessen auf Beschwichtigungen. Vor allem blickte man zunächst auf sich selbst. Zahlreiche Minister sagten ihre Dienstreisen ab. Die Lust auf lange Flüge im Regierungsjet war ihnen vorerst vergangen.

Gegenüber der Presse gab man sich bedacht. Man appellierte an den gesunden Menschenverstand der Bürger. Jedem stand es frei, das eigene Verhalten zu hinterfragen und anzupassen. Natürlich nehme man das Thema ernst, ein Risiko für die breite Bevölkerung bestünde aber weiterhin nicht.

Ohne klare Ansagen von oben bewegte sich auch unten nicht viel.

Der Großteil der Leute machte weiter wie bisher.

»Es gibt über eine Million Millionäre in Deutschland«, sagte Adrian, als Pippa und er mal wieder im Ethikunterricht aneinandergerieten. »Wenn es die alle erwischt hat, *dann* fange ich an, mir Sorgen zu machen.«

»Findest du nicht, dass das ein bisschen zu einfach gedacht ist?«, fragte Pippa.

Adrian zuckte mit den Schultern. »Nee.«

Ein Teil der Klasse nickte zustimmend. Doch die meisten rutschten nervös auf ihren Stühlen herum.

»Haben die nicht auch gerade herausgefunden, dass Fieber gar nicht so tödlich ist?«, warf Yaro ein.

Bei diesen Worten setzte Cedric sich neben mir auf.

»Dieser norwegische Influencer«, sagte Yaro und schnipste mit den Fingern. »Wie heißt der noch gleich?«

»AskjellPro?«, warf Adrian ein.

Yaro nickte. »Richtig, Mann. Der hatte Fieber und der ist nicht daran gestorben. Ihm geht's bestens.«

Pippa rollte mit den Augen. »Das war ein Prank. Der wollte nur Aufmerksamkeit. Hat anscheinend gut geklappt.«

Wenige Tage zuvor hatte der Online-Gamer auf seinem Kanal behauptet, an Fieber erkrankt zu sein. Die Fangemeinde war bestürzt, schickte ihm Beileidsbekundungen, manche spendeten aus unerfindlichen Gründen sogar Geld. Als AskjellPro zwei Tag später immer noch lebte, behauptete er, er sei von alleine genesen. In Wirklichkeit war er natürlich nie an Fieber erkrankt. Manche aber glaubten auch noch Wochen später an die vermeintliche Wunderheilung.

Während die breite Masse also gelassen blieb, griffen jene aus der obersten Kategorie zu drastischeren Maßnahmen. Die ersten Musiker sagten ihre Welttourneen ab und ließen den Privatjet am Boden. Schauspieler cancelten ihre Promotouren. Und einige Sportler weigerten sich, längere Reisen zu Turnieren auf sich zu nehmen.

Hatte das Internet zuvor darüber gescherzt, zogen sich einige Superreiche nun tatsächlich für unbestimmte Zeit auf ihre Privatinseln oder in ihre Berghütten zurück. Vom US-amerikanischen Präsidenten hieß es, dass er sein Amt bis auf Weiteres niedergelegt und sich auf eine Erdbeerfarm in Wisconsin abgesetzt hätte. Als ich dies zum ersten Mal las, war ich sicher, dass es sich auch dabei um eine Falschmeldung handelte. Doch es stimmte.

Andere Megareiche waren noch radikaler.

»Ihr müsst unbedingt zum Wannsee kommen«, rief Aliye mich eines Nachmittags an.

»Was ist denn los?«, fragte ich.

»Das musst du mit eigenen Augen sehen.«

Eine Stunde später stiegen Pippa, Lucy und ich an der Haltestelle Wannsee aus der S-Bahn. Wir mussten eine Weile laufen, bis wir das abgeschirmte Grundstück erreichten. Vor dem Tor hatte sich eine Menschentraube versammelt. Einige Schaulustige drängten sich an den Metallstreben und lugten hindurch, um einen besseren Blick auf das Haus zu erhaschen.

Auf das Grundstück hätte meine halbe Nachbarschaft gepasst. Die Villa glich mit ihren zwei Türmchen einem kleinen Schloss.

»In dem Haus wohnt eine der reichsten Frauen Deutschlands«, erklärte Aliye. »Sie steht ziemlich weit oben in der Risikogruppe für Fieber. Es könnte sie jeden Tag treffen.«

»Und jetzt warten die Leute darauf, live mitzuerleben, wie es sie erwischt?«, fragte Pippa mit hochgezogener Augenbraue.

»Pippa, die Leute sind seltsam«, bemerkte Aliye. »Aber so seltsam auch wieder nicht. Nein, schaut mal genauer hin.«

Wir liefen einen Bogen um die Ansammlung, um einen besseren Blick auf die Einfahrt des Hauses zu erhaschen. Männer in Latzhosen und Overalls trugen Möbel aus dem Haus und luden sie auf dem breiten Vorplatz ab. Ein Flügel stand im Gras neben einem imposanten Fuhrpark. Ich kannte mich mit Autos nur begrenzt aus, aber die hier sahen aus, als hätte jeder Wagen mehr gekostet als unser gesamtes Haus.

»Sie zieht um?«, fragte ich.

»Sie verschenkt ihre Sachen«, antwortete Aliye. »Sogar das Haus.«

Überrascht drehten wir uns zu ihr um. »Sie besitzt noch eins auf Sylt und mehrere Wohnungen«, ergänzte Aliye. »Es ist nicht so, als wäre sie danach obdachlos.«

Verblüfft sah ich zu den Umzugshelfern, die nach und nach das Haus leer räumten.

»Solange die Leute Schlange stehen, um einen Lamborghini von einer Milliardärin geschenkt zu bekommen, sind wir alle wohl noch safe«, bemerkte Aliye trocken.

»Ob's das bringt?«, fragte ich.

»Die Alte sollte lieber zu einer unserer Demos kommen«, sagte Pippa. »Oder ihren Einfluss nutzen, damit sich wirklich was ändert. Stattdessen reicht sie die Last einfach an den nächstbesten Idioten weiter.«

Lucy zuckte mit den Schultern. »Vielleicht will sie ja gar nicht, dass sich etwas ändert. Kommt ja nicht von irgendwo her, dass sie so reich ist.«

Pippa verschränkte die Arme vor der Brust. Ihre Augenbrauen zogen sich zusammen, während sie die Umzugshelfer beobachtete. »Sie muss sich entscheiden«, sagte sie. »Entweder die Frau will überleben oder sie hält an ihrem alten Leben fest. Beides gleichzeitig geht nicht mehr. Das gilt übrigens für uns alle.«

14

»Immer noch Kategorie 8«, stellte ich nach wenigen Wochen ernüchtert fest, als ich die Daten in der App aktualisierte, die ich mir doch wieder heruntergeladen hatte.

Ich setzte mich auf und überflog die Zahlen. Unsere Bilanz hatte sich dank meiner Maßnahmen ein wenig verbessert, aber für Kategorie 7 reichte das nicht. Solange Mama und Papa nicht in allen Bereichen mitzogen, kam ich nicht voran. Ihre Entscheidungen wirkten sich auch direkt auf meine Bilanz aus. Ich war von ihnen abhängig.

»Leg das Teil doch mal weg«, sagte Ric, der neben mir auf dem Bett lag. Fast glaubte ich, ein Stöhnen aus seinem Mund zu hören.

Wir hatten uns zu einem gemeinsamen Filmabend verabredet. Doch jetzt konnte ich mich nicht länger auf die Handlung des Actionstreifens konzentrieren. Um genau zu sein, hatte ich ein schlechtes Gewissen, weil selbst Streaming mies für das Klima war. Die vielen Server verbrauchten erschreckend viel Strom.

Was man im Alltag auch tat, es schlug sich fast immer negativ auf die Bilanz nieder. Selbst wenn man das nicht wollte. Und das nervte mich. Gefrustet drückte ich die Anzeige weg. Ich wusste nicht, warum ich mich so sehr an dieser einen

Zahl festklammerte. Ich war mir nicht einmal sicher, ob die Berechnungsgrundlage stimmte. Doch ich konnte nicht anders, musste immer wieder in der App nachschauen.

»Wieso? Du schreibst doch auch die ganze Zeit mit Yaro«, sagte ich mit Blick auf das Smartphone, das auf Rics Bauch lag.

»Ja, aber ich chille dabei und werde nicht gleich hysterisch«, murmelte er in seinen nicht vorhandenen Bart.

Ich rückte ein Stück von ihm ab. »Was hast du gerade gesagt?«

Ric setzte sich ebenfalls auf. »Jetzt hab dich nicht so. War nur ein Witz.«

Er gab mir einen Kuss auf die Wange. Ich konnte seinen Cassis-Atem riechen. Cedric fuhr mir mit der Hand über den Rücken.

Ich schüttelte sie ab.

»War aber nicht witzig.«

Ich hatte keine Lust mehr auf einen kuschligen Abend zu zweit. Und der Film war auch doof.

Ric kam näher. »Bae«, sagte er und legte das Kinn auf meine Schulter. Sein Atem kitzelte in meinem Ohr. »Wir haben das lange nicht mehr gemacht. Ich dachte, das wäre unser Abend.«

»Ist es auch.«

»Ist es nicht«, widersprach Ric.

In seinem Gesicht lag diesmal kein Grinsen.

»Wie meinst du das?«, fragte ich.

Cedric seufzte. »In letzter Zeit hängst du ständig bei der Bewegung rum. Als wäre Fieber das Einzige, was noch zählt. Und wenn du nicht bei irgendwelchen Versammlungen bist, dann checkst du ständig deine Daten. Jetzt bist du auch nicht richtig da.«

Er übertrieb. Im Gegensatz zu ihm hatte ich gerade mal für fünf Minuten auf mein Smartphone geschaut. Davor hatte ich ruhig neben ihm gelegen und mich auf den Film konzentriert, der allerdings so hohl war, dass man selbst im Schlaf nichts verpasst hätte. Gut. Eventuell waren es zehn Minuten gewesen. Oder fünfzehn?

»Stört es dich, dass ich jetzt wieder mehr mit Pippa mache?«, fragte ich in Erinnerung an den Streit, den ich mit ihr auf Adrians Party gehabt hatte.

»Pippa ist mir so was von egal«, erklärte Ric.

Das glaubte ich ihm direkt.

»Ich würde ja mit dir über diese Dinge reden«, sagte ich und legte das Handy wie zum Beweis beiseite. »Aber du wechselst immer das Thema, wenn ich damit anfange.«

Stöhnend ließ Ric sich zurückfallen. Er lehnte den Kopf gegen die Wand und blickte gen Zimmerdecke.

»Genau das meine ich«, sagte ich.

»Rafael quatscht zu Hause die ganze Zeit von Fieber. Beim Frühstück, beim Mittag, beim Abendessen – das reicht mir an Gesprächen«, blockte Ric mit Verweis auf seinen Bruder ab.

»Und unternimmt der was?«, fragte ich.

Ric schüttelte den Kopf. Die Bewegung war so schwach, fast hätte ich sie übersehen. »Er hat nur Angst, dass sein Auslandssemester in Australien nächstes Jahr ins Wasser fällt.«

Wenigstens beschäftigt ihn das Thema, dachte ich. Damit war er Ric einen Schritt voraus. »Du könntest ja mal zu einem der Treffen der Bewegung mitkommen«, wagte ich einen Versuch. »Vielleicht hättest du Spaß daran.«

»Vor ein paar Wochen hast du die Bewegung noch gemieden wie die Pest und jetzt soll ich auf einmal mitkommen?«, fragte Ric.

An dem Einwand war was dran. »Ich weiß. Aber das war vor Fieber …«, begann ich, doch er unterbrach den Satz mit einem Seufzen. Er sah mich nicht an. »Können wir nicht einfach den Film schauen?« Ric hatte die Diskussion angezettelt. Aber er hatte nicht vor, sie zu Ende zu bringen.

Enttäuscht legte ich mich hin und kam seiner Bitte nach. Ich wollte mich nicht mit ihm streiten. Und schon gar nicht wollte ich ihm etwas aufzwingen.

Stumm lehnte ich den Kopf an Rics Schulter. Erst als ich auf unser Spiegelbild im Display des Laptops blickte, merkte ich, dass ich wieder an den Nägeln kaute. Zum ersten Mal seit Jahren. Ich betrachtete meine Fingerspitzen. Der Lack war an den zerkauten Enden abgesplittert. Schnell schob ich die Hände zwischen die Oberschenkel und bemühte mich, still zu sitzen.

Ich hob den Kopf. Ric wich meinem Blick konsequent aus und tat so, als wäre er voll und ganz auf den Film fokussiert.

»Denkst du gar nicht darüber nach?«, unterbrach ich das Schweigen.

»Worüber?«, fragte er.

»Fieber.«

Ric starrte auf den Laptop zu unseren Füßen. Dort hetzte der einsame Held durch die dunkle Stadt und rettete im Alleingang die Welt. Im Film ging das so einfach.

Ric schüttelte den Kopf.

Ich begriff nicht, wie er dieses Thema ausblenden konnte, als existiere es nicht.

»Nie?«, fragte ich.

Ric antwortete nicht. Er saß einfach da. Die Lippen verschlossen. Den Blick stoisch nach vorne gerichtet. Er verhielt sich wie ein kleines Kind. Ein kleines Kind, das bockig wurde und sich auf den Boden warf, wenn ihm etwas nicht passte.

Ric wollte nicht darüber sprechen. Also würde er auch nicht darüber sprechen. Erneut dachte ich an seinen Wutausbruch auf Adrians Party. In ihm brodelte etwas, aber er ließ es nicht heraus.

Ich konzentrierte mich ebenfalls wieder auf den Film. Unsere Blicke trafen sich im Spiegelbild des Displays. Erst nach einigen Sekunden merkte ich, dass Ric mich nicht ansah. Er blickte durch mich hindurch.

Frustriert rollte ich mich auf die Seite und nahm das Handy in die Hand, um die Eingaben erneut zu prüfen. Das Ergebnis blieb weiterhin bei der Kategorie 8.

Sobald der Film zu Ende war, ging Cedric, ohne sich von mir zu verabschieden.

Das war das erste Mal, dass wir einander nichts zu sagen hatten.

15

Nach unserem misslungenen Filmabend herrschte Funkstille zwischen Ric und mir.

Ich stürzte mich in meine Aufgaben bei der Bewegung. Wir stellten Schilder vor dem Bundestag auf und forderten, dass die Abgeordneten den Bürgern schnellstmöglich alle Mittel und Möglichkeiten zur Verfügung zu stellen, um sich vor Fieber zu schützen. Neuerdings hatten wir Mitstreiter aus der Wirtschaft. Für die war Fieber langfristig nicht nur lebensbedrohlich, sondern auch geschäftsschädigend.

Zu Hause machte ich mich daran, im Garten eigenes Gemüse anzubauen. Außerdem brachte ich Mama dazu, auf chemische Putz- und Waschmittel zu verzichten. Alles ließ sich mit einfachen Hausmitteln wie Natron, Zitronensäure oder Essig ersetzen.

Abends lag ich im Bett, aktualisierte unsere Daten und las die neuesten Posts zu Fieber. Die Opferzahlen kratzten mittlerweile an der Tausendermarke. Noch immer gab es keine Erklärung für den Ursprung des Phänomens. Stattdessen hielten sich die Gerüchte und Verschwörungstheorien hartnäckig. Einige Seiten spekulierten wiederholt über gezielte Anschläge. Manche vermuteten einen staatlichen Nachrichtendienst dahinter. Dabei half nicht, dass der ein oder andere Regierungschef selbst Falschmeldungen über Fieber verbreitete.

Nach einigen Wochen der Berichterstattung stellte sich eine Art schleichende Normalität ein. Zwar wurde jeder bekanntere Fiebertote in den Medien besprochen, doch die Beiträge wurden immer kürzer und seltener. Andere Nachrichten traten in den Vordergrund. Ein Zugunglück in Bayern, der Streit um das Trikotdesign der Fußballnationalmannschaft und die Wahl des neuen Papstes stritten um die Aufmerksamkeit der Bürger. Das Trikot gewann das Rennen. Das Design war der totale Reinfall.

Die Leute begriffen das Ausmaß von Fieber nicht. Trotz der wachsenden Bedrohung war ihnen das Thema noch immer zu abstrakt. Ein Raubtier, das einem in freier Wildbahn gegenübersteht, stellt eine direkte Gefahr dar, die jeder sofort erkennt. Fieber hingegen war wie ein Raubtier in einem weit entfernten Urwald. Alle wussten, dass es existierte, aber keiner befürchtete, davon angefallen zu werden.

»Am Wochenende habe ich mit meiner Tante über Fieber gesprochen. Ich wollte ihr dabei helfen, ihre Kategorie zu berechnen«, berichtete Lucy bei einem unserer Treffen. »Da hat sie mich ernsthaft gefragt, ob das immer noch ein Problem sei. Sie dachte, Fieber wäre längst bekämpft.«

Ein Stöhnen ging durch die Gruppe, die in den letzten Tagen wieder merklich kleiner geworden war.

»Das ist noch gar nichts«, warf ich ein. »Gestern habe ich Rics ältesten Bruder getroffen. Er war in einem Sportwagen unterwegs. Das Teil sah funkelnagelneu aus. Er war total stolz. Meinte, dass er den Wagen bei irgendeiner Auktion zum Spottpreis ersteigert hätte.«

Philipps strahlendes Gesicht ging mir nicht aus dem Kopf. Er hatte den gelben Ferrari getätschelt wie ein lieb gewonnenes Tier und mich gefragt, ob er mich irgendwo hinfahren könne. Er erkannte den wahren Preis dieses Deals nicht. Womöglich hatte er mehr bezahlt, als ihm lieb war.

»Lasst euch von solchen Beispielen nicht entmutigen«, sagte Peer. »Das zeigt, wie notwendig unsere Arbeit ist. Die Botschaft ist bei vielen immer noch nicht angekommen. Wir werden weitere Stunts planen.«

Ich nickte, aber ich zweifelte daran, ob wir den richtigen Weg eingeschlagen hatten. Wir konnten uns noch so viele Aktionen überlegen. Es half absolut nichts, wenn keiner hinsah.

Ich fragte mich, ob wir uns verrannten. Als die ersten Schlagzeilen über Fieber die Runde gemacht hatten, hatte ich mit panischen Reaktionen unserer Mitbürger gerechnet. Mit chaotischen Szenen. Apokalyptischer Endzeitstimmung. Stattdessen schienen die meisten das Problem zu verdrängen, als würde es von alleine weggehen.

Manchmal fragte ich mich, ob ich diejenige war, die die Situation falsch einschätzte, und nicht die anderen. Aber dann kam die Erinnerung an den Mann im Flugzeug zurück und die Zweifel waren wie weggeblasen.

Währenddessen begrüßte Ric mich nicht einmal, wenn ich mich im Unterricht neben ihn setzte. Auf meine Nachrichten reagierte er nicht. Zwischenzeitlich war ich mir nicht sicher, ob wir überhaupt noch zusammen waren. Hatten wir Schluss gemacht, ohne es zu merken?

Mein siebzehnter Geburtstag rückte näher. Mit jedem Tag hoffte ich mehr, dass er einen Schritt auf mich zu machte.

Als Ric mir an meinem Geburtstag nicht einmal eine Nachricht schickte, um mir zu gratulieren, wertete ich das als eindeutiges Zeichen.

Bedrückt blies ich am Nachmittag die Geburtstagskerzen aus. Romy und Vito waren zu Besuch da. Pippa, Pippas Eltern, Aliye und Lucy schauten ebenfalls vorbei, um gemeinsam mit uns Kuchen zu essen. Die einzige Person, die am Tisch fehlte, war mein Freund.

»Kommt Cedric später?«, fragte Mama, als sie mir die vegane Sahne in die Hand drückte.

Ich antwortete mit einem Schulterzucken.

Mama und Papa wechselten daraufhin verstohlene Blicke, die aber direkt vor meinen Augen stattfanden und für mich nicht zu übersehen waren.

Die beiden hatten mir den Gefallen getan und zur Abwechslung meine Wünsche erhört. War ich an meinem sechzehnten Geburtstag noch mit Päckchen überhäuft worden, hatte ich in diesem Jahr klargestellt, dass ich keinen Geschenkeberg erwartete. Stattdessen wünschte ich mir einen neuen Mantel aus einem Geschäft, das Peer mir empfohlen hatte. Der Mantel war hellbraun und aus reiner Schaf- und Ziegenwolle. Dazu wünschte ich mir Mamas selbst gebackenen Birnenkuchen. Was ihr an Kochtalent mangelte, machte sie als Bäckerin wieder wett.

Ric ließ sich den gesamten Nachmittag nicht blicken.

Nachdem ich die Gäste verabschiedet hatte, zog ich mich in mein Zimmer zurück und hörte Musik. Ich weigerte mich, Ric eine Nachricht zu schicken. Schließlich war dies mein Geburtstag. Er sollte sich bei mir melden.

Ich mochte das Gefühl nicht, dass zwischen ihm und mir

etwas im Argen lag. Das war das erste Mal, dass ich mir ernsthaft Sorgen um unsere Beziehung machte.

Ich wählte eine Playlist mit dem Titel »Super Sad Love Songs« aus und tauchte in die melancholischen Worte und Klänge ein. Jede Note verstärkte meine sentimentale Stimmung. Pippa ging joggen, um den Kopf frei zu bekommen. Ich hörte Musik.

Das Vibrieren des Handys riss mich aus der Trance. Trotzig ignorierte ich die Nachricht, die ich soeben erhalten hatte.

Ich drehte die Musik lauter, bis mein Trommelfell bebte. Fest drückte ich die Kopfhörer in die Ohrmuscheln.

Doch nach wenigen Sekunden gewann meine nachgiebige Seite die Oberhand. Womöglich war es die gefühlvolle Musik, die mich weich werden ließ.

Rics Nachricht beinhaltete mehr Emojis als Buchstaben: *Happy Birthday* stand zwischen den bunten Symbolen.

Seufzend legte ich das Smartphone beiseite. Er hatte sich den ganzen Tag nicht gemeldet, und das war das Beste, was ihm einfiel? Selbst ein Fünfjähriger hätte eine tiefgründigere Nachricht verfassen können.

Das Handy vibrierte erneut. Nochmals. Und nochmals. Ich wartete das Ende des Songs ab, dann las ich genervt die Nachrichten.

Sorry dass ich mich jetzt erst melde
Nicht sauer sein
Ich weiß dass du das liest
Schau mal aus dem fenster

Bei der letzten Nachricht setzte ich mich auf. Mein Herz machte einen Hüpfer. Zögerlich blickte ich zum Fenster. Draußen war es stockduster. Ich zog die Stöpsel aus den

Ohren und stand auf. Mein Gesicht spiegelte sich in der Scheibe, als ich nach draußen lugte.

Cedric lehnte an der Straßenlaterne vor unserem Haus. In den Händen hielt er seine Basecap, deren Schirm er massierte. Sobald er mich am Fenster entdeckte, stieß er sich vom Laternenmast ab. Erwartungsvoll blickte er mich an. Sein Gesicht zeichnete sich kantig im Schein der Straßenlampe ab. Die Haare lagen ihm unordentlich in der Stirn. Er deutete auf den voll bepackten Rucksack zu seinen Füßen.

Fragend sah ich ihn an. Ich hatte keine Ahnung, was das zu bedeuten hatte.

Im nächsten Moment klingelte mein Handy.

»Willst du ausreißen?«, fragte ich, als ich abhob.

»Nur, wenn du mitkommst«, antwortete Ric und grinste zum Fenster hinauf.

»Warum sollte ich mit dir irgendwo hingehen?«, fragte ich. Mit seinem Auftauchen hatte er mich automatisch weichgekocht. Trotzdem wollte ich ihn spüren lassen, dass er mich in den letzten Tagen enttäuscht hatte.

»Weil du mit niemandem so viel Spaß hast wie mit mir«, antwortete Ric.

»Unser letzter gemeinsamer Abend war nicht sehr spaßig«, erinnerte ich ihn.

Cedric beugte sich vor und zog den Reißverschluss des Rucksacks auf. Er holte eine Flasche Champagner hervor. »Damit schon.«

»Alkohol?«, sagte ich unbeeindruckt.

Das war nicht die große, romantische Geste, bei der meine Knie weich wurden. Aber es war ... eine Geste. Und das hatte in Rics Fall viel zu bedeuten.

»Hat mich mein gesamtes Taschengeld gekostet.« Er hielt die Flasche ins Licht wie eine Jagdtrophäe. »Komm schon, Bae«, bat Ric.

Er tänzelte um den Laternenmast herum. Die Szene erinnerte mich an eine Naturdoku, die ich einmal mit Pippa gesehen hatte, als uns nichts Besseres in den Sinn gekommen war. Darin hatten Vogelmännchen alberne Tänze aufgeführt, um die Weibchen zu beeindrucken.

Als unsere Nachbarin Frau Miran mit ihrem Cockerspaniel an Ric vorbeiging, begrüßte er sie fröhlich und winkte mit der Flasche. Frau Miran huschte verschreckt um die Ecke, ohne ein Wort zu sagen.

Ich lachte. »Du jagst unseren Nachbarn Angst ein. Gleich ruft sie die Polizei.«

»Von mir aus«, sagte Ric. »Ohne dich gehe ich hier nicht weg.«

Darauf hatte ich nichts zu erwidern. Je länger ich ihn unter meinem Fenster stehen sah, desto stärker wurde das Kribbeln in meinem Bauch. Die letzten Tage hatte ich vergessen, wie gut sich das anfühlte.

Ich hatte Ric lange genug zappeln lassen.

»Gib mir zehn Minuten«, sagte ich und legte auf.

Schnell machte ich mich im Bad frisch. Als ich die Treppe heruntergetrabt kam, sah Mama mich verwundert an.

»Wo willst du denn jetzt noch hin?«, fragte sie mit Blick auf die Armbanduhr.

»Ich treffe mich mit Ric«, sagte ich.

Mamas Erleichterung darüber, dass mein Herzschmerz beendet war und ich nicht für irgendeine Fieber-Aktion aus dem Haus stürmte, überwog. »Na gut. Aber nur, weil heute dein Geburtstag ist«, sagte sie. »Lasst es nicht zu spät werden. Sonst kommst du morgen früh wieder nicht aus den Federn.«

Vor der Tür begrüßte Cedric mich mit dem längsten Kuss, den er mir jemals gegeben hatte. Er schlang die Arme um meine Taille und zog mich fest an sich. Der Geschmack von schwarzer Johannisbeere lag mir noch Minuten später auf den Lippen.

Cedric nahm eine Locke meines Haares und wickelte sie auf dem Zeigefinger auf. »Du riechst anders«, bemerkte er.

»Ich benutze jetzt Haarseife«, erklärte ich und fuhr mit den Fingerspitzen über meinen Scheitel. »Gefällt's dir nicht?«

Ric grinste. »Klar. Du riechst immer gut.«

Das brachte mich ebenfalls zum Lächeln.

Er schnappte sich meine Hand. »Komm.«

»Wo gehen wir hin?«, fragte ich, als er mich die Straße hinabführte.

Ric zog den Träger seines Rucksacks zurecht. »Ist eine Überraschung.«

Wir liefen bis zur S-Bahn-Station und fuhren in Richtung Osten. Aus der Stadt heraus. Die gesamte Fahrt über hielt Cedric meine Hand fest umschlossen.

Wir stiegen als Einzige an der verlassenen S-Bahn-Station aus. Die Luft knisterte im Dunkeln.

»Gehen wir zum See?«, fragte ich überrascht.

»Natur ist dir doch wichtig, oder?«

Er klang aufrichtig. Kein sarkastischer Unterton.

»Ja«, antwortete ich.

»Dann wird es Zeit, dass du mehr davon bekommst.«

Er führte mich von der Straße weg zu einem dunklen

Waldweg, auf dem mir alleine angst und bange gewesen wäre. An Rics Seite aber fühlte ich mich sicher.

Im Unterholz raschelte es, als die Tiere zu ihrem Schichtwechsel antraten. Nach wenigen Hundert Metern bogen wir auf einen Pfad ab, der zu einem schmalen Steg führte. Von hier aus überblickten wir den gesamten See. Der Nachthimmel spiegelte sich auf dem seichten Gewässer.

Cedric ging zum Ende des Stegs und prüfte das Tau des Holzbootes, das dort festgebunden war.

»Wem gehört das?«, fragte ich.

Er zuckte mit den Schultern. »Jemandem, der es gerade nicht braucht.«

»Wir können nicht einfach so damit über den See fahren«, wandte ich ein.

Ein Grinsen umspielte Rics Mundwinkel. »Warum nicht? Wenn der Besitzer es zurückhaben will, dann paddeln wir eben wieder her.«

Er wusste, dass ich nicht gerne Regeln brach.

Aber was war schon dabei? Es war ein simples Holzboot. Der Besitzer konnte es für wenige Stunden entbehren. Um diese Uhrzeit würde er es wohl kaum nutzen. Zudem hatte ich Geburtstag.

Sorgen konnte ich mir ab morgen wieder machen. Für heute hatte ich mir eine Pause verdient.

Ric sprang in das Boot. Die Walnussschale schwankte heftig hin und her. Kurz befürchtete ich, er würde ins Wasser stürzen, doch er hielt die Balance. Er streckte die Hand nach mir aus und half mir dabei, ins Boot zu steigen. Schnell ließ ich mich auf die kleine Holzbank gleiten, bevor ich die Chance hatte, das Gleichgewicht zu verlieren. Sofort bemerkte ich eine kleine Pfütze zu meinen Füßen. »Sinken können wir nicht, oder?«

»Keinen Kopf machen«, erinnerte Ric mich und löste das Tau. Mit einem Schubs stieß er uns vom Steg ab. Leicht schunkelnd glitt das Boot über das Wasser, bis es sich nach wenigen Sekunden einpendelte.

Cedric setzte sich mir gegenüber und stellte den Rucksack zwischen unseren Füßen ab. Er zog eine Decke hervor und reichte sie mir. Sogar einen Taschenwärmer hatte er dabei. Er knickte ihn in der Mitte, damit sich die Wärme darin ausbreitete, und legte ihn mir in die Hand. Der Inhalt des Kunststoffbeutels wurde unter meinen Fingern weich.

»Du hast dir wirklich Gedanken gemacht«, erkannte ich.

Das war das aufmerksamste Geschenk, das ich seit Langem bekommen hatte.

»Ich hatte ja auch den ganzen Tag dazu Zeit.« Ric grinste sein unverschämtes Grinsen. Dann machte er sich daran, die Champagnerflasche zu entkorken. »Ich habe keine Kosten und Mühen gescheut.«

»Das sagt der alte Mann in *Jurassic Park* auch«, erinnerte ich ihn. »Kurz darauf werden alle von Dinosauriern aufgefressen.«

Wir hatten den Film bei einem gemeinsamen *Jurassic*-Marathon gesehen.

»Gibt es eigentlich irgendein Horrorszenario, das du dir noch nicht ausgemalt hast?«, fragte Ric lachend.

Ich zuckte mit den Schultern. »Bis ich volljährig bin, bin ich damit durch.«

Ich sagte es im Scherz. Aber tatsächlich musste ich immer wieder aufpassen, mich von den Schreckensszenarien nicht überfallen zu lassen, wie es mir vor einem halben Jahr widerfahren war. Manchmal war ich mir nicht sicher, an welchem Punkt die berechtigte Sorge aufhörte und die unbegründete Panik anfing.

Mit einem lauten Plopp schoss der Korken aus der Flasche. Mir entwich ein kurzes Kreischen, als der Champagner auf meine Schuhspitzen spritzte. In einem hohen Bogen landete der Korken im Wasser neben dem Boot. Mit den Fingerspitzen fischte ich ihn aus dem Gewässer und steckte ihn in die Manteltasche.

»Man weiß nie«, sagte ich. Dabei war er aus Naturkork.

Ric ging nicht darauf ein. Stattdessen hielt er mir die Flasche entgegen und bot mir den ersten Schluck an. Die Flüssigkeit sprudelte kühl auf meiner Zunge.

Mein Körper erzitterte. Ich wusste nicht, ob es an dem Champagner lag oder an der Brise, die über das Boot wehte. Ich schlang die Decke um meinen Körper und atmete tief durch. Die Luft war kalt und klar. Ich blickte über den See. Das Wasser um uns herum glich einem schwarzen Spiegel. Der Mond hing als schmale Schale über den Baumwipfeln. Bis auf das Plätschern des Wassers war es still.

Ich wusste nicht, wann ich zuletzt so tief in die Natur eingedrungen war, ohne dass mich eine Schar von Menschen umgab. Ric hatte recht. Die Natur war mir wichtig. Warum hielt ich mich dann so selten darin auf?

Ich gab ihm die Flasche. Er nahm einen kräftigen Schluck. Die Flüssigkeit schäumte auf seinen Lippen. Mit dem Ärmel wischte er sie sich vom Mund. Wir reichten die Flasche hin und her, bis der Alkohol anfing, mir zu Kopf zu steigen.

Ich lehnte mich zurück und legte den Kopf in den Nacken.

Vereinzelt blitzten Sterne in der nächtlichen Schwärze auf. Dutzende Punkte, die Tausende von Lichtjahren entfernt lagen.

»*Moon River*«, stimmte ich an. Ich hatte eine der Coverversionen im Kopf. Nach wenigen Noten brach ich ab. Ich hatte keine gute Singstimme. Ob Cover oder Original, sie klang jedes Mal grauenhaft.

»Warum machst du nicht weiter?«, fragte Ric und nahm einen weiteren großen Schluck.

»Weil ich nicht singen kann«, erklärte ich.

»Aber du machst es gerne.«

Ich nickte.

»Dann mach es doch einfach.« Womöglich war Cedric der Einzige auf diesem Planeten, der meine Singstimme ertrug. »Was ist mit deiner Gitarre? Übst du noch?«

»Nein.« Ich schüttelte den Kopf. Meine Eltern hatten mir die Akustikgitarre geschenkt, als ich auf der Suche nach einem neuen Hobby gewesen war. Ich beherrschte vier Akkorde und einen halben Song. »Ich wollte nach den Sommerferien wieder Onlineunterricht nehmen.«

Ric hob die Augenbrauen. »Aber?«

Ich zögerte, bevor ich antwortete. »Dann kam Fieber.«

Ric legte seine Hand auf mein Knie. Warm fuhren die Fingerspitzen über den Stoff meiner Jeans. Ich richtete mich auf und sah ihn an. Das Licht des Mondes spiegelte sich matt in Rics Gesicht. Es umrahmte seine dunklen Augenbrauen, verfing sich in den dichten Wimpern, legte sich in das schmale Grübchen an seinem Kinn.

»Lass uns nicht darüber reden«, sagte Ric. »Nicht heute Nacht.«

Er beugte sich vor und näherte sich mir ruhig, um das Boot nicht aus dem Gleichgewicht zu bringen. Ric gab mir einen Kuss. Langsam und bedächtig. Der Champagner ließ meine Sinne aufschäumen. Mir wurde warm.

»Weißt du noch? Unser erster Kuss?«, grinste Ric.

»Natürlich«, sagte ich. So lange war er noch nicht her.

»Du hast nicht lange gefackelt.«

Er zuckte entschuldigend mit den Schultern. »Wir hatten alles andere schon vorher geklärt.«

»Tausendfünfhunderteinunddreißig Nachrichten«, sagte ich mit einem Nicken. »Ganz zu schweigen von den ganzen Bildern und Sprachnachrichten. Frag nicht, wie viele.«

Bei unserem ersten Date kannten wir einander gefühlt in- und auswendig. Wir trafen uns in einer Eisdiele. Nach fünf Minuten kam es zum Kuss. Eis haben wir an dem Tag nicht bestellt.

»Ich habe dich vermisst«, sagte Ric und küsste meine Nase.

Ich strich ihm eine Strähne aus der Stirn.

»Ich war die ganze Zeit da«, sagte ich.

Ric erwiderte dies mit einem weiteren Kuss. Er schob sich unter die Decke, bis wir beide eingewickelt nebeneinanderlagen. Sanft schaukelnd glitten wir über den See. Für wenige Stunden waren wir unsere eigene kleine Insel. Fernab von all den Problemen und Streitigkeiten.

Für wenige Stunden vergaß ich Fieber.

Rics Körper umschloss mich, spendete mir Wärme. Er war ein Freund, ein Sohn, ein Bruder, ein Dickkopf – und dafür liebte ich ihn. Mama hatte es früh erkannt. Romy hatte mich mit der Nase drauf gestoßen. Ich liebte Ric.

Ich hatte Monate gebraucht, um zu erkennen, dass er nicht nur irgendein Junge war, mit dem ich gerne Zeit verbrachte. Selbst wenn er mich in den Wahnsinn trieb, liebte ich ihn. Je weiter er mich von sich wegschob, desto näher zog es mich zu ihm. In dieser Nacht spürte ich es klarer als jemals zuvor. Ich wünschte, ich hätte den Moment genutzt und es ihm gesagt.

Stattdessen schwieg ich.

16

Ric und ich verbrachten die gesamte Nacht auf dem Wasser und schliefen irgendwann gemeinsam ein. Als wir uns auf den Rückweg machten, dämmerte es. Das Licht spaltete den Himmel in zwei Hälften. Eine orangefarben, die andere tiefblau. Ich fröstelte in der Morgenluft. Meine Fingerspitzen waren kalkweiß vor Kälte.

In der Bahn zogen wir die Blicke der morgendlichen Pendler auf uns. Für sie brach ein neuer Tag an, für uns ging der letzte erst zu Ende. Der Alkohol lag mir schwer im Blut und zog meine Glieder zu Boden.

Als ich mich unserem Haus näherte, sah ich, dass im ersten Stock Licht brannte.

Ich schlich zur Tür hinein und streifte mir den Mantel vom Körper. Behutsam schlüpfte ich in meine Häschenhausschuhe. Sie waren puderrosa, eine Nummer zu klein und das linke Häschen hatte eines seiner Knopfaugen verloren. Mama drohte regelmäßig damit, mir ein neues Paar zu kaufen, aber ich bestand darauf, dieses zu behalten, bis es mir endgültig von den Füßen fiel.

Im ersten Stock ertönten Schritte. Ich verharrte auf der Stelle und blickte zum Absatz.

In dem Moment glitt eine Figur aus dem dunklen Wohnzimmer direkt vor mir. Vor Schreck schrie ich auf und machte einen Satz zurück.

»Mama. Verdammt.« Ich schnappte nach Luft und fasste mir an die Brust.

»Hattest du eine gute Nacht?«, fragte sie.

Ihr Gesicht blieb ausdruckslos. Sie schlang den Morgenmantel um den Körper. Hatte sie die ganze Nacht auf mich gewartet?

Ich zog den Kopf ein in Erwartung der bevorstehenden Standpauke. Da tauchte Papa auf dem Treppenabsatz auf. Mit seinem Rollkoffer in der Hand kam er die Treppe herab. Jetzt erinnerte ich mich. Ein erneuter Trip nach Zürich stand an.

Während ich jede Woche Aktionen plante und versuchte, zu unseren Mitmenschen durchzudringen, fand ich nicht einmal in meinem eigenen Zuhause Gehör. Die letzten Tage hatte ich zu dem Thema stillgehalten. Ich wusste, dass die Reisen wichtig für Papa waren. Doch jetzt war ich übernächtigt und betrunken und bereit, meinen Ärger darüber zu äußern.

»Du willst doch nicht ernsthaft wieder da hinfliegen?«, fragte ich.

»Dir auch einen guten Morgen. Hast du gut gefeiert?«, sagte Papa und wechselte einen vielsagenden Blick mit Mama.

Wahrscheinlich hatte er meine Champagnerfahne bereits aus mehreren Metern Entfernung gerochen.

»Ich verstehe nicht, warum du da jede Woche persönlich auftauchen musst«, sagte ich und schlurfte ihm hinterher. »Haben die Schweizer noch nie was von Videochats gehört? Mama macht doch auch ständig Homeoffice und das klappt.«

Papa stellte den Koffer vor der Tür ab und überprüfte sein Aussehen im Spiegel, der neben der Garderobe hing. Er würde direkt vom Flughafen ins Büro fahren. Keine Zeit für einen Klamottenwechsel.

Papa zupfte sich ein paar Fusseln von seinem marineblauen Sakko, in dessen Brusttasche die Lesebrille steckte. Wie jeden Tag trug er dazu eine dunkle Jeans. Seine Fingerspitzen fuhren über die kupferfarbenen Haare. Erste graue Strähnen zeichneten sich darin ab. Meine Eltern waren alt. Sie hatten mich erst in ihren späten Dreißigern bekommen.

»Lynnie«, begann er und zog die Hemdärmel zurecht, »ich kann das nicht per Videokonferenz regeln. Wir bauen da ein neues Office auf und ich trage die Verantwortung dafür.« Er wandte sich mir zu. »Die Alternative wäre gewesen, dass ich für ein Jahr nach Zürich ziehe. Aber das hätte dir noch viel weniger gefallen.«

»Jede Woche hin- und herzufliegen, das ist doch Wahnsinn«, wandte ich ein. »Überleg mal, wie viel Geld eure Firma sparen würde, wenn du nicht so oft fliegen würdest.«

Papa lächelte. »Das Reisebudget ist zurzeit deren kleinste Sorge. Die Aktionäre sind wegen dieses seltsamen Fiebers komplett verunsichert. Hast du dir mal angeschaut, was gerade an der Börse los ist?«

»Natürlich nicht«, antwortete ich.

»Das solltest du aber. Diese ganzen hochrangigen Toten. Das führt zu Turbulenzen. Aktien brechen ein, Geld wird zurückgezogen. Wir stehen kurz vor einer neuen Finanzkrise. Unzähligen Firmen droht der Bankrott. Und das, wo es uns gerade wieder gut ging. Deshalb müssen wir den Partnern und Kunden zeigen, dass bei uns alles in Ordnung ist.«

»Nichts ist in Ordnung«, fuhr ich ihn an.

»Schatz, du solltest dich hinlegen und etwas schlafen, bevor du zur Schule musst.«

»Ich will nicht schlafen«, protestierte ich.

»Das ist ja mal ganz was Neues.« Mama seufzte und verschwand in die Küche.

Papa fasste mir an die Schulter. »Ich weiß, dass du dir das alles zu Herzen nimmst.« Er überragte mich nur um einen halben Kopf, aber manchmal machte er sich größer, als er war. »Du warst schon immer gegen das Fliegen. Und diese Sache im Flugzeug …«

»Ich bin nicht gegen das Fliegen«, unterbrach ich ihn. »Nur gegen sinnloses Fliegen. Denkst du, ich will die Welt nicht entdecken? Ferne Länder erkunden? Neue Kulturen kennenlernen?«, fragte ich. »Aber so, wie das gerade läuft, geht das nicht weiter.«

Papa seufzte. Er warf einen Blick auf seine Armbanduhr. Ich hielt ihn auf, aber ein wenig Zeit blieb ihm, um mir die Welt zu erklären. »Lynnie, dieser Auftrag ist wichtig für mich. Er könnte über meine Zukunft entscheiden. Unsere Zukunft. Wir bezahlen endlich den Kredit für das Haus ab. Seit Mama ihre Festanstellung verloren hat, hangelt sie sich von einem Job zum nächsten. Das weißt du.« Seine Stimme wurde bei den letzten Worten leiser. Meine Eltern sprachen nicht gerne über das Thema, und wenn sie es taten, dann nur im Flüsterton. »Wenigstens einer von uns braucht Jobsicherheit. Ich kann nicht einfach zu meinem Chef gehen und ihm sagen, dass ich ab jetzt nicht mehr nach Zürich komme.«

Er nahm den Griff des Koffers in die Hand.

Papa hatte hart für diesen Posten gearbeitet. Das wusste ich. Sein Leben lang wollte er es besser machen als seine Eltern. Das war sein ganzer Antrieb. In den letzten Jahren mehr denn je. Papa war so fleißig, dass er seine eigenen Arbeitszeiten nicht kannte. Er war immer auf Abruf bereit, arbeitete an den Wochenenden und meldete sich als Erster, wenn ein wichtiges Projekt anstand. Doch was, wenn alles, worauf er hingearbeitet hatte, bald nicht mehr von Bedeutung war?

»Da draußen sterben Menschen. Dutzende. Täglich«, erinnerte ich ihn an die aktuelle Lage.

»Wir fallen nicht in die Risikogruppe«, sagte Papa. »Außerdem werden Arbeitsreisen nicht mit eingerechnet, oder etwa doch? Herrgott, wer weiß, ob all diese Berechnungen überhaupt etwas zu bedeuten haben. Diese ständige Panikmache ist doch nicht auszuhalten. Außerdem hieß es doch immer, dass Flüge nur einen Bruchteil der weltweiten Emissionen ausmachen. Oder stimmt das jetzt auch nicht mehr?«

»Es geht aber nicht um die weltweiten Emissionen, sondern um deine persönlichen.«

»Das ist doch nicht richtig«, entfuhr es Papa.

Ich verschränkte die Arme vor der Brust. »Ob du das richtig oder falsch findest, ist Fieber wohl ziemlich egal.«

Papa schüttelte den Kopf. »Was sollen denn die Piloten sagen? Sollen die jetzt alle ihren Job an den Nagel hängen? Oder die Arbeiter an Hochöfen oder auf Ölplattformen?«

»Ein Pilot *muss* fliegen. Du nicht«, wies ich ihn auf den Unterschied hin. »Papa, selbst vor Fieber war es schwer zu rechtfertigen, dass du so oft hin- und herfliegst. Aber jetzt …

Es ändert alles, verstehst du nicht? Es arbeitet sich immer weiter vor. Woher willst du wissen, dass es nicht bald auch uns erreicht?« Ich fasste Papa am Arm. »Bitte. Bleib.«

»Denkst du wirklich, dass ein einzelner Flug den Unterschied macht?«

»Vielleicht ja«, sagte ich. »Vielleicht auch nicht. Aber die Möglichkeit, dass es einen Unterschied machen könnte, muss in diesem Fall reichen.«

Papa legte den Kopf schief. »Und was ist dann mit nächster Woche? Und der Woche danach? Führen wir dann wieder die gleiche Diskussion?«

»Ja«, entgegnete ich. »Bis du endlich damit aufhörst.«

Er strich mir mit dem Daumen über meinen Handrücken. »Mittwoch bin ich zurück.«

Ich seufzte.

»Wie wäre es damit?«, sagte er und ging zur Tür. »Ich ziehe das jetzt durch, bis das Büro eröffnet ist, die Wogen geglättet sind, und danach spreche ich mit meinem Chef. Ich werde ihn darum bitten, die Anzahl der Flüge zu reduzieren.«

Für mich klang das nach einem faulen Kompromiss. »Das reicht mir nicht. Der Präsident der Vereinigten Staaten lebt jetzt auf einer Erdbeerfarm – aber du fliegst weiter hin und her?«

»Der kann es sich leisten …«, murmelte Papa und hob eine Augenbraue.

»Du dir auch«, sagte ich.

»Ich kann jetzt nicht alles stehen und liegen lassen, nur weil vielleicht ein Risiko besteht, an einer Krankheit zu erkranken, von der keiner so richtig weiß, wann und wie sie zuschlägt«, sagte er. »Möchtest du wirklich, dass ich deshalb alles aufs Spiel setze?«

»Ich sage ja nicht, dass du gleich den Job hinschmeißen sollst«, stellte ich klar.

Ich war jung, aber nicht dämlich. Mir war bewusst, dass wir Geld zum Leben brauchten. Dass sich nicht von heute auf morgen alles über den Haufen werfen ließ. »Ich bitte dich nur, das Ganze zu überdenken. Es gibt immer eine Lösung.«

»Evie«, erklang Mamas Stimme aus der Küche. »Es reicht. Dein Vater hat einen langen Tag vor sich.«

Missmutig sah ich zu ihr. Hinter mir braute sich ein neuer Streit zusammen, während ich den ersten noch nicht beendet hatte.

»Meine Kollegen warten auf mich«, sagte Papa. Erneut blickte er auf seine Armbanduhr. »Und das Taxi auch.«

Es war beschlossene Sache. Er würde fliegen.

Als er ins Taxi stieg, warf er mir ein aufmunterndes Lächeln zu.

Mama legte mir die Hand auf die Schulter. »Komm. Geh duschen und ruh dich ein bisschen aus, bevor du in die Schule musst«, sagte sie. »Über deine Bestrafung reden wir später.«

Stumm folgte ich ihr zurück ins Haus. Ich hatte ein flaues Gefühl im Magen. Und das nicht nur vom Alkohol. Ich spürte, dass Papa nicht heil nach Hause zurückkehren würde.

BRANDENBURG

Evies Knie zitterten, als sie in die Hocke ging. Die Fingerspitzen ihrer linken Hand gruben sich in den feuchten Waldboden, während sie die Balance suchte.

Evie begutachtete die gemusterte Rille im Schlamm. Der Abdruck des Reifenprofils lief in Schlangenlinien entlang des Trampelpfades, auf dem sie sich mittlerweile befand. Mit einem Stöhnen richtete Evie sich auf und folgte den Spuren.

Nach dem Überfall war sie eine Zeit lang im Kreis gelaufen. Dann war sie auf die Idee gekommen, den Spuren des Fahrraddiebs zu folgen. Zum einen hoffte sie, dass er sie zurück in die Zivilisation führte. Zum anderen wollte sie unbedingt ihr Fahrrad zurück.

Evie summte vor sich hin, um die Stille, die sie umgab, zu übertönen.

In ihrem Kopf spielte sie ihre eigene Playlist ab. Es war eine neue Etappe, die sie sich überlegt hatte. Sie ging nicht Schritt für Schritt oder Baum für Baum. Sie lief Strophe für Strophe. Note für Note. Nur so ertrug sie die Schwere ihrer Gedanken. Zudem lenkte die Musik sie von der wachsenden Erschöpfung ab.

Sie hatte beschlossen, sich auf temporeiche Songs zu konzentrieren. Die hoben ihre Stimmung. Im Gegensatz zu all den Balladen, die ihr bei der Erinnerung an die letzten Wochen in den Sinn kamen.

Zudem lief sie dadurch schneller. Der Takt der Lieder gab den Schritt vor. Er spornte sie an. Zwar war ihre eigene Interpretation der Songs nicht so klangvoll wie die Originale, aber sie musste mit dem arbeiten, was sie hatte. Ihren lausigen Stimmbändern.

Ein beißender Geruch stieg Evie in die Nase. Sie legte den Kopf in den Nacken und reckte das Gesicht in die Höhe. Er war ihr schon vor dem Chorus aufgefallen, aber da war sie sich nicht sicher gewesen, ob sie ihn sich nur einbildete. In diesem Zustand vertraute sie ihren Sinnen nicht mehr.

Die Nase weiter in die Höhe gerichtet, bewegte Evie sich auf den Geruch zu. Nach einigen Metern erkannte sie, dass sie verbranntes Holz roch. Wenn nicht irgendwo ein Blitz eingeschlagen hatte, dann machte jemand ein Feuer.

»Menschen«, murmelte Evie, als handelte es sich dabei um eine andere Spezies. Sie machte ein paar Schritte vorwärts und richtete ihre Laufrichtung nach dem Geruch aus. Schon bald sah sie Rauschwaden in der kalten Luft hängen wie dichten Nebel. Evie zog an den Trägern ihres Rucksacks, als sie sich dem Ursprung näherte. In der Ferne erkannte sie schemenhafte Gestalten. Zwei Männer saßen um das Feuer herum und unterhielten sich angeregt. Sie trugen dicke Mäntel und hockten auf Schlafsäcken. Das brodelnde Lachen einer der beiden hallte über die Lichtung. Fernab von der Stadt hatten die Männer eine Art Lager aufgeschlagen. Sie waren Aussteiger.

Wieso war sie nicht eher auf die Idee gekommen, dass sie hier solchen Leuten begegnen würde?

Evie sehnte sich in die Nähe des wärmenden Feuers. Doch das Holz schlug dichte Rauchwolken, die die Herumsitzenden in beißenden Gestank hüllten. Aus der Distanz musterte sie das Camp. Es bestand hauptsächlich aus Schlafsäcken. An einen Baum gelehnt standen verschlissene Rucksäcke. Evie erstarrte, als sie das Jagdgewehr dazwischen entdeckte. Und ihr Fahrrad direkt daneben.

Jetzt erkannte sie den dicken, muffigen Pelzmantel wieder. Und den Dieb, der darin steckte. Er war kein verlorener Einzelgänger, der ums Überleben kämpfte.

Evie glitt drei vorsichtige Schritte auf das Paar zu. Die Männer sollten sie nicht entdecken, bevor sie sich ein besseres Bild von der Situation gemacht hatte. In einem Halbkreis schlich sie um das Lager herum. Die bedachten Bewegungen verlangten ihr mehr Energie ab als der Marsch, den sie hinter sich gebracht hatte. Evie stützte sich auf den Knien ab und atmete tief durch. Ihr Gesicht schmerzte noch immer von dem Schlag des Diebes.

Evie näherte sich dem Baum, an dem ihr Fahrrad lehnte. Die beiden Männer saßen ihr jeweils mit der Seite und dem Rücken zugewandt. In fast sehnsüchtigem Ton unterhielten sie sich darüber, wann sie zuletzt einen Braten inklusive Beilagen und Soßen gegessen hatten. Sie waren zu sehr in ihre Essensfantasien vertieft, um Evie zu bemerken.

Langsam näherte sie sich dem Fahrrad. *Knack.* Evie erstarrte, als sie auf einen Zweig trat. Das Gespräch verstummte.

Evie hielt die Luft an und verlagerte ihr Gewicht zur Seite, sodass der Baum ihren Körper verdeckte. Sie lauschte auf die Reaktion der Männer. Einer der beiden hustete brodelnd.

Es klang, als hätte er Kieselsteine in der Lunge. Der andere empfahl ihm, einen Schluck zu trinken. Ein Klirren ertönte, als sie anstießen.

Evie atmetet auf. Sie hatten sie nicht bemerkt.

Der Lenker des Fahrrads war zum Greifen nahe. Doch das Rad stand auf der anderen Seite des Baumes. Auf der Seite, auf der sich auch das Feuer und die Männer befanden. Bedächtig griff Evie nach dem Lenker. Sie versuchte, das Fahrrad geräuschlos hinter dem Baum hervorzuziehen. Evie vermied schnelle Bewegungen. Mit einem leisen Rascheln kam das Rad hinter dem Baum hervor.

»Wen haben wir denn da?«

Evie erstarrte in der Bewegung. Die Stimme des Mannes war rau. Wie ein Hobel raspelte sie die Wörter in den Höhen und Tiefen ab.

Den Lenker fest in der Hand, drehte Evie sich zu dem dritten Mann um. Er sah genauso verfilzt aus wie die anderen beiden. Er hatte eine Hasenscharte, die sein schmieriges Grinsen verzerrte.

»Willst du uns bestehlen?«, fragte er.

»Das ist mein Fahrrad«, erklärte sie mit fester Stimme.

Der Mann entblößte seine fauligen Zähne, als er lachte.

»Viel Spaß damit«, sagte er und deutete auf den Hinterreifen.

Evies Blick folgte der Geste. Der Reifen war so platt wie ein überfahrenes Tier.

Innerlich fluchend, biss Evie sich auf die Unterlippe. Ihre Hände zitterten. Nicht nur war das Fahrrad dadurch für sie wertlos. Sie konnte es auch nicht zur Flucht vor den Männern benutzen.

»Richie, Jeck – schaut mal, wer zu Besuch ist.«

Evies Finger krallten sich fest um den Lenker, als die beiden sich zu ihnen umdrehten. Gegen drei Männer hatte sie keine Chance. Der Dieb hatte sie geschlagen. Wer wusste, wozu diese Kerle noch fähig waren.

»Na, sieh mal einer an«, sagte der Dieb und stand auf.

Evie musste verschwinden, so schnell sie konnte. Ihr blieb nicht viel Zeit, sich einen Fluchtplan zu überlegen. Geistesgegenwärtig stieß sie dem dritten Mann das Rad entgegen und schnappte sich stattdessen das Gewehr, das am Baum lehnte. Es war leichter als erwartet.

»Scheiße«, rief der Dieb. »Was soll das?«

Evie hörte, wie der Mann mit der Hasenscharte das Rad beiseiteschleuderte. Das Trampeln von mindestens vier Füßen erklang hinter ihr, als sie mit dem Gewehr in der Hand davonsprintete. Sie hatte nicht vor, damit auf irgendjemanden zu schießen, aber in diesem Moment war es mehr wert als ein Fahrrad mit einem platten Reifen. Und wenn sie sich mit etwas verteidigen musste, dann war dies ohne Zweifel die effektivste Waffe.

»Gib uns das Teil zurück, du kleine Ratte!«, brüllte einer der Männer.

Die Stimme klang gefährlich nah. Evie glaubte, seinen Atem in ihrem Nacken zu spüren. Gewaltvoll wurde sie zurückgerissen. Evie gelang es, das Gewehr festzuhalten, als sie stürzte. Der Mann hatte sie am Rucksack gepackt und zu Boden geworfen. Der linke Riemen war dabei gerissen.

»Du gibst mir jetzt sofort das Gewehr …«

Im Liegen richtete Evie den Lauf der Waffe auf die Hasenscharte und brachte sie damit zum Schweigen.

»Mach keine Dummheiten, Mädchen«, sagte der Dieb, der wenige Meter hinter ihm stand.

Der andere hatte sich nicht die Mühe gemacht, die Verfolgung aufzunehmen. Wahrscheinlich bewachte er in der Zwischenzeit das Lager.

Evie wandte den Blick nicht von der Hasenscharte ab. Sie hatte keine Ahnung von Gewehren, aber sie hatte genug Actionfilme mit Ric gesehen, um zu wissen, wie schnell man entwaffnet werden konnte, wenn man nicht aufpasste. Diese Männer allerdings machten nicht den Eindruck, als seien sie Nahkampfexperten. Sie waren einfach nur größer und stärker als sie.

Langsam rutschte Evie mit dem Gesäß auf dem Boden zurück. Der Rucksack hing ihr schwer von der Schulter und zog sie auf der rechten Seite zu Boden. Evie hatte Mühe, sich von den beiden wegzubewegen und gleichzeitig das Gewehr auf den Mann gerichtet zu halten. Mit zittrigen Knien kam sie auf die Füße.

»Geht zurück«, forderte sie.

»Ich will das Gewehr«, sagte der Mann.

»Und ich wollte mein Fahrrad«, erwiderte sie.

»Du kannst es gerne haben.«

Evie biss die Zähne zusammen. »Ihr habt es kaputt gemacht.«

Der Mann ließ die Schultern hängen. Er machte nicht den Eindruck, als wolle er sie angreifen.

»Wir brauchen das Gewehr«, sagte er. »Für die Jagd.«

»Und ich brauche mein Fahrrad. Ich hab's echt gebraucht.« Evie presste die Lippen aufeinander, als sich ein Kloß in ihrem Hals formte. Sie hatte in den letzten Wochen genug geweint. Vor den Männern würde sie sich nicht diese Blöße geben. »Wieso macht ihr das? Wieso nehmt ihr anderen auch noch das Letzte weg, was sie haben?« Sie hatte Mühe, ihre Gefühle zu unterdrücken. »Haben wir alle nicht schon genug verloren? Reicht euch das nicht?«

Verblüfft sahen die beiden Männer sie an. Fast automatisch hob der Vordere die Hände, als er die Wut und Enttäuschung in Evies Stimme hörte. Als könnte sie ihn allein mit ihren Worten erschießen.

»Und jetzt nehmt ihr mir das Wichtigste, was ich noch habe.«

Sie spürte den Schweißfilm auf ihrer Stirn, als sie dies sagte. Die Hände zitterten. Ihr rechter Zeigefinger schloss sich um den Abzug des Gewehrs.

»Hey, Mädchen, wir wollen dir gar nichts mehr nehmen«, antwortete der Dieb.

»Warum tut ihr es dann?«, fragte sie.

Die beiden Männer sahen einander verwirrt an. Sie wussten nicht, wovon Evie sprach.

»Alles, was ich will, ist Zeit«, sagte sie. »Und ihr habt mir schon genug davon geraubt.«

»Mach keinen Blödsinn«, sagte die Hasenscharte und wich zurück.

Evie schluckte schwer. Sie richtete den Lauf des Gewehrs aus. Dann drückte sie auf den Abzug.

EVIE 17

Wenn Veränderungen schleichend stattfinden, nehmen wir sie nicht als solche wahr. Das hat Herr Johannsen uns einmal erklärt. Wir lassen uns vom Augenblick blenden. Denken kurzfristig. In die Ferne schauen wir selten. Schon gar nicht, wenn sie weit über unser eigenes Leben hinausgeht.

Uns geht der Blick für das große Ganze verloren, weil wir meistens nur auf uns selbst schauen. Doch hin und wieder schlägt genau dieses große Ganze zu. Dann sehen wir uns überrascht um und wundern uns über die eigene Blindheit.

Während Papa in Zürich war, fragte ich mich, ob er den gleichen Fehler machte. Er dachte an seinen Job, an unser Haus, ans Geld. Das war verständlich. Aber die langfristigen Folgen für ihn und unsere Familie traten dadurch in den Hintergrund.

In der Nacht vor seiner Rückreise hatte ich einen Albtraum. Ich saß in einem Flugzeug zwischen meinen Eltern. Romy saß auf der anderen Seite des Ganges. Alle Sitzplätze waren mit Personen besetzt, die ich kannte. Meine Großeltern waren da, Ric, Pippa, Adrian, Lucy, Aliye, Katharina, sogar Herr Johannsen.

Ein Steward ging mit dem Servierwagen durch die Gänge. Nach und nach fragte er die Passagiere, ob sie etwas trinken wollten. Als er bei uns ankam, lehnte ich das Angebot ab. Papa aber bestellte eine ganze Flasche Champagner. Er bat den Steward um drei Gläser und drängte uns, gemeinsam auf meinen Geburtstag anzustoßen.

Der Steward beugte sich zu uns vor, um uns einzuschenken. Eine goldene Rolex funkelte an seinem Handgelenk. In dem Moment erkannte ich sein Gesicht. Es war der Geschäftsmann vom Italienflug. Schweiß stand ihm auf der Stirn. Seine Augen waren blutunterlaufen. Feuchte Flecken bildeten sich an den Achseln seiner roten Uniform.

Sofort sprang ich von meinem Sitz auf. Hilfe suchend sah ich mich im Flugzeug um. Ich war nicht länger von Freunden und Bekannten umgeben. Ich saß mit all den Opfern, die Fieber bisher gefordert hatte, in einem Flieger. Ich erkannte nicht alle Gesichter, aber ich wusste es instinktiv. Sie alle waren infiziert. Sie waren so gut wie tot und ich war mit ihnen eingesperrt. Tausende von Metern über der Erde. Es gab kein Entkommen.

Der Geschäftsmann ergriff mein Handgelenk und schrie mich an. Ich verstand die Worte nicht. Panisch versuchte ich, mich aus seinem Griff zu befreien. Es gelang mir nicht. Schweiß und Speichel spritzten mir ins Gesicht, als er mich unentwegt anbrüllte. Und da wusste ich, dass ich ebenfalls infiziert war. Fieber breitete sich auf einmal über die trockene Flugzeugluft aus, wirbelte durch die Lüftung, ging mit jedem Atemzug auf mich über, verseuchte meinen Körper.

Ich rang nach Luft.

Plötzlich war das Flugzeug unendlich groß. Die Sitzreihen reichten weiter, als ich blicken konnte. Jetzt waren wir alle zusammen. Die vergangenen Opfer und all jene, die noch kommen würden. All die Menschen, die mir nahestanden, und jene, denen ich nie begegnet war. Wir waren alle in diesem Flieger gefangen, der durch die Dunkelheit steuerte wie ein verirrtes Schiff auf hoher See. Wir hatten kein Ziel. Das Flugzeug selbst war unser endgültiger Bestimmungsort. Lebend kam hier keiner raus.

Schweißgebadet wachte ich auf.

Am Tag darauf kam Papa mit seinem Rollkoffer zur Tür hereinspaziert.

Er war wohlauf.

Ich stürmte die Treppe hinunter und fiel ihm um den Hals.

»Na, wieder nüchtern?«, sagte Papa und umarmte mich. »Noch vor ein paar Monaten hast du mich kaum angesehen, wenn ich von meinen Reisen zurückgekommen bin.« Er strich mir über den Rücken. »Heißt das, du bist offiziell aus der Pubertät raus?«

»Wie fühlst du dich?«, fragte ich.

Meine Hand betastete seinen Rücken. Keine Hitze. Ich musterte sein Gesicht. Suchte nach Anzeichen für Fieber. Waren die Pupillen geweitet? Nein. Nicht ein Tropfen Schweiß stand ihm auf der Stirn. Ich ließ von ihm ab. Er hatte recht. So anhänglich war ich seit meinem neunten Lebensjahr nicht gewesen.

»Alles in Ordnung«, sagte er und lächelte. »Ich bin nur ein wenig müde.«

Erleichtert lachte ich auf. Papa ging es gut. Mein Albtraum war nur das. Ein Albtraum.

In dem Moment schwor ich mir, dass ich ihn nicht noch einmal in ein Flugzeug steigen lassen würde. Sosehr er sich auch dagegen wehren würde. Zur Not kettete ich Papa am Treppengeländer fest, bis das Flugzeug ohne ihn abhob.

***

Am nächsten Morgen frühstückten wir seit Langem mal wieder alle zusammen. Ich stand dafür extra eine halbe Stunde früher auf. Papa gab sich mit der Zeitung und einer Tasse Tee zufrieden, während ich Haferflocken in mich hineinschaufelte, als gäbe es kein Morgen. In den letzten Tagen hatte ich kaum etwas gegessen. Der Gedanke an ihn in einem Flugzeug hatte mir buchstäblich Bauchschmerzen bereitet.

Ich beschloss, Papa ab jetzt mehr Aufmerksamkeit zu schenken. Wenn er verstand, dass mir seine Anwesenheit wichtig war, dann drang ich damit womöglich eher zu ihm durch als mit endlosem Gerede über die Gefahren von Fieber. Demonstrativ schaltete ich mein Smartphone in den Nicht-stören-Modus.

»Das neue Trikot sieht echt unmöglich aus …«, murmelte Papa, während er durch den Sportteil der Zeitung blätterte. Sein Gesicht wurde von Seite zu Seite ernster.

Den Hauptteil hatte sich Mama geschnappt. Auf der Titelseite waren der Kanzler und die führenden Minister abgebildet. *Aus Angst vor Fieber? – Regierung bietet Bürgern neue Anreize zum Klimaschutz*, lautete die Überschrift. Mein Herz machte bei dieser Schlagzeile einen Hüpfer.

Ich wandte mich wieder Papa zu. »Wann waren wir eigentlich das letzte Mal bei einem Basketballspiel?«

Überrascht sah er mich an. »Hast du Lust?«

Ich nickte. »Solange die Spiele noch stattfinden, sollten wir die Gelegenheit nutzen.«

Der Sport interessierte mich nicht. Aber Papa liebte es, einen Abend in der Arena zu verbringen. Er konnte mir alle Regeln erklären und mit seinem Wissen über die Spieler und das gegnerische Team glänzen. Ich aß währenddessen meine Brezel und feuerte die Heimmannschaft an. Früher hatten wir das einmal im Monat getan.

»Gut.« Er lächelte. »Ich besorge uns Tickets.«

Selbst auf Mamas Lippen schlich sich ein aufrichtiges Lächeln. So harmonisch war es in unserem Haus lange nicht mehr zugegangen.

»Cedric kann auch gerne mitkommen«, sagte Papa. »Oder mag er kein Basketball?«

»Doch. Aber nur auf der PlayStation.«

Ich war verwundert über seinen Vorschlag. Die zwei hatten nie länger als fünf Minuten miteinander gesprochen. Allerdings erging es den meisten mit Ric so. An Papa lag es in dem Fall nicht.

»Ich muss zugeben, anfangs war ich bei ihm etwas skeptisch«, sagte er.

»Papa, du bist bei jedem unserer Freunde skeptisch«, erinnerte ich ihn. »Du hast einen von Romys Freunden beim ersten Treffen nach seinem Ausweis gefragt, um sicherzugehen, dass er nicht zu alt für sie ist.«

Verblüfft sah Mama ihn an. »Tom, stimmt das?«

Papa lachte. »Das hatte ich schon ganz vergessen.« Er faltete den Sportteil zusammen und legte ihn auf den Küchentisch. »Ich meine ja nur: Wenn du es schon so lange mit Ric aushältst, kann er so verkehrt nicht sein.«

Ein besseres Kompliment würde ich von Papa zu meinem Freund nicht bekommen.

»Da hast du ausnahmsweise mal recht«, sagte ich.

»Dann frag ihn, ob er mitkommen möchte«, schlug er erneut vor und nippte an seinem Tee.

Ich schüttelte den Kopf. »Nein«, sagte ich. »Das hier machen wir zu zweit.«

Papa lächelte und drückte meine Hand. Seine Finger waren warm von der Tasse. Er stand auf, füllte das Gefäß mit Leitungswasser auf und trank es in zwei kräftigen Schlucken aus.

»Diese Krankheit«, begann er und lehnte sich gegen die Anrichte, »ich habe in den letzten Tagen darüber nachgedacht.«

Prüfend blickte ich zu Mama. Sie wartete ebenfalls auf seine nächsten Worte.

»Ich war dir gegenüber nicht fair«, gestand Papa. Er nahm die Brille ab und betastete die metallenen Bügel. »Du hattest gute Argumente. Und ich habe sie abgeblockt. Anstatt mein Verhalten zu ändern, habe ich nach Gründen gesucht, es nicht zu tun.«

Ich war überrascht über seine Ehrlichkeit.

»Aber irgendwann muss auch dein alter Vater zugeben, dass er diese Probleme nicht länger ignorieren kann«, fuhr er fort. »Ich möchte mich hiermit offiziell bei dir entschuldigen.«

Mein Körper wurde bei seinen Worten leicht. Als hätte er damit die Panzerung aufgebrochen, die mich in den letzten Tagen fest eingeschlossen hatte.

»Danke, Papa«, sagte ich.

»Ich werde mit meinem Chef sprechen und mit ihm über eine passende Alternative reden.«

Aus seiner Stimme sprach keine Erleichterung, eher Sorge. Nachdenklich rieb er mit den Fingerspitzen über die Druckstellen, die die Brille auf seinem Nasenrücken zurückgelassen hatte.

»Ihr findet eine Lösung«, versicherte ich ihm.

Er blickte weiter auf die Brille zwischen seinen Fingern. »Ich habe hart für diesen Posten gearbeitet. Nach all den Schwierigkeiten in den letzten Jahren bin ich genau da, wo ich immer hinwollte.«

»Ich weiß«, sagte ich.

»Und *ich* weiß, dass du diejenige warst, die Romy wegen der Photovoltaikanlage auf mich angesetzt hat«, sagte Papa, jetzt mit einem leichten Grinsen. »Sehr geschickt.«

Ich hatte Romy darum gebeten, ihn an meinem Geburtstag dazu anzusprechen. »Konnte sie dich denn überzeugen?«

»Wir denken darüber nach«, verkündete Mama und legte die Zeitung beiseite.

Papa spielte weiter an dem Bügel seiner Brille herum. Das Lächeln verschwand wieder aus seinem Gesicht.

»Gibt es irgendeine Möglichkeit, dieses Fieber zu überwinden?«, fragte er. »Wenn man es sich einmal eingefangen hat, meine ich?«

»Bisher nicht«, antwortete ich nach kurzem Zögern.

»Ich dachte, ich hätte da mal so was gelesen«, sagte er.

Ich unterdrückte ein Seufzen. Dieser verdammte Askjell-Pro. »Das war ein Fake. Bisher wurde niemand geheilt.«

Papa nickte, fast ernüchtert setzte er die Brille wieder auf. »Ich werde tun, was nötig ist«, versicherte er mir. Ein

Schmunzeln schlich sich auf seine Lippen. »Und über dein Essen werde ich auch nicht mehr meckern.«

»Es ist tausendmal gesünder als alles, was du in den letzten vierundfünfzig Jahren gegessen hast«, konterte ich. »Und so schlecht schmeckt es nicht, oder?«

Papa und Mama wechselten amüsierte Blicke. Dann verzog er scherzend das Gesicht und ließ die Zunge zum Mundwinkel heraushängen.

»Dass ich nicht mit Gewürzen umgehen kann, ist nicht meine Schuld«, verteidigte ich mich. »Von wem hätte ich es denn lernen sollen?«

»Pass auf, was du sagst«, mahnte Mama halb im Scherz, halb im Ernst.

»Leg dich lieber nicht mit deiner Mutter an«, sagte Papa. »Und jetzt sieh zu, dass du dich in ein menschliches Wesen verwandelst. Du willst doch nicht zu spät zur Schule kommen, oder?«

Ich sah zur Küchenuhr. Tatsächlich. Obwohl ich früher aufgestanden war, war ich mal wieder viel zu spät dran.

Als ich frisch geduscht und angezogen nach unten zurückkehrte, war Mama in der Küche zugange. Papa lag zeitunglesend auf dem Sofa. Er hatte die Beine über Kreuz gelegt. Die Brille hing auf seiner Nasenspitze.

»Hab dich lieb«, sagte er.

Ich schenkte ihm ein Lächeln. »Bis später.«

Ich schnappte mir meinen Mantel und hievte den Rucksack auf den Rücken. Bevor ich zur Tür hinaus verschwand, wandte ich mich Papa noch einmal zu.

»Du tust das Richtige.«

Papas linker Mundwinkel ging in die Höhe. Er lächelte

immer nur mit einer Seite des Gesichts. Seine Augen aber blickten mir kummervoll entgegen. Er machte sich Sorgen um die Zukunft.

»Alles wird gut«, versicherte ich ihm.

18

Während ich mir mein Fahrrad schnappte, legte ich eine neue Playlist auf meinem Smartphone an. Ich suchte nach Songs mit Worten wie »Happy«, »Smile« und »Good« in den Titeln und ließ sie nach Zufallswiedergabe abspielen. Dabei heraus kam eine Mischung aus Soul, Indie-Pop und Elektro, die überhaupt nicht zusammenpasste, aber gute Laune machte.

Die Last der letzten Tage und Wochen fiel von meinen Schultern, als ich dem Rhythmus der Musik folgte. Sie gab mir Auftrieb. Das Fieberproblem war lange nicht gelöst, aber ich hatte das Gefühl, dass ich zu Hause einen Schritt in die richtige Richtung gemacht hatte. Und auch auf höherer Ebene bewegte sich endlich was.

Eine halbe Stunde ließ ich mich von der Musik antreiben. Sie gab mir Rückenwind. Die Songtexte versetzten mich zusätzlich in positive Stimmung.

Zehn Lieder später kam ich auf dem Schulhof an. Dort wartete eine Menschentraube vor der Tür. Bei dem Anblick zog ich sofort die Bremse. Ich sprang vom Rad und stellte es am Zaun ab.

Normalerweise marschierten die Schüler wie mit Scheuklappen vor den Augen in das Gebäude, ohne sich umzusehen. Ich hatte dieses Verhalten perfektioniert, da bei mir grundsätzlich auch noch die Ohren verschlossen waren.

Die meisten Schüler waren auf öffentliche Verkehrsmittel angewiesen und trafen knapp vor Unterrichtsbeginn ein. Wir hatten für gewöhnlich keine Zeit, uns auf dem Schulhof zusammenzurotten, bevor der Schulgong läutete.

Ich nahm den linken Stöpsel aus dem Ohr und hielt Ausschau nach meinen Freunden.

Pippa war die Erste, die ich zwischen den Mitschülern entdeckte. Sobald sie mich sah, kam sie mir entgegen. Ihr Gesicht war noch ernster als gewöhnlich. Das konnte nichts Gutes bedeuten.

»Was ist los?«, fragte ich.

»Hast du die Nachrichten nicht bekommen?«

Ich schüttelte den Kopf und tastete nach meinem Smartphone.

»Herr Thomas«, sagte Pippa. »Es hat ihn erwischt.«

»Der Rektor? Fieber?«

Ich wagte kaum, das Wort auszusprechen. Meine Stimme wurde schon bei dem Gedanken daran brüchig. Es war, als hätte man mich darum gebeten, dreimal hintereinander »Bloody Mary« zu sagen und deren Geist heraufzubeschwören.

Pippa presste die schmalen Lippen aufeinander. Dann nickte sie.

Ich riss an dem Kabel meines Kopfhörers. Die fröhliche Musik, die mein rechtes Ohr bespielte, passte nicht länger zu der Situation.

»Ist er …«, begann ich. Ich brachte den Satz nicht zu Ende. Wenn er nicht jetzt schon tot war, dann würde er es in spätestens vierundzwanzig Stunden sein. »Ich verstehe nicht. Das ist zu früh.«

Herr Thomas hätte noch längst nicht an der Reihe sein dürfen.

»Es ist viel zu früh«, wiederholte ich fassungslos.

»Fieber breitet sich seit letzter Nacht schneller und aggressiver aus als berechnet.« Pippa seufzte. »Wir reden nicht mehr von Hunderten oder Tausenden, Evelyn. Sondern von Hunderttausenden. Jede Sekunde erkranken Menschen auf der ganzen Welt daran.«

Ich zog mein Smartphone hervor. Wie hatte mir das entgehen können? Der Titel des letzten Songs, den ich gehört hatte, lief über das Display. Da fiel mir das kleine Haltezeichen im oberen linken Rand auf. Noch immer war der Nicht-stören-Modus aktiviert. Mir wurden zwei verpasste Anrufe angezeigt.

»Sie sind dabei, die Kategorien neu zu berechnen«, sagte Pippa, während ich die Einstellungen änderte. »Die bisherigen Schätzungen waren zu zurückhaltend. Viel mehr Menschen sind direkt von Fieber bedroht als angenommen.«

»Was soll das heißen?«, fragte ich. Das Smartphone surrte in meiner Hand.

»Bis gestern hat Fieber vor allem das oberste Prozent getroffen. Und da reden wir schon von Millionen von Menschen. Mit dem ursprünglichen Tempo sind die Experten davon ausgegangen, dass den Leuten aus den restlichen Kategorien mehr Zeit bleiben würde, sich anzupassen. Monate, sogar Jahre. Aber seit gestern greift Fieber auf die unteren Kategorien über«, sagte Pippa.

In der Ferne ertönte die Sirene eines Krankenwagens.

»Wie lautet die neue Prognose?«, fragte ich. »Sind wir betroffen? Ab welcher Kategorie ist man nicht mehr bedroht? Wie kommen wir dahin?«

Die Worte sprudelten nur so aus mir heraus.

»Atme mal tief durch. Du erstickst noch an deinen Fragen«, sagte Pippa. »Ich weiß es doch auch nicht. Sie haben wohl Probleme mit den Berechnungsmodellen. Fällt ein Flug in der Business-Klasse mehr ins Gewicht als einer in der Economy? Was ist mit Umweltverschmutzung? Und was ist mit Methangasen und dem ganzen anderen Zeug? Diese Fragen können darüber entscheiden, wen es als Nächstes trifft. Das Ganze ist völlig verrückt. Was hat Herr Thomas gemacht, um an Fieber zu erkranken? Keine Ahnung. Er ist bestimmt nicht wöchentlich mit dem Privatjet um die Welt geflogen und hat in einer klimatisierten Megavilla gehaust.«

War es eine Vielzahl an kleinen Handlungen und Entscheidungen gewesen, die dazu beitrugen, dass Herr Thomas an Fieber erkrankt war – oder hatte eine Urlaubsreise zu viel den Ausschlag gegeben? Vor wenigen Wochen war er zu einem der Kurse der Bewegung gekommen und hatte sich beraten lassen. Die kleinen Anpassungen im Alltag reichten nicht aus, um sich zu schützen. Und das machte so ziemlich jeden von uns zum nächsten potenziellen Opfer.

Mein Handy summte erneut, das Display leuchtete auf. Mama hatte mehrmals versucht, mich zu erreichen. Etwas stimmte nicht. Mama rief mich so gut wie nie an. Sie schickte immer Nachrichten.

Ich stolperte zurück.

Pippa ergriff mein Handgelenk. »Was ist?«

»Ich muss nach Hause«, brachte ich stotternd hervor.

Ohne eine weitere Erklärung wandte ich mich um und rannte vom Schulhof. Als ich um die Ecke bog, lief ich Adrian in die Arme.

»Achtung.« Er fing mich ab und hielt mich fest. »Alles okay?«

Er wirkte ernsthaft besorgt, aber ich antwortete nicht. Stattdessen stieß ich mich von ihm ab und rannte weiter. Im Laufen wählte ich unsere Nummer. Das Freizeichen verhallte in meinem Ohr. Niemand hob ab. Als Nächstes versuchte ich es auf Mamas Handy. Dann auf Papas. Keine Reaktion.

Mein Magen verschlang sich zu einem festen Knoten, als ich den Gehweg entlangsprintete. Mit dem Rad war ich zu langsam und der nächste Bus fuhr erst in zwanzig Minuten. So lange konnte ich nicht warten. Als mir ein Taxi entgegenkam, winkte ich es herbei.

»Scheiß drauf«, fluchte ich.

Ohne zu prüfen, ob ich genug Geld dabeihatte, sprang ich auf die Rückbank und wies den Fahrer an, mich so schnell wie möglich nach Hause zu bringen.

Die gesamte Fahrt über versuchte ich, meine Eltern zu erreichen. Doch niemand nahm ab. Ich schickte Mama eine Nachricht. Nervös blickte ich auf das Display, als das Smartphone in meiner Hand mehrmals vibrierte. Die Nachrichten im Klassenchat überschlugen sich. Pippa fragte, ob alles in Ordnung sei. Ich antwortete nicht. Stattdessen feuerte ich eine weitere Nachricht an Mama ab, obwohl sie die letzte noch gar nicht gelesen hatte.

Ich hielt die Luft an, sobald wir in unsere Straße einbogen. Aus der Ferne sah ich den Krankenwagen. Die Haustür stand sperrangelweit offen. Mama stand in ihrer Wolljacke auf der obersten Stufe. Sie hatte die Arme um den Körper geschlungen.

Das Taxi rollte noch, da stieß ich bereits die Tür auf und stürzte von der Rückbank. Der Fahrer rief mir hinterher. Ich hörte nicht auf ihn. Stattdessen stürmte ich auf den Krankenwagen zu, in den die Sanitäter in diesem Moment die Trage schoben. Darauf lag Papa.

Regungslos. Die Augen unter der Sauerstoffmaske geschlossen.

»Papa?«, rief ich.

Seine Augenlider flatterten, als er meine Stimme hörte. Ich wollte zu ihm in den Wagen steigen, doch Mama packte mich von hinten und hielt mich zurück.

»Evie, lass die Leute ihre Arbeit machen«, sagte sie.

Ich wirbelte zu ihr herum. »Was ist passiert?«

Erneut schlang Mama die Arme um ihren Körper.

»Was ist passiert?«, wiederholte ich.

Mama zuckte bei dem lauten Ton meiner Stimme zusammen. Ich hatte nicht vorgehabt, sie anzuschreien, aber die Worte platzten aus mir heraus. Ich sah über die Schulter zu Papa, der schwer atmend im Krankenwagen lag.

»Nach dem Frühstück ging es ihm nicht gut«, sagte sie. »Er hat sich kurz hingelegt. Als er aufstehen wollte, um sich auf den Weg zur Arbeit zu machen, ist er zusammengeklappt. Einfach so.«

Mama zitterte am ganzen Körper. Ihre Augen waren gerötet. Sie sah dabei zu, wie einer der Sanitäter zu Papa in den Wagen stieg. Der andere schlug die Tür zu.

Ich fasste sie an den Schultern. »Ist es Fieber?«

Ich kannte die Antwort. Aber ich musste sie hören. Ich musste sie es sagen hören.

»Ich … sie wissen es nicht«, sagte Mama und begann zu schluchzen. Die Tränen, die sie zuvor unterdrückt hatte, stiegen ihr jetzt in die Augen.

»Hat er was von Hitze gesagt?«, fragte ich. »Hat er gesagt, dass ihm heiß ist? So wie bei dem Mann im Flugzeug?«

Mama schüttelte den Kopf. Sie verneinte die Frage damit nicht. Sie war nicht dazu in der Lage, sie zu beantworten. Es war zu viel für sie.

Der Krankenwagen fuhr davon. Ich winkte den Taxifahrer herbei, der am Straßenrand auf sein Geld wartete. Er sollte uns zum Krankenhaus bringen. Die gesamte Fahrt über hielten Mama und ich auf der Rückbank einander an den Händen. Ihre Finger bohrten sich tief in meinen Handrücken. Noch Tage später schimmerten die blauen Flecken unter meiner Haut.

Kurz nachdem wir im Krankenhaus angekommen waren, verlor Papa das Bewusstsein. Mama und ich wichen nicht von seiner Seite. Die Ärzte konnten nicht viel tun, außer ein paar Tests durchzuführen und seine Werte zu prüfen. Sein Körper glühte, hatte die 40-Grad-Marke längst überschritten. Er wurde auf die Intensivstation gebracht. Krankenhauspersonal eilte ein und aus. Mit uns sprach kaum jemand. Sie schoben uns auf den Flur, legten eine Infusion und bereiteten Wadenwickel vor. Danach ließen sie uns wieder ins Zimmer.

Uns blieb nur zu hoffen, dass ein Wunder geschah. Dass Papas Temperatur sank und er wieder aufwachte. Mit diesem Gedanken retteten wir uns durch die dahinschleichenden Minuten, auch wenn die Werte in eine andere Richtung deuteten. Das Wort ›Fieber‹ fiel kein einziges Mal. Wir konnten uns ohnehin nicht vorstellen, was es bedeutete, wenn Papa davon befallen war. Nur weil man etwas weiß, heißt das nicht, dass man es auch begreift.

Nach zwei Stunden tauchte Romy im Krankenhaus auf. Die Stille im Zimmer war erdrückend. Romy war die Erste, die sie brach. Sie streichelte Papas Hand. »Alles wird gut«, sagte sie. »Du wirst schon sehen.«

Ich schluckte bei der Erkenntnis, dass ich an diesem Morgen die gleichen Worte zu Papa gesagt hatte. Hatte ich ihn unwillentlich angelogen?

»Du kommst bald wieder auf die Beine, Papa«, fuhr Romy fort. »Und dann wirst du dein Versprechen einlösen und mich bei der freien Trauung durch unseren Garten führen. Du wirst Vito meine Hand überreichen. Und ich werde zu meinem Wort stehen und meinen Nachnamen behalten, so wie du es wolltest. Und das, obwohl Romy Mora viel besser klingen würde. Aber das willst du ja nicht einsehen.« Sie lachte leicht auf, aber ihre Augen füllten sich mit Tränen. Sie sprach mehr zu sich selbst als mit ihm. »Und in ein paar Jahren wirst du in dem gleichen Garten mit deinen Enkeln spielen. Du wirst sie aufwachsen sehen. So wie du Lynnie und mich hast aufwachsen sehen, ja?«

Ich unterdrückte bei diesen Worten ein Schluchzen. Ich hielt es in dem Zimmer nicht mehr aus. Das Piepen und Pumpen der Maschinen gepaart mit Romys Worten verursachte bei mir einen Schwindel, der mich beinahe von den Füßen holte. Ich sank gegen den Türrahmen. Ich hatte das Gefühl, in einem Albtraum festzustecken, aus dem es kein

Erwachen gab. Auf dem Absatz machte ich kehrt und verließ das Zimmer.

Wie ein Zombie schlurfte ich über den Krankenhausflur. Der sterile Geruch des Desinfektionsmittels hing mir in der Nase. Nach und nach ging ich an den Krankenzimmern vorbei. Bei einigen standen die Türen offen. Wiederholt wurde ich Zeugin des gleichen Bildes. Patienten, die mit Sauerstoffmasken auf den Betten lagen, während Angehörige hilflos danebenstanden. Ziellos taumelte ich weiter über die Station. Ich kam an einem Empfangstresen vorbei. Eine Frau lehnte halb auf der Ablage. Sie presste die Stirn gegen das Schutzglas, während sie auf die Schwester hinter dem Tresen einredete. Neben ihren Beinen hockte ein Junge. Sein Gesicht war kalkweiß.

»Er hat seit zwei Tagen erhöhte Temperatur«, sagte die Frau. »Ich verlange doch nur, dass der Doktor ihn sich noch einmal ansieht.«

Ich verlangsamte meinen Schritt.

Die Schwester kam um den Tresen herum und kniete sich vor den Jungen. Sie zog einen Latexhandschuh an und betastete sein Gesicht. »Haben Sie ihm denn die Medikamente gegeben, die der Arzt ihm verschrieben hat?«

»Sie sagen, dass das nichts bringt. Die ganzen reichen Bonzen. Die haben alles Geld der Welt und nicht mal die können sich schützen«, sagte die Frau. Offenbar beharrte sie auf einer anderen Lösung. Einer Lösung, die es nicht gab.

Die Schwester prüfte die Pupillen des Jungen. »Das hat er nicht«, sagte sie. »Nicht, wenn es ihm schon länger schlecht geht.«

»Wie können Sie das wissen?«

»Diese neue Krankheit – dieses Fieber, das läuft schneller ab«, sagte die Schwester. »Vierundzwanzig Stunden maximal.«

Bei ihren Worten wurde mir übel.

»Wer weiß, ob das stimmt? Die haben doch selbst keine Ahnung, was das für eine Krankheit ist. Was, wenn diese sogenannten Experten sich irren? Wäre nicht das erste Mal.«

Ich ließ die beiden Frauen hinter mir und schlich weiter. Stimmengewirr drang über den Gang, als ich mich dem Eingangsbereich näherte. Als ich abbog, flog vor mir eine Flügeltür auf. Eine Tragbahre donnerte über den Flur. *Ratterratterratter*. Ein Arzt und zwei Schwestern hetzten daneben her. Eine der Schwestern presste die Patientin auf das Polster, während sie mit der anderen den Wagen anschob.

Ich wich zur Seite, als sie an mir vorbeirasten. Auf der Tragbahre lag ein Mädchen, das kaum älter war als ich.

»Was passiert mit mir?« Die Haare klebten ihr feucht in der Stirn, ihre Augen waren weit aufgerissen, sie zitterte am ganzen Körper. Dann schrie sie: »Was passiert mit mir?« Ihre Stimme schnitt mir durch die Brust wie ein Messer. Allein der Laut tat weh.

Während die erste Schwester versuchte, das Mädchen ruhig zu halten, hörte ich die andere sagen: »Was ist das nur? Wie viele noch, Doc?«

Sie beachteten mich nicht und bogen in eines der Zimmer ab.

Ich fasste mir an die Brust, um mich zu beruhigen. Mein Herz schlug so fest, als wollte es aus mir hervorbrechen. Ich erinnerte mich daran, wieder zu atmen. Dann lief ich zurück zu Papas Zimmer.

Ich wich nicht mehr von seiner Seite.

In den Medien wurde dieser Tag als Beginn der »Zweiten Phase« bekannt.

Weltweit starben während dieser Phase Millionen Menschen an Fieber.

Papa war einer von ihnen.

19

Papas Beerdigung fand nach langem Warten auf einen Termin in kleinem Kreis statt. Nur Verwandte und enge Freunde waren dabei. Pippa und Ric standen mir zur Seite. Oma und Opa blieben in Italien. Gerne wären sie gekommen, aber wir wollten nicht, dass sie in ein Flugzeug stiegen.

Der Himmel war an diesem Tag lichtblau. Es passte nicht zum Anlass. Aber wenn man nach der täglich wachsenden Zahl an Fiebertoten ging, dann hätte die Sonne an keinem Tag mehr scheinen dürfen.

Dem Wetter waren persönliche Befindlichkeiten einerlei. Fieber auch. Es hatte keine Geduld, kannte keine Nachsicht. Beweggründe zählten nicht. Fieber kümmerte nicht, ob ein Flug wichtig oder unnötig war. Fieber scherte sich nicht um Aktienkurse oder Anleger. Und schon gar nicht darum, ob wir unser Haus abbezahlen konnten. Unsere Gefühle waren ihm egal. Trauer war ihm fremd.

Nach dem Leichenmahl fuhren Romy, Vito, Mama und ich zu uns nach Hause. Noch bevor Mama ihren Mantel abgelegt hatte, ging ich auf mein Zimmer. Ich wollte allein sein. Die Ereignisse der letzten Tage waren für mich nicht zu begreifen. Erschöpft sank ich auf mein Bett und grub die Finger in die Matratze. Stumm saß ich da und starrte ins Leere.

Was war passiert?

Ich hatte die Gefahr gespürt. Ich hatte die Warnung ausgesprochen. Menschen starben an Fieber. Aber erst jetzt begann ich zu begreifen, was dies für jeden Einzelnen von uns bedeutete. Welche persönlichen Schicksale sich dahinter verbargen.

»Alles wird gut.« Das waren die letzten Worte, die ich zu Papa gesagt hatte. Ein schrecklicher Irrtum. Die Zweite Phase hatte die gesamte Menschheit erfasst. Die Katastrophe war da. Sie stand nicht mehr vor der Tür, sie war ins Haus eingedrungen und hatte sein Innerstes verwüstet. Papa war fort und er würde niemals zurückkehren. Er war fort. Fort. Fort. Ich konnte dieses Wort noch so oft denken, es ging trotzdem nicht in meinen Kopf hinein. Wie konnte ein Mensch einfach verschwinden? Von einem Moment auf den nächsten.

Kurz redete ich mir ein, zu träumen. Vor wenigen Tagen hatte ich ihm noch gegenübergesessen. Er hatte verkündet, dass er sein Verhalten ändern wolle. Es hätte Papa nicht treffen dürfen. Er hatte keine Chance gehabt, sein Vorhaben in die Tat umzusetzen.

Gute Absichten waren Fieber offenbar nicht genug.

»Warum?«, flüsterte ich leise.

Ich wünschte mir eine klare, nachvollziehbare Antwort. Ich bekam sie nicht.

Mein Blick fiel auf die Zeitung, die auf meinem Nachttisch lag. Es war das Exemplar, das Papa an dem Tag gelesen hatte, an dem er gestorben war. Im oberen Eck der Titelseite stand die Todesmeldung eines südamerikanischen Fußballstars. Im Sportteil befand sich ein großer Artikel über die international bekannten Athleten, die bis dahin an Fieber erkrankt waren. Ich hatte Mama rechtzeitig davon abgehalten, die Zeitung in den Papiermüll zu werfen. Seitdem hatte ich den Artikel Dutzende Male gelesen. So seltsam es klang, die Zeitung gab mir das Gefühl, Papa nahe zu sein. Es war einer der letzten Texte, den er in seinem Leben gelesen hatte. Hatte er an dem Morgen insgeheim geahnt, dass Fieber ihn bereits befallen hatte?

Ein vorsichtiges Klopfen ertönte. Für einen Moment erwartete ich, dass Papa hinter der Tür zum Vorschein kam. Dass das unmöglich war, kam mir erst in den Sinn, als Mama durch einen Spalt ins Zimmer lugte.

»Möchtest du einen Tee?«, fragte sie.

Ich wandte das Gesicht von ihr ab. Ich wollte sie nicht sehen. In ihrem schwarzen Rock und der schwarzen Bluse. Viel lieber wollte ich, dass die Tür zuging, sich erneut öffnete und diesmal wirklich Papa auf der Schwelle stand. Papa in seinem dämlichen Jackett und mit dem blöden Rollkoffer in der Hand. Diesmal würde ich ihn davon abhalten, fortzugehen. Ich würde mich ihm in den Weg stellen. Dafür sorgen, dass er zu spät zum Flughafen kam. Die Haustür vernageln, wenn es nötig war.

Deshalb ist die Hoffnung so schön. Sie muss nicht rational begründet sein. Sie muss nicht einmal realistisch sein.

»Evie«, sprach Mama mich an. Als ich nicht reagierte, kam sie näher. Sie stellte sich in mein Blickfeld. Ich schlug die Augen nieder, um ihr nicht in das besorgte Gesicht sehen zu müssen. Mama trug eine dunkle Strumpfhose und schwarze Lackschuhe. Trauer überall. Mein Blick wanderte zum Teppich.

Sie setzte sich neben mich und legte mir die Hand auf den Rücken. »Kann ich irgendwas für dich tun?«

Ich hätte ihr dankbar sein müssen, dass sie ihre Gefühle zurückstellte, um meinen den Vorrang zu geben. Doch ich war nicht dankbar. Stattdessen kroch die Wut in mir hoch.

Wie konnte sie es wagen, mir jetzt diese Frage zu stellen? Die letzten Wochen hatte sie meine Bedenken ignoriert. Sie hatte die Ohren zugeklappt und so getan, als wäre alles in bester Ordnung. »Es kann sich nicht immer alles um Fieber drehen«, hatte sie gesagt.

»Ob du was für mich tun kannst?«, fragte ich. Meine Stimme klang selbst für mich befremdlich stumpf. Mein Blick brannte sich in das Stück Teppich vor meinen Füßen. »Dafür ist es ein bisschen zu spät.«

Mamas Hand erstarrte auf meinem Rücken. »Evie«, begann sie. Sie sprach nicht weiter. Der Satz hatte kein passendes Ende.

Ich stand auf. Jede Geste, jedes Wort verstärkten das Gefühl des Zorns. Ich ging zu den Plakaten, die an meinem Schrank lehnten. Auf dem vordersten Schild war eine Erde zu sehen, die in Flammen stand. Erst vor zwei Wochen hatte ich es gemalt und war damit auf die Straße gegangen, um zu demonstrieren. Nur eines von vielen Schildern. Wütend packte ich das Plakat und schleuderte es durch den Raum. Dann das Nächste. Und noch eins. Wie kaputte Drachen segelten sie vor Mamas Füße.

»Was ist denn in dich gefahren?« Ratlos blickte sie auf die Plakate.

»Ich habe ihm gesagt, dass er nicht fliegen soll. Ich habe ihn angefleht, habe ihm gesagt, dass es gefährlich ist. Woche für Woche. Aber er wollte nicht hören. Er musste Fieber erst aus nächster Nähe sehen, um die Gefahr zu verstehen. Aber da war es schon zu spät«, brach die Wut aus mir heraus. Die Tränen brannten heiß auf meinen Wangen. Unaufhaltsam quollen sie hervor. »Und was hast du getan? Du hast die Augen zugemacht, hast die Klappe gehalten. Du hast das Thema weggeschoben, als würde es dadurch verschwinden.«

»Evie …« Erneut fehlten ihr die Worte, um den Satz zu beenden. Alle Farbe wich aus ihrem Gesicht. Ihre Finger gruben sich fest in den Stoff des Bettlakens.

Ich nahm das nächste Plakat und zerriss es in der Mitte. Zwei halbe Erdkugeln landeten auf meinen Füßen.

»Wieso habt ihr es so weit kommen lassen?«, fragte ich.

Mama stand vom Bett auf. »Hör auf«, bat sie.

Sie kämpfte gegen die Tränen an. Das brachte mich nur noch mehr in Rage. Ohne ihr gedankenloses Verhalten wären wir gar nicht erst in dieser Situation, dachte ich. Wir hätten nichts zu betrauern gehabt.

»Die Gefahren sind lange bekannt. Schon viel länger, als es Fieber gibt.« Ich trat auf das Stück Pappe. Ich schrie beinahe. »Und ihr habt nichts dagegen getan. Stattdessen habt ihr einfach so Kinder in die Welt gesetzt. Und jetzt lasst ihr uns mit den Problemen alleine. Ihr macht euch aus dem Staub und wir werden hier verrotten.«

Ein scharfer Schmerz zog mir über die Wange, als Mama mir eine knallte. Wie tausend Nadelstiche durchdrang der Schlag mein Gesicht. Entsetzt sah ich sie an. Nie zuvor war sie mir gegenüber handgreiflich geworden.

Mama war genauso erschrocken über ihre Reaktion wie ich. Sie hob die Hand vor den Mund.

»Das wollte ich nicht.« Sie streckte die Finger nach mir aus, aber ich wich zurück.

»Du machst alles nur noch schlimmer«, sagte ich. »Siehst du das nicht?«

Mama atmete tief durch. »Denkst du ernsthaft, ich wollte, dass es so weit kommt?«, fragte sie. »Niemand wollte das. Ich nicht. Und ganz bestimmt nicht dein Vater.«

Ich ließ die Hand von meinem Gesicht gleiten. »Wieso habt ihr dann nicht danach gehandelt?«

»Alles, was wir wollen, ist es, euch eine gute Zukunft zu bereiten.«

»Ihr habt das Gegenteil erreicht«, schoss ich zurück.

Mir war nicht klar, wie undankbar das in dem Moment klang. Weil es mir egal war. Ich brauchte einen Schuldigen für diese beschissene Situation. Und Mama stand gerade zur Verfügung.

Sie presste die Lippen aufeinander. Wut, Verletzlichkeit, Unverständnis lagen in ihrem Gesicht.

»Mama? Evie?« Romys Stimme hallte über den Flur.

Wir antworteten nicht, starrten uns weiterhin stumm an. Kurz darauf erschien Romy in der Tür. Sie war ganz blass um die Nase. »Was ist los? Streitet ihr euch etwa?«

»Das musst du deine Schwester fragen.« Mamas Augen forderten mich dazu auf, den Vorwurf zu wiederholen. Ich sollte Romy sagen, dass ich unsere Mutter und unseren Vater für dessen Tod verantwortlich machte. Eben hatte ich es Mama geradeheraus ins Gesicht geschrien. Jetzt brachte ich die Worte nicht mehr über die Lippen.

Ich wusste nicht mehr, was ich glauben sollte. Wer war schuld an Papas Tod? Er selbst? Die Menschheit? Alle, die in diesem Moment auf dem Planeten lebten? Oder alle, die vor uns gekommen waren? Wer hatte uns den Weg in diese Sackgasse geebnet? Die anderen? Wir selbst?

Es musste doch einen Schuldigen geben. Jemanden, auf den ich mit dem Finger zeigen konnte, so wie ich wenige Sekunden zuvor mit dem Finger auf meine Mutter gezeigt hatte.

Wer ist für Papas Tod verantwortlich?

Die Antwort auf diese Frage kenne ich bis heute nicht.

BRANDENBURG

Noch Minuten nachdem Evie auf den Abzug des Gewehrs gedrückt hatte, spürte sie den Rückschlag an ihrer Hand. Wie Schmutz überzog das Gefühl ihre Haut. Der Knall hallte in ihren Ohren nach.

Evie hatte einen Warnschuss abgefeuert, um den Männern klarzumachen, dass sie nicht vorhatte, weiter ihre Zeit mit ihnen zu vergeuden. Die Kugel war vor den Füßen der Hasenscharte in den Waldboden eingeschlagen. Der hatte daraufhin einen panischen Satz zurück gemacht. Evie befahl ihnen, ins Lager zurückzukehren. Sobald die Männer außer Sichtweite waren, lief sie davon. Sie marschierte weiter und blickte nach oben. Vorbei an den Baumkronen. Trotz des vorübergegangenen Hagelsturms verdeckte der graue Schleier weiterhin den Himmel über Brandenburg. Die Sonne lag in einem matten Kreis dahinter wie eine Glühbirne hinter Milchglas.

Wann würde der Himmel wieder blau werden? Würde er jemals wieder blau werden? Damals hatte sie den strahlenden Sonnenschein als Hohn empfunden, jetzt wünschte sie ihn sich zurück. Wie sie sich so vieles zurückwünschte.

Evies Knie schmerzten bei jedem Schritt. Die Last ihres Rucksacks schien von Sekunde zu Sekunde schwerer zu werden. Da der linke Träger gerissen war, konnte sie ihn nur noch auf der rechten Schulter tragen. Zum Ausgleich trug sie den Gurt des Gewehrs über der linken. Eigentlich wollte sie es nicht länger bei sich haben. Aber sie scheute sich davor, es mitten im Wald zurückzulassen.

Evie hatte sich schon nach dem Überfall schwach gefühlt, aber die Konfrontation mit den Männern hatte ihr die letzte Energie geraubt. Ihre aufgescheuerten Finger brannten, als sie den Rucksack von der Schulter nahm, um einen Schluck Wasser zu trinken. In der Flasche befand sich nur noch ein kleiner Rest. Danach würde sie wieder auf die trübe Brühe aus ihrer Trinkflasche zurückgreifen müssen.

Verzweifelt lehnte Evie sich gegen einen der Bäume und sah sich um. Sie kam sich vor wie in einem Spiegelkabinett. Überall das gleiche Bild. Baumstämme in alle Richtungen. Wie Soldaten reihten sie sich dünn und lang hintereinander auf.

Sie wusste nicht, wo sie hingehen sollte. Sie konnte es sich nicht leisten, in die falsche Richtung zu laufen. Dann würde sie aus dem Wald nicht lebend herauskommen. Vielleicht würde sie das nicht einmal, wenn sie in die richtige Richtung lief.

Es blieb einem immer weniger Zeit als gedacht. So war das mit Fieber.

Evies Knie sackten zuerst ein, dann folgte der Rest ihres Körpers. Langsam glitt sie an dem Baumstamm hinab zu Boden.

Erneut tastete sie ihre Stirn ab. Evie ärgerte sich, dass sie kein Fieberthermometer hatte. Aber selbst das hatte man ihr genommen.

Andererseits: Was hätte ihr das gebracht, bis auf das Wissen, dass der Tod mit jedem Grad Celsius näher rückte?

Evie kramte den Müsliriegel hervor, der sich seit Monaten auf dem Boden ihres Rucksacks befand. Er war platt gedrückt und verformt. Das Mindesthaltbarkeitsdatum war seit einem Monat überschritten. Mit einem Ratsch zog Evie die Plastikverpackung auf.

Klebrig erfüllte die Honig-Nuss-Masse ihren Mund. Wieder stellte sich das Gefühl der Übelkeit ein. Sie war kurz davor, das Essen auszuspucken. Doch Evie zwang sich, weiterzuessen. Ihr Körper brauchte die Nahrung, selbst wenn er in diesem Moment etwas anderes behauptete. Den Riegel zu kauen, grenzte an körperliche Arbeit. Evie spornte sich selbst zu jedem kleinen Happen an. Den letzten Bissen spülte sie mit dem Rest des Wassers herunter.

Sie schaltete ihr Handy ein und prüfte, ob sie mittlerweile Empfang hatte. Hatte sie nicht.

Als sie die Verpackung in ihrem Rucksack verstaute, strichen ihre Finger über den Wollpullover darin. Er war weich und warm auf ihrer Haut. Evie zog ihren feuchten Mantel aus, dann ihren Hoodie. Sie hatte Gänsehaut. Schnell zog sie den dicken Wollpulli über. Direkt wurde ihr wärmer. Als sie den Hoodie in die Tasche stopfte, fiel ihr Blick auf die Fotos, die auf dem Waldboden verteilt lagen. Sie waren aus dem Rucksack gefallen.

Mit zitternden Fingern nahm Evie das oberste Foto in die Hand. Es zeigte sie und ihre Eltern in Italien. Ihre Kehle schnürte sich bei dem Anblick zusammen. Nur mit Mühe hielt sie die Tränen zurück. Ein Schluchzen entwich ihr, als sie nach Luft schnappte. Evies Fingerspitzen glitten über die

Gesichter. Auf dem Foto stand sie zwischen ihren Eltern vor einem Olivenbaum. Er war ein Symbol für Frieden, Treue und Beständigkeit. Das hatte ihr Vater ihr damals erklärt.

Was blieb davon?

»Nichts«, antwortete Evie.

Sie presste das Bild an ihre Brust und atmete tief ein, als könne sie diesen Moment damit zurückzaubern. Evie lehnte den Kopf gegen die kühle Rinde des Baumes. Kurz schloss sie die Augen und stellte sich vor, dass der Stamm, an dem sie lehnte, zu ebenjenem Olivenbaum gehörte. Die Tränen bahnten sich nun doch ihren Weg. Evie vermisste ihren Vater. Ein Teil von ihr begriff noch immer nicht, dass er endgültig fort war. Es war alles zu schnell gegangen. Und jetzt stand ihr das gleiche Schicksal bevor.

Sie schluchzte erneut. Mit dem Ärmel wischte sie sich eine Träne von der Nase und nahm die anderen Bilder in die Hand. Auf einem waren sie und Ric zu sehen. Auf einem weiteren Evie und ihre Freundinnen. Ihr Herz wurde bei dem Anblick schwer. Das letzte Foto zeigte Romy und sie auf dem Hof. Sie hatten die Arme umeinandergeschlungen und lächelten in die Kamera. Hinter ihnen ragte Romys neues Heim empor.

Vieles war vergangen.

Aber nicht alles.

Evie steckte die Fotos in die Tasche ihres Mantels. Schwerfällig zog sie sich auf die Beine. Sie musste weiter.

Evies Hand glitt über die raue Rinde des Baumes. Wie bei einem Ringelreihen umkreiste sie ihn, während sie in der Ferne Orientierung suchte. Braun in Grün. Grün in Braun. Nichts als Natur.

Ihre Fingerkuppen glitten über den weichen Flaum, der sich über die Baumrinde legte wie das erste Fell eines Katzenjungen. Moos bewuchs die Hälfte des Baumstammes. Sanft strich Evie über die Flechte, zerrieb die saftigen Fasern zwischen ihren Fingern.

Feucht und dunkel. Das hatte sie einmal gelesen. Moos bevorzugte eine feuchte und dunkle Umgebung. Deshalb wuchs er auf der Schattenseite des Baumes. Dort, wo die Sonnenstrahlen ihn nicht erreichten.

»Im Osten geht die Sonne auf«, flüsterte Evie und umkreiste den Baum erneut. *»Im Süden nimmt sie ihren Lauf, im Westen will sie untergehen.«* Sie blieb an der bemoosten Seite stehen. *»Im Norden ist sie nie zu sehen.«*

Ihr Vater hatte ihr dieses Lied regelmäßig vorgesungen. Als Kind hatte Evie ständig die Himmelsrichtungen verdreht. Bei ihr ging die Sonne über viele Jahre im Westen auf.

»Die Sonne geht im Osten auf, du Schlauberger«, hatte Romy dann jedes Mal gesagt.

Evie blickte auf den grünen Pfad zu ihrer Linken. Osten.

Sie musste in Richtung Osten.

EVIE 21

Nach Anbruch der Zweiten Phase änderte sich alles. Auf einmal konnte es jeden aus meinem Umfeld treffen. Jederzeit.

Es gab kaum jemanden, dessen Leben die Krankheit nicht berührte. Jeder kannte mindestens einen entfernten Verwandten, Bekannten oder Kollegen, der infolge der Zweiten Phase verstorben war. Aliye war ebenfalls zur direkten Zeugin von Fieber geworden, als ihr Onkel bei einem Fest einen Schwächeanfall erlitt und einen Tag später verstarb.

Aus abstrakten Zahlen wurden auf einmal persönliche Geschichten. In den Nachrichten hatten sie noch so oft sagen können, dass Hunderte, Tausende, Zehntausende an Fieber starben. Bis zur Zweiten Phase waren diese Zahlen für die meisten von uns nicht greifbar gewesen. Je weiter die Zahl anstieg, desto unwirklicher schien das Phänomen. Daten in einer Welle aus Informationen, die uns täglich überrollte. Jetzt aber hatte Fieber ein Gesicht.

Schon kurz nach Papas Beerdigung beschloss ich, weiterzumachen. Sofern dies möglich war. Denn von jetzt an war nichts mehr wie zuvor.

»Wie geht's dir heute?«, fragte Pippa, als wir uns vor dem Klassenzimmer trafen.

Stumm schüttelte ich den Kopf. Mir fiel es schwer, meine Gefühle zu begreifen. Mal war ich wie betäubt. Ein andermal brachen Emotionen hervor, die mich genauso überraschten wie die Menschen um mich herum. Mal redete ich mir ein, dass dies nicht die Realität war, sondern ein lang anhaltender Albtraum. Ein andermal traf mich die Erkenntnis, dass dies das echte Leben war, mit voller Wucht.

Immer wieder stellte ich mir die Frage, warum es ausgerechnet meine Familie getroffen hatte. Wir waren nicht die Ersten und nicht die Letzten, die unter Fieber zu leiden hatten.

Aber in dieser Phase fragte ich mich, warum ich die Erste aus unserer Klasse war, die einen Elternteil verlor. Die Erste aus meinem Freundeskreis. Die Erste aus unserer Nachbarschaft. Mir erschien das nicht fair. Aber was war schon fair an einem Ereignis, das auf einen Schlag Millionen von Menschenleben vernichtete?

An jenem Morgen schluckte ich die Wut darüber herunter, so gut ich konnte. Als Pippa und ich das Klassenzimmer betraten, standen Adrian und Yaro über einen der Tische gebeugt und schauten sich ein Video an. Ric saß daneben. Er hatte die Arme demonstrativ vor der Brust verschränkt und musterte die beiden missmutig.

»Was macht ihr da?«, fragte Pippa. »Guckt ihr etwa schon wieder Pornos?«

»Ignorier sie«, sagte Ric. Er stand auf und stellte sich vor mich, als wolle er einen Schutzwall bilden. Ich wusste nicht, was los war.

Pippa ging hinüber und drängte sich zwischen Adrian und Yaro. Sobald sie einen Blick auf das Display erhaschte, schnappte sie nach dem Smartphone. Doch Yaro zog die Hand weg. Ihr Griff ging ins Leere.

»Seid ihr völlig bescheuert?«, fragte sie. »Macht das aus.«

»Stell dich nicht so an«, sagte Yaro. »Das ganze Netz ist voll damit. Jeder guckt das.«

»Manchmal benehmt ihr euch wie Affen, wisst ihr das?«, schnaubte Pippa.

Yaro nahm das zum Anlass, einen Grunzlaut von sich zu geben. Adrian lachte. Dann bemerkten sie mich. Der Laut blieb Yaro im Halse stecken. Schnell steckte er das Smartphone in seine Hosentasche.

Erst später erfuhr ich, was sie sich angesehen hatten: Der Clip zeigte einen Mann, der während einer Rede mit Fieber zusammenbrach und innerhalb weniger Minuten starb. Er ging unter dem Titel ›Der schnellste Fiebertote der Welt‹ in die Medien ein.

»Sie sagen, dass Fieber menschengemacht ist«, verkündete Yaro.

»Ist das auch endlich bei dir angekommen?«, fragte Pippa.

»Nicht so, wie du denkst«, erwiderte er. »Das war als Biowaffe gedacht. Das müsst ihr euch mal reinziehen. Irgendein verrückter Wissenschaftler hat in seinem Labor was zusammengebraut, um den Klimawandel zu stoppen, und dann die Kontrolle darüber verloren. Und jetzt kann es keiner mehr aufhalten.«

Pippas Augenbrauen schossen in die Höhe. »Lass mich raten, aus dem gleichen Labor stammen der Hulk und Frankensteins Monster. Du glaubst auch jeden Scheiß, oder?«

»Dann habt ihr endlich was gemeinsam«, bemerkte Adrian.

In dem Moment betrat Herr Johannsen den Raum. Statt der Lachfalten traten an diesem Morgen seine Sorgenfalten hervor. Der Tod unseres Schuldirektors hatte ihn getroffen. Er warf einen Blick auf seine Armbanduhr, als er die vielen leeren Plätze bemerkte.

»Wo ist Aliye?«, fragte ich Pippa.

»Nach der Sache mit ihrem Onkel haben ihre Eltern ihr verboten, aus dem Haus zu gehen.«

Erleichtert atmete ich auf. Kurz hatte ich befürchtet, dass ihr etwas zugestoßen war.

»Warum darf sie nicht raus?«, fragte ich.

»Ihr Vater hat Angst, dass sie sich ansteckt.«

Verdutzt sah ich Pippa an. Wenn eines in den letzten Wochen klar geworden sein sollte, dann, dass man sich vor Fieber nicht verstecken konnte. Egal ob Atomschutzbunker oder U-Boot, selbst in einem Raumschiff wäre man vor einer Erkrankung nicht sicher gewesen. Ein Schweizer Milliardär hatte sich tatsächlich einen Trip zum Mond erkaufen wollen, um Fieber zu entfliehen. Er war nicht dazu gekommen, den Plan in die Tat umzusetzen.

So viel zu den lustigen Memes.

»Aliyes Mutter misst wohl alle zwei Stunden ihre Temperatur.« Pippa zuckte mit den Schultern. »Die Leute wissen nicht mehr, was sie machen sollen«, flüsterte sie.

»Die Leute wussten nie, was sie machen sollen«, bemerkte ich. »Das ist das Problem.«

»Aliye meinte, dass ihre Familie wahrscheinlich bald in die Türkei geht«, erklärte Pippa. »Sie wollen jetzt bei ihren Großeltern sein.«

Diesen Wunsch wiederum konnte ich nachvollziehen.

»Sie überlegen noch, wie sie am besten dort hinkommen«, fuhr Pippa fort. »Wo jetzt fast alle Flugreisen verboten werden sollen.«

Nach den jüngsten Ereignissen arbeitete die Regierung an einem umfangreichen Maßnahmenpaket. Die Ergebnisse sollten noch in dieser Woche bekannt gegeben werden. Einige Details waren bereits durchgesickert.

»Was ist mit deiner Familie?«, fragte ich. »Kasachstan ist ja auch nicht gerade um die Ecke. Hat deine Mama da nicht noch Verwandte?«

Pippa schüttelte den Kopf. »Sind alle schon seit Jahren in Deutschland. Glück im Unglück. Oder ist das jetzt Unglück im Glück …?«

Als der Gong ertönte, entschied Herr Johannsen, nicht länger auf die fehlenden Schüler zu warten. Er bat uns, einen Sitzkreis zu bilden. Sein Gesicht war eingefallen. Die grauen Stoppeln um seinen Mund deuteten einen Dreitagebart an. Er beugte sich vor und stützte die Ellenbogen auf den Knien ab. Nachdenklich rieb er sich die Hände.

»Ich habe nichts vorbereitet«, sagte Herr Johannsen. »Worüber möchtet ihr reden?«

Er blickte jedem von uns in die Augen. Ging einen nach dem anderen ab. Die Antwort war klar. Doch niemand sprach sie aus.

»Wie können wir es stoppen?«

Jetzt waren alle Augen auf mich gerichtet. Mit dem Daumen fuhr ich über die zersplitterten Enden meiner Fingernägel. »Wie können wir Fieber stoppen? Ich möchte endlich eine echte Lösung finden. Ich will, dass es aufhört zu töten.«

Nach dem letzten Wort brach meine Stimme weg. Ich

schluckte das brennende Gefühl in der Kehle herunter und ließ mich zurück in den Stuhl sinken. Ich sah zu Ric, der neben mir saß. Seit Papas Beerdigung hatte er diesen matten Ausdruck in den Augen. Sein Blick huschte Richtung Boden.

Pippa hob die Hand. Mit einem Kopfnicken gab Herr Johannsen ihr zu verstehen, dass sie loslegen durfte.

Sie räusperte sich und setzte sich auf. »Ich denke, mittlerweile sollte selbst dem größten Hinterwäldler klar sein, dass wir es nicht mit irgendeinem Attentäter zu tun haben, der ein paar Reiche vergiftet.« Ihr Blick ging zu Yaro und Adrian. »Unser Verhalten hat einen direkten Einfluss auf die Ereignisse. Wir müssen anfangen, endlich zu handeln. Und damit meine ich jeden von uns.«

»Und welche Garantie haben wir, dass Fieber nicht trotzdem weiter tötet?«, fragte Cedric.

»Keine. Aber wenn wir rumsitzen und nichts machen, wird es auf jeden Fall nicht besser«, sagte Pippa.

»Woher willst du das wissen?«, warf Adrian ein. »Du kannst die Zukunft genauso wenig vorhersehen wie all die Experten mit ihren Modellen. Nicht einmal die Zweite Phase haben sie vorhergesehen.«

Er saß wieder einmal so breitbeinig da, dass er Lucy, die neben ihm saß, in eine geradezu keusche Sitzhaltung zwang.

Pippa stieß ein irritiertes Seufzen aus. »Sie haben die Zweite Phase vorhergesehen. Nur nicht so schnell.«

»Wer das nächste Fieberopfer wird, wissen sie trotzdem nicht«, sagte Adrian.

»Niemand weiß das so genau«, erwiderte Pippa. »Das ist so, als würde ein Raucher fragen, an welchem Tag er an Lungenkrebs erkrankt.«

»Nicht jeder Raucher kriegt Lungenkrebs«, wandte Yaro ein – seines Zeichens Gelegenheitsraucher.

»Nein. Aber in unserem Fall reden wir auch nicht von einer Person, sondern von noch knapp siebeneinhalb Milliarden«, sagte Pippa. »Und unter diesen siebeneinhalb Milliarden zählen wir zu den Kettenrauchern. Für die meisten von uns stehen die Chancen also langfristig ziemlich schlecht.«

»Du gehst davon aus, dass Fieber kein Ende findet. Dass es immer wieder zuschlägt, bis drastische Maßnahmen ergriffen werden?«, schloss Herr Johannsen.

»Natürlich.« Pippa lehnte sich vor. »Was muss denn noch alles passieren?« Entgeistert sah sie in die Runde. »Die Leute tun so, als wäre Fieber aus dem Nichts gekommen. Als wäre dies das erste Mal, dass wir die Auswirkungen unseres eigenen Handelns zu spüren bekommen. Die Fiebertoten. Das sind nicht die Ersten, die es erwischt. Nur weil es jetzt vor unserer Tür passiert, schauen auf einmal alle hin.

Dürren. Stürme. Überflutungen. Extreme Waldbrände. Schmelzende Polkappen. Sinkende Pazifikinseln. Der steigende Meeresspiegel. Die Versauerung der Meere. Das Artensterben. Ausgeblichene Korallenriffe. Ernteausfälle. Wassermangel. Lungenkranke. Hitzetote. Die Ausbreitung von Seuchen und Tropenkrankheiten. Soll ich weitermachen?«

Niemand antwortete. Ein ungutes Gefühl überfiel mich bei dieser Auflistung. Ich rieb die feuchten Handflächen an meinem Hosenbein. Ich kannte all diese Beispiele. Hatte sie schon viele Male gehört. Es hatte genug Warnschüsse gegeben. Wir hatten sie nicht nur ignoriert. Wir hatten uns danach sofort wieder bereitwillig in die Schusslinie gestellt.

»Das alles passiert seit Jahren«, fuhr Pippa fort. »Aber

anstatt etwas zu unternehmen, haben alle rumgesessen und abgewartet, in der Hoffnung, dass uns doch ein paar Jahre mehr Zeit bleiben oder wir eine Technologie entwickeln, die diese Probleme von alleine löst.« Ihr Ton wurde zunehmend schärfer. »Fieber ist nur eine weitere Stufe in einer einzigen großen Katastrophe.

Die Erste Phase war Warnung genug. Aber die Verantwortlichen haben sich mal wieder in ihren Zimmern eingeschlossen und gedacht, dass sie es aussitzen können. Haben halbherzig ein paar Beschlüsse getroffen, um ihren eigenen Kragen zu retten, oder haben direkt das Handtuch geworfen. Wenn die Leute wollen, dass das Sterben aufhört, dann müssen sie das Problem endlich ernst nehmen und das System radikal ändern.«

»Was meinst du mit ›radikal‹, Filippa?«, fragte Herr Johannsen.

»Wie wir wohnen, wie wir reisen, wie wir arbeiten. Wie wir leben. Einfach alles. Das lässt sich nicht länger aufrechterhalten. Wir müssen unsere Welt komplett neu denken.« Sie wandte sich mir zu. »Evelyn, hast du das Gefühl, dass du in den letzten Wochen viel unternommen hast, um Fieber zu stoppen?«

»Habe ich, ja.« Ich zögerte. »*Hatte* ich.«

»Und trotzdem bist du irgendwann an deine Grenzen gestoßen. Du kamst einfach nicht aus der Kategorie 8 raus. Weil du alleine nie eine Chance dazu hattest.«

»Neulich hast du noch behauptet, dass die Verantwortung bei jedem Einzelnen liegt«, erinnerte Adrian sie. »Jetzt sagst du, der Einzelne hat alleine keine Chance?«

»Das eine schließt das andere nicht aus«, sagte Pippa. »Du

als Einzelner hast genau so eine Verantwortung wie ein großer Konzern oder eine Partei. Aber um eine Änderung zu bewirken, müssen alle mitmachen. Im Alleingang schaffen wir das nicht.«

»Wie soll das aussehen?«, fragte Adrian. »Sollen jetzt alle von einem Tag auf den nächsten alles stehen und liegen lassen? Alles auf Pause? Am besten nur noch demonstrieren und protestieren?«

»Ja«, sagte Pippa.

»Das ist doch völlig unrealistisch«, warf er zurück.

Es war wie bei einem Tennismatch. Der Ball flog von einer Seite zur anderen, während der Großteil von uns von den Zuschauerrängen aus zusah. »Wovon sollen die Leute leben? Es gibt kein alternatives System, in das wir von jetzt auf gleich wechseln können.«

»Wenn wir es nicht von selbst tun, dann zwingt uns Fieber dazu«, beharrte Pippa.

Adrian schüttelte den Kopf. »Dann müssen wir halt lernen, uns mit der neuen Situation zu arrangieren.«

»Arrangieren?«, entfuhr es Pippa. »Wenn du dir einen Arm brichst, dann brichst du dir nicht auch noch freiwillig den anderen, oder? Du tust alles, um so schnell wie möglich zu genesen. Und du sorgst dafür, dass du dir nicht wieder was brichst.«

»Du hast vorhin neue Technologien erwähnt«, unterbrach Herr Johannsen den Streit. »Da passiert doch schon viel. Aufforstung. Ozeandüngung. Die Norweger und Kanadier bauen Anlagen, um CO_2 unter der See zu speichern. Das sind doch mögliche Lösungen.«

»Wir brauchen diese Technologien«, stimmte Pippa zu.

»Nur so können wir aus der Luft holen, was jetzt schon Schaden verursacht. Aber das alleine reicht nicht. Wir müssen raus aus Kohle, Gas und Öl. Mit jedem Molekül, das wir zusätzlich in die Luft blasen, rückt Fieber näher.«

»Das geht dann nur mit Atomenergie«, wandte Herr Johannsen ein. »Sonst ist das Netz nicht stabil genug.«

Pippa schüttelte den Kopf. »Und was ist mit dem Atommüll? Wenn wir Glück haben, bekommen wir den Super-GAU noch gratis dazu. Dann trifft es auch die Letzten von uns.«

»Vielleicht ist die Frage nicht nur, wo die Energie herkommt, sondern vor allem, wofür wir sie einsetzen«, fügte ich an. »Was brauchen wir wirklich und worauf können wir verzichten?«

Ich sah in die Runde. Mein Blick blieb an Ric hängen. Der allerdings schaute mit leeren Augen zu Boden. Ich legte meine Hand auf seine. Er reagierte nicht auf die Berührung.

»Wir müssen alle umdenken«, sagte Pippa mit einem Nicken. »Jeder von uns. Global. Sofort.«

»Global? Sofort?« Adrian lehnte sich vor. »In welcher Welt lebst du eigentlich?«

»In der gleichen wie du. Das ist das Problem«, konterte Pippa.

Yaro klatschte bei diesen Worten in die Hände »Die zerstört dich, Alter«, bemerkte er und sah zu Adrian.

Pippa ignorierte den Kommentar. Adrian ebenfalls.

»Niemand möchte dir etwas wegnehmen«, stellte sie klar. »Das Gegenteil ist der Fall. Veränderungen sind nicht automatisch schlecht.«

»Du verlangst also nicht, dass wir unserem System den

Stecker ziehen, ohne zu wissen, ob wir dann wirklich verschont bleiben?«, fragte er provokant.

Ich stieß ein Seufzen aus. Ich konnte das nicht mehr hören. »Also machst du lieber nichts und hoffst, dass Fieber dich überspringt? Im Auto schnallst du dich doch auch an, ohne zu wissen, ob du jemals in einen Unfall verwickelt sein wirst, oder?«, warf ich ein.

»Weißt du, wann wir uns wirklich einschränken müssen, Adrian?«, fragte Pippa. »Wenn es endgültig zu spät ist. Wenn alles zusammenbricht.

Hast du gesehen, was in anderen Regionen los ist? Die Leute verlieren die Geduld. Luxemburg, Russland, Australien – überall zünden sie Geschäfte und Autos an. In China bekommt jetzt jeder Bürger ein festes CO_2-Konto, das er nicht überziehen darf, inklusive Strafpunkten. Hältst du dich nicht dran, wirst du verhaftet. Muss es bei uns auch erst so weit kommen?«

Pippa deutete durch das Fenster hinaus in die Welt. »In anderen Ländern sind schon ganze Regierungen unter der Todeswelle zusammengebrochen. In den USA stehen sie kurz vor einem Bürgerkrieg, weil Fieber dort so viele Menschen getroffen hat wie sonst nirgends. Die wollen nicht die Nächsten sein, die dran glauben.«

Adrian hatte darauf nichts zu erwidern. Niemand wagte mehr, etwas zu sagen. Selbst Herr Johannsen hatte der Debatte nichts mehr hinzuzufügen.

Pippa blickte in die Runde. »Genau das ist das Problem mit dieser Diskussion. Alle wollen eine einfache Lösung. Eine klare Antwort. Exakte Zahlen, damit sie für sich selbst ausrechnen können, ob sich die Mühe lohnt. Alle hoffen auf ein magisches Wundermittel. Hilfe von außen. Aber wisst ihr was, Leute? Die einfache Antwort, auf die ihr so sehnsüchtig wartet, die gibt es nicht.

Wir können hier Tage sitzen und das ausdiskutieren. Für jeden Vorschlag wird es immer ein passendes Gegenargument geben. Aber die Zeit des Wartens ist endgültig vorbei. Entweder wir tun alles uns Mögliche, um Fieber zu stoppen – oder Fieber stoppt uns.«

22

Fast unbemerkt brach die Adventszeit an. In diesen Tagen kam bei keinem von uns festliche Stimmung auf. Mir war alles andere als nach stapelhohen Paketlieferungen zumute. Ich war nicht die Einzige, der es so ging. Nur wenige Häuser stachen durch blinkende Lichter und glitzernde Verzierungen hervor. Stattdessen herrschte der karge Anblick verlassener Straßen.

Geschäfte, Restaurants und Cafés blieben leer. Im Kaufrausch war niemand mehr. Selbst nicht direkt vor den Weihnachtstagen.

Ganze Stadtteile waren wie ausgestorben. Die Welt veränderte ihr Gesicht. Ich war nicht sicher, ob ich sie am Ende noch wiedererkennen würde.

Als ich nachmittags mit dem Rad zum Plenum fuhr, entdeckte ich eine kleine Gruppe am Wegrand. In ihren orangefarbenen Warnwesten stachen sie aus der menschenleeren Umgebung hervor wie Flamingos.

»Yaro?«, erkannte ich einen der vier.

Er hielt einen Sack in der linken und eine Greifzange in der rechten Hand. Als er sich zu mir umdrehte, meinte ich einen Anflug von Scham in seinem Gesicht zu erkennen. »Evie«, sagte Yaro und ließ die Schultern hängen. »War ja klar, dass ausgerechnet du mich in dem Aufzug sehen musst. Fehlt nur noch, dass Pippa dazukommt …«

Ich war in meinem Leben schon freundlicher begrüßt worden.

Die Männer hinter ihm beachteten mich nicht weiter. Zwei von ihnen waren damit beschäftigt, das Dach einer Bushaltestelle zu bepflanzen. Sie blickten dabei drein, als wäre es Schwerstarbeit.

»Leistest du etwa Sozialstunden ab?«, fragte ich.

Yaro zuckte mit den Schultern. Er hatte seine Wollmütze tief in die Stirn gezogen. »Hab vorgestern mit ein paar Freunden im Park abgehangen. Sind geskatet und haben ein paar Bier getrunken, um die miese Stimmung zu heben. Dabei haben wir halt ein bisschen Müll verursacht. Natürlich hat irgendwer die Bullen gerufen. Die haben uns direkt eine Strafe aufgebrummt.«

»War Ric auch dabei?«, fragte ich alarmiert. In den letzten Tagen war es noch stiller um ihn geworden als ohnehin schon. Und von solch einer Sache hätte er mir bestimmt nicht erzählt, um mich nicht unnötig zu beunruhigen.

Yaro schüttelte den Kopf. »Falls du ihn siehst, kannst du ihm gerne ausrichten, dass man auf Nachrichten auch antworten kann.«

Also war ich nicht die Einzige, der es so erging. Ich beschloss, Ric nach dem Plenum anzurufen.

»Und wie lange musst du das hier jetzt machen?«, fragte ich.

»Zwanzig Stunden. Entweder das oder Bußgeld«, fluchte Yaro. »Für ein blödes Stück Plastik im Park. Sag mal, geht's noch? Meine Eltern sind ausgerastet. Jetzt, wo eh schon alles teurer wird.« Missmutig ließ er die Zange über den Boden schleifen.

»Sie setzen die neuen Maßnahmen schnell um«, sagte ich. Im Gegensatz zu Yaro ärgerte ich mich nicht darüber. Ich war erleichtert.

Die Zweite Phase hatte auch die Politik wachgerüttelt. Zahlreiche Abgeordnete waren unter den Opfern. Im Eilverfahren hatte die Bundesregierung beschlossen, alle Verbrennungsmotoren bis zum Ende des Jahrzehnts zu verbieten. Das öffentliche Transportnetz sollte ausgebaut werden. Neue Regelungen zur Gebäudesanierung waren geplant. Zudem sollte der Kohleausstieg um mehrere Jahre vorgezogen und der Ausbau erneuerbarer Energien beschleunigt werden. Das Problem: Das alles würde trotzdem noch Jahre dauern. Die entsprechenden Anlagen und Werke mussten erst gebaut werden. Das brauchte Ressourcen und Zeit. Aber die hatten wir nicht. Die vielen internationalen Krisenherde trugen ebenfalls nicht dazu bei, diese Projekte schnell voranzutreiben. Die Menschen aber starben jetzt an Fieber.

Deshalb gab es anstatt eines Weihnachtsgeschenks ein Notfallmaßnahmenpaket für die Bürger. Und das bestand statt der ursprünglich angedachten Anreize vor allem aus Verboten und Bußgeldern. Bestes Beispiel: Yaro.

»Ich dachte, die Politik soll uns schützen und nicht bestrafen«, murrte er.

»Sie denken wohl, dass das eine nur mit dem anderen möglich ist«, erwiderte ich. Nach den jüngsten Ereignissen hatte es zu den Maßnahmen kaum Gegenstimmen aus der Bevölkerung gegeben.

Ich schreckte auf, als das Geräusch einer Fahrradklingel hinter uns erklang. »Dreckspack«, keifte eine Frau. Sie spuckte vor Yaros Füßen auf den Boden, als sie an uns vorbeifuhr.

Bevor ich reagieren konnte, rollte sie bereits davon.

Entgeistert sah ich zu meinem Mitschüler. »Was war das denn?«

»Wir nennen sie Fieber-Fanatisten.« Yaro schüttelte den Kopf und rückte die Mütze auf seinem Kopf zurecht. »Ist nicht die Erste, die uns heute so ankackt. Die geben uns die Schuld für … alles?« Er deutete auf seine Warnweste. »Ist wie 'ne Gefängnisuniform, schätze ich. Keiner will 'nen Umweltverbrecher in seiner Nähe haben.«

Yaro grinste. Er nahm es mit Humor. Doch mich beunruhigte die Tatsache, dass er dadurch zur Zielscheibe aggressiver Mitbürger wurde, die die Schuld vor allem bei anderen suchten.

Ich deutete auf den Müllsack. »Vielleicht verbesserst du wenigstens deine Bilanz.«

»Hoffentlich.« Yaro verzog das Gesicht. »Aber ob das jetzt den Unterschied macht? Ich hab das Gefühl, mich hier zum Affen zu machen, nur damit die sich später einreden können, sie hätten was gegen Fieber unternommen. Oder glaubst du, dass das was bringt?«

»Jede gute Tat zählt«, sagte ich, um ihn aufzumuntern. Aber ich hatte diese Worte schon mal mit mehr Überzeugung ausgesprochen. Seit Beginn der Zweiten Phase war ich mir nicht mehr sicher, was wie sehr zählte.

Yaro seufzte. »Na ja, ich mache wohl besser mal weiter. Wir sehen uns in der Schule.«

Wir verabschiedeten uns voneinander.

Yaros Worte hingen mir nach, als ich weiter durch die Straßen fuhr. Autos kamen mir keine entgegen, für die galt in der Stadt ab sofort Fahrverbot. Dafür begegnete ich überfüllten Bussen und einigen Fahrradfahrern. Von denen keifte zum Glück keiner um sich.

Ich passierte eine Handvoll Arztpraxen und Ärztehäuser, vor denen sich lange Schlangen bildeten. Jeder mit erhöhter Temperatur befürchtete mittlerweile, an Fieber erkrankt zu sein, und rannte deshalb zum Arzt. Andere – wie Aliyes Familie – schotteten sich ab, gingen nicht mehr zur Schule oder meldeten sich bei der Arbeit krank. Sie verschanzten sich in ihren Häusern, als könnten die eigenen vier Wände sie vor der unsichtbaren Gefahr schützen.

Natürlich war all das keine Lösung. Pippa hatte recht. Es brauchte einen größeren Wandel. Und zwar schnell. Zwar war jeder von uns für sein eigenes Handeln verantwortlich. Aber im Alleingang schafften wir diese Veränderungen nicht.

In den darauffolgenden Tagen erhöhten wir den Druck auf der Straße. Keiner wusste, wann und ob Fieber in die nächste Phase ging. Immer mehr Personen beschlossen, gemeinsam mit uns zu protestieren. Die unterschiedlichsten Bewegungen fanden sich bei den sogenannten Fieberdemonstrationen zusammen. Viele Arbeitnehmer aus den unterschiedlichsten Branchen traten in Streik und schlossen sich uns an.

Jung, alt. Arm, reich. Menschen aller Herkunft, aller Orientierungen, aller Gesinnungen kamen zusammen. Weder waren wir Teil der gleichen Bewegung, noch glaubten alle von uns an die gleichen Ursachen für Fieber. In einem Punkt aber waren wir uns einig: Fieber musste gestoppt werden. So schnell wie möglich.

Gemeinsam zogen wir durch das Regierungsviertel und forderten Lösungen. Selbst wenn sie unbequem und schmerzhaft waren. Die Chance, einen wohlüberlegten Plan umzusetzen, der sich über Jahre oder gar Jahrzehnte erstreckte, hatten wir endgültig verpasst.

»Liebe Kunden und Kundinnen, derzeit gibt es in unseren Märkten eine hohe Nachfrage nach regionalen und saisonalen Lebensmitteln. Die Häufigkeit der Belieferung unserer Märkte haben wir entsprechend angepasst. Sollten doch einmal Regalplätze leer sein, wenden Sie sich bitte an einen unserer Mitarbeiter«, plärrte die freundliche Frauenstimme aus den Lautsprechern des Marktes. Der Anblick leer geräumter Regalplätze war für mich nicht neu. Aber das hier war anders. Jeder einzelne Posten auf meinem Einkaufszettel war nicht zu haben. Vor wenigen Wochen hatte ich meine Mitmenschen in der Gemüseabteilung zu regionalen Sorten beraten, jetzt schnappten sie mir die Ware vor der Nase weg. Es half nicht, dass wir im Winter steckten und die Auswahl dadurch zusätzlich begrenzt war.

Mit leerem Einkaufskorb wandte ich mich an einen der Mitarbeiter. Er war damit beschäftigt, Kartons zu falten, und machte den Anschein, als wäre das eine seiner wenigen Qualifikationen.

»Wann kommt denn neue Ware rein?«, fragte ich.

»Regionales kam gestern erst. Ist aber schon wieder ausverkauft. Und der Rest …« Der Mitarbeiter zuckte mit den Schultern. »Wissen wir auch nicht so genau. Vieles wird zurzeit gar nicht produziert oder geerntet. Wegen der Unruhen und so.«

»Alles Ausreden«, mischte sich ein älterer Mann ein, der neben uns stand und den niemand nach seiner Meinung gefragt hatte. Er trug einen Jägerhut, als wäre er einem dieser uralten Heimatfilme entstiegen, die Oma so mag. Ich tippte darauf, dass er sich bis vor Kurzem wenig für vegane Produkte interessiert hatte. »Die machen alle Häfen dicht. Schotten sich ab und horten schön ihre Waren und Rohstoffe. Clever. Ich würde mit meinem Containerschiff auch zu Hause bleiben, anstatt damit um die Welt zu schippern. Nur wir gucken jetzt dumm aus der Wäsche.«

Auch wenn ich seine Hutwahl fragwürdig fand, der Mann hatte nicht unrecht. Was war gefährlicher? Die Sachen zu verschiffen oder die eingeschifften Produkte zu kaufen? Ging der Transport zulasten des Produzenten, der Schiffscrew oder der Kunden, die die Waren im Supermarkt kauften? Oder teilten wir die Verantwortung? Niemand wollte seine Bilanz weiter verschlechtern.

Verunsichert wandte ich mich wieder den leeren Obst- und Gemüsekisten zu. Ich schloss die Einkaufs-App auf meinem Handy. Die meisten Lebensmittel auf meiner Liste waren eh vergriffen.

»Was fällt Ihnen ein?«, hörte ich eine Frau hinter mir sagen.

Als ich mich umdrehte, sah ich, dass sie über eine Kiste mit Bioäpfeln gebeugt stand. Oder besser gesagt: über eine Kiste, in der einmal Bioäpfel gelegen hatten. Das letzte Netz hielt ein junger Mann in der Hand.

»Die wollte ich mir gerade nehmen«, sagte die Frau und deutete auf die sechs Äpfel.

»Da kann ich doch nichts dazu.« Der Mann zuckte mit

den Schultern, offensichtlich irritiert von dem vorwurfsvollen Tonfall der Frau.

Die Frau griff daraufhin nach den Äpfeln. Rechtzeitig zog der Mann die Hände weg und schirmte das Obst vor ihr ab. »Sind sie jetzt völlig verrückt geworden?«

Eine Rangelei entstand zwischen den beiden. Es war unangenehm mit anzusehen. Vor einigen Monaten wären die Äpfel als Ausschussware im Müll gelandet, jetzt kämpften zwei erwachsene Personen darum, als handelte es sich um Goldbarren.

Ich wartete darauf, dass der blasse Mitarbeiter sich einklinkte. Aber der faltete weiter seine Kartons, als hinge der Fortbestand des Ladens davon ab.

»Entschuldigung«, schritt ich ein. Die beiden hörten nicht auf mich.

Ich machte drei Schritte auf sie zu und unterbrach das Gerangel.

»Wie wäre es, wenn sie gemeinsam zur Kasse gehen, die Äpfel bezahlen und dann untereinander aufteilen?«, schlug ich vor.

Die beiden sahen einander fragend an. Diese Möglichkeit war bisher keinem von ihnen in den Sinn gekommen.

»Was sagen Sie?«, fragte die Frau und hielt dem Mann wie zu einem Deal die Hand entgegen.

Der Mann hob die Augenbrauen. »So ein Schwachsinn«, sagte er dann und zog mit den Äpfeln ab.

Teilen kam für ihn nicht infrage.

»Das darf ja wohl nicht wahr sein«, empörte sich die Frau und lief ihm hinterher.

Ich traute meinen Augen nicht, als sie sich auf ihn stürzte, um ihm die Äpfel aus den Händen zu reißen. Polternd knallte der Mann in ein Regal, das unter dem Aufprall erzitterte. Eine Reihe Einweckgläser fiel zu Boden und zerbarst auf dem Linoleumboden. Während die Frau ihre Krallen ausfuhr, hielt der Mann krampfhaft an den Äpfeln fest. Diesmal entbrannte ein richtiger Kampf zwischen den beiden. Sie verhielten sich wie zwei Löwen, die sich um eine Antilope stritten. Das Netz mit den Äpfeln zerriss in dem Gerangel. Dumpf rollte das Obst über den Boden. Der Mann mit dem Jägerhut, der danebenstand, schnappte sich einen der Äpfel. Ich gebe zu, für den Bruchteil einer Sekunde hatte ich den gleichen Gedanken. Aber ich hielt mich zurück.

»Unterstehen Sie sich«, keifte die Frau den Jägerhut an.

Eine Mitarbeiterin des Supermarktes kam herbeigeeilt, um die Parteien voneinander zu trennen, während das Milchgesicht neben mir weiter Pappe zerriss.

Mit offenem Mund sah ich dem Spektakel zu.

Wenn die Leute schon um eine Handvoll Äpfel kämpften, was stand uns dann noch alles bevor?

23

»Stoppt! Fieber! Jetzt! Stoppt! Fieber! Jetzt!«

Atemwölkchen platzten aus unseren Mündern heraus. Ein eisiger Nebel hing in der Luft. In Schals, Mützen und Mäntel gewickelt, marschierten wir durch die Straßen und hielten erwartungsvoll die Schilder hoch. Zu Tausenden kamen wir im Regierungsviertel zusammen.

Inmitten der Menschen fror ich nicht. Wir waren in alle Richtungen eingeschlossen. Ich zog mir den Schal ins Gesicht und hakte mich bei Lucy ein.

Jeden Tag warteten wir auf die Ankündigung einer großen globalen Reform. Auf einen Masterplan gegen Fieber. Für heute hatte der internationale Krisenstab – oder das, was davon übrig war – ein Notfallpaket angekündigt.

»Hoffentlich finden sie eine geeignete Lösung«, sagte Lucy.

»Freu dich nicht zu früh.« Pippas Augenbrauen hingen tief über ihren Augen wie Gewitterwolken. Ich wusste nicht, wann sie zuletzt gelächelt hatte.

»Habt ihr schon die neueste Theorie über Fieber gehört?«, fragte Lucy, während sie sich an mich schmiegte. »Ein Wissenschaftler aus Russland vermutet, dass es sich um ein uraltes Virus handelt, das durch den auftauenden Permafrost freigelegt worden ist. Wäre nicht das erste Mal. Sie haben wohl schon vor ein paar Jahren uralte Virenstämme im schmelzenden Permafrost entdeckt. Jahrtausendealte Krankheitserreger, die eine unglaubliche Gefahr darstellen.«

Ihre Stimme bekam bei den letzten Worten einen tiefen Unterton wie bei einer Geistergeschichte.

»Aha.« Pippa wirkte wenig überzeugt von dieser Theorie. Sie band sich die dunklen Haare zusammen, sodass ihr Undercut zum Vorschein kam. »Peer sagt, dass wir das eigentliche Virus sind.«

Das beendete das Gespräch.

Wer wollte schon als Virus bezeichnet werden?

Vor uns teilte sich die Menge. Peer steuerte auf uns zu. Aufgrund seiner Größe entdeckte ich ihn bereits aus mehreren Metern Entfernung. Sein Schnauzer bildete einen unglücklichen Halbkreis über seinen Lippen. Er sah aus wie die menschgewordene Form eines traurigen Emojis.

»Was ist?«, fragte Pippa.

»Sie haben den Ausstieg aller Mitgliedsstaaten aus der Nutzung fossiler Energieträger beschlossen. Und das mit Fokus auf Innovation, Investition, Infrastruktur und Inklusion. Wenn sie schon die Weltwirtschaft umbauen, dann soll das auch zu mehr globaler Gerechtigkeit führen. Sie hoffen, damit Fieber zu stoppen.«

»Die vier I«, erkannte Lucy.

»Das ist doch fantastisch«, sagte ich. »Das ist genau das, was wir immer gefordert haben.«

Doch Peers Gesicht sprach eine andere Sprache: »Ja, das *Was* haben sie entschieden, aber nicht das Wann und Wie«, schnaubte er.

Pippa entwich ein Fauchen. Sie ballte die Hände zu Fäusten. Ich befürchtete, sie könnte einen von uns aus reinem Frust schlagen.

»Die bringen uns noch alle um«, entfuhr es ihr. Ich erschrak vor ihrem aggressiven Tonfall.

Fieber zehrte an ihren Nerven. Die Situation war für uns alle zermürbend. Wir wollten nicht noch mehr Menschen verlieren.

»Es geht auch um deren Familien«, widersprach ich. »Deren Leben. Die wissen, dass schnell etwas getan werden muss.«

»Ja, aber anscheinend haben sie keine Ahnung, wie sie es anstellen sollen«, erwiderte Pippa.

»Das dauert alles viel zu lange«, fügte Peer hinzu.

Ich fragte mich, ob Adrian mit seinen Aussagen doch recht gehabt hatte, sosehr sie mir missfielen. Womöglich mussten wir uns mit der Situation arrangieren. Zumindest bis die nötigen Umbaumaßnahmen erfolgt waren. Aber bis dahin würden jeden Tag weiter Menschen an Fieber sterben.

Meine Kehle verengte sich bei dieser Vorstellung. Ich wusste nicht, ob ich einen weiteren Verlust überstand.

Lucy klammerte sich an meinen Arm. »Was sollen wir jetzt tun?«

Unschlüssig blickten wir einander an.

Lange hatten wir darüber gesprochen, ob es noch fünf vor zwölf oder bereits fünf nach zwölf war. Seit der Zweiten Phase hatten wir die Antwort auf diese Frage.

Ein lauter Knall ließ uns zusammenzucken. Schreie ertönten. Sofort fuhr mir die Angst durch alle Nerven. Ich sah zur Spitze der Demonstration, die nur wenige Meter entfernt lag. Rauchschwaden stiegen auf.

»Was ist das?«, fragte ich.

Ich wollte einen Schritt zurückweichen, doch zu allen Seiten standen Menschen.

»Molotowcocktails«, sagte Peer, der mit seiner Größe die Menge überblicken konnte. Er ging auf die Zehenspitzen. »Sie haben sie über den Zaun geworfen.«

»Sind die bescheuert?«, fragte ich.

Die Menge geriet in Unruhe. Einige Personen wichen vom Anfang der Demonstration zurück und verursachten damit einen Gegenstrom. Schon bald stieg Rauch aus mehreren Richtungen auf. Einige Demonstranten zündeten bengalische Fackeln. Der Geruch von Schwefel und Ruß zog in einer Wolke über die Köpfe der Anwesenden hinweg. Alarmiert sah ich mich um. Eine falsche Bewegung und wir hatten Schwerverletzte in unseren Reihen.

»Die haben das geplant«, erkannte Pippa und sah sich um. Aus allen Ecken stieg Rauch auf. »Das ist koordiniert.«

Ich wusste nicht, wer diese Leute waren. Sie gehörten ganz sicher nicht zu unserer Gruppe. Diese Aktion war genau das, wofür wir nicht standen.

In hohem Bogen flogen einige der Fackeln über den Zaun des Kanzleramts. Die Unruhe in der Menge entwickelte sich zu einer reißenden Welle. Ein Großteil der Demonstranten stob weg von den brennenden Stäben. Die Aktion mochte koordiniert sein, aber sie fand statt, um Chaos zu stiften.

»Das eskaliert!«, rief Lucy.

Zögerlich blickte Peer in Richtung der Fackeln, während uns immer mehr Leute entgegenkamen.

Schließlich war Pippa es, die vorangehen wollte, um etwas zu unternehmen. Peer fasste sie am Handgelenk. »Lass es.«

Er stellte sich auf die Zehenspitzen und sah sich um. »Die Polizei ist im Anmarsch«, verkündete er. »Wir werden eingekesselt.«

Wie kamen wir hier wieder raus?

Ich zog mir den Schal tiefer ins Gesicht. Der Rauch stieg mir beißend in die Nase und erschwerte mir zunehmend die Sicht. Wir waren auf allen Seiten von Menschen umgeben, die sich in entgegengesetzte Richtungen zu bewegen schienen.

Ein bulliger Glatzkopf rempelte Lucy an und stieß sie zu Boden. Ich kam selbst fast zu Fall, als ich zu ihr drängte. Ich ergriff ihre Ärmel und zog sie mit einem kräftigen Ruck auf die Beine, bevor andere über sie hinwegtrampeln konnten. Der Platz um uns herum wurde immer enger. Es ging weder vor noch zurück. Ich deutete in Richtung des Bundestagsgebäudes hinter uns.

»Da lang«, sagte ich und ergriff Lucys Hand.

Zur Versicherung drehte ich mich zu Pippa und Peer um. Doch sie waren verschwunden.

»Pippa!«, rief ich. Ich erkannte Peers Kopf einige Meter entfernt. Sie bewegten sich in Richtung der bengalischen Feuer. Erneut rief ich ihren Namen. Keine Reaktion.

»Los!«, sagte Lucy. »Wir müssen hier weg.«

Eh ich michs versah, zog sie mich hinter sich her.

Körper, Arme und Schultern stießen uns entgegen. Der Lärm war ohrenbetäubend. Die Menschen skandierten, schrien, brüllten. Ein Helikopter kreiste direkt über unseren Köpfen. In unmittelbarer Nähe ertönten Polizeisirenen. Und das alles umhüllt von diesem Rauch.

All meine Sinne waren wie betäubt. Ich sah nur noch Jacken, Ärmel, Gesichter. Lucys Finger schlossen sich fester um mein Handgelenk, als sie mich hinter sich herzog. Hustend kämpften wir uns durch die Menschenmasse. Hinter, neben und vor uns knallte es. Ich wusste nicht, ob es Schüsse oder weitere Molotowcocktails waren. Beides bereitete mir gleichermaßen Angst. Was, wenn wir nicht mehr aus diesem Teufelskessel herauskamen? Noch während mir dieser Gedanke durch den Kopf schoss, verlor ich Lucy. Ihre Finger waren nicht länger bei mir. Menschen rempelten mich von allen Seiten an und stießen mich herum wie einen Kegel. Jeder Stoß trieb mir die knappe Luft aus der Lunge. Keuchend stolperte ich vorwärts.

»Lucy!«, rief ich. Doch meine Stimme kam nicht gegen das Chaos an, das mich umgab. Unter schwerem Husten zupfte ich den Schal über meinem Gesicht zurecht und schob mich weiter nach vorne. Ich stemmte mein gesamtes Gewicht gegen die Körper, um hindurchzudrängen, wie ein Fisch durch ein engmaschiges Netz. Jemand stieß mir den Ellenbogen ins Gesicht. Vielleicht war ich aber auch in ihn hineingelaufen. In diesem Durcheinander hatte keiner mehr die Kontrolle über den eigenen Körper.

Strauchelnd gelangte ich einige Meter voran, bis mir etwas Hartes gegen die Rippen schlug. Ich biss die Zähne zusammen und lehnte mich vor. Der Schmerz fuhr in jeden meiner Knochen. Meine Hände umschlossen das kühle Gitter. Eine Metallbarriere versperrte mir den Weg zu der Straße, die zwischen dem Bundestag und dem Kanzleramt entlangführte. Ich war zwischen ihr und der Menschenmenge eingeklemmt. Dahinter stand eine Reihe Polizisten in voller Kampfmontur. Schutzwesten, Helme, Abdrängschilde, Schlagknüppel. Ich sah die Straße hinunter. In der Ferne rollte ein Wasserwerfer heran, einem Panzer gleich.

»Scheiße«, fluchte ich unter Atemnot. Ich steckte fest. Ich kam hier nicht mehr weg.

Eine Wasserfontäne schoss in die Menge. Noch mehr Rauch stieg auf. Geschrei drang mir in die Ohren. Körperteile drückten mir in den Rücken, während mir das Metall jeden Ausweg versperrte. Ich wollte nach Pippa rufen, nach Lucy, nach Mama. Aber ich bekam keine Luft. Mir wurde schwarz vor Augen.

Die Barriere gab unter dem Druck der Menge nach und verschob sich. Ich schnappte nach Luft. Die Demonstranten drängten zu der Straße, auf der die Polizisten eine weitere Barriere formten. Wie bei einer Stromschnelle wurde ich mitgeschwemmt. Gegen meinen Willen drängte ich direkt auf die Polizisten zu. Ich versuchte, stehen zu bleiben und mich in die entgegengesetzte Richtung zu bewegen. Doch es gelang mir nicht. Die Strömung war zu stark.

Geistesgegenwärtig riss ich mir den Schal vom Gesicht. Vor mir sah ich Schlagknüppel in die Höhe schnellen. Schützend hob ich die Hände über den Kopf. Ich bereitete mich auf den Aufprall des harten Gummiknüppels auf meinen Armen vor. Auf meinem Hinterkopf. Meinen Rippen. Ich konnte unmöglich den ganzen Körper vor der Wucht des Schlags schützen.

»Nicht!«, schrie ich, in der Angst, dass sie mir die Knochen brachen.

Im nächsten Moment knallte ich gegen eines der Abwehrschilde. Ein dumpfer Schmerz drang durch meinen Körper. Jemand packte mich fest am Kragen meines Mantels. Blind wurde ich beiseitegerissen. Ich stolperte ein paar Schritte nach vorne, die Hände noch immer schützend über dem Kopf.

»Mach, dass du hier wegkommst«, brüllte mir jemand entgegen.

Erschrocken sah ich auf. Das Visier beschlug unter dem Atem der Polizistin. Sie packte mich am Arm und stieß mich weg. Dann wandte sie sich dem tobenden Mob zu. Orientierungslos sah ich mich um. Ich befand mich hinter der Barriere aus Polizisten.

Mehrere Personen wurden durchgeschleust, während andere mit den Beamten aneinandergerieten, die dadurch weiter zurückgedrängt wurden. Ich stolperte vor der nahenden Bedrohung zurück. Immer mehr Schlagstöcke erhoben sich. Dahinter stiegen die Rauchschwaden gen Himmel, in dem der Helikopter lärmende Kreise zog. Auf einer Seite waren Wasserwerfer positioniert, die ihre gewaltsamen Fontänen auf die Menge schossen und sie in die entgegengesetzte Richtung trieben. Ein koordiniertes Chaos.

Die Trauer, die Wut, die Verzweiflung. Das alles vermischte sich in einem Pulverfass, das mit voller Wucht explodierte. Genau so, wie Pippa es angekündigt hatte. Einige gerieten ungeplant in diesen Strudel. Andere hatten nur auf diesen Moment gewartet. Sie machten aus reiner Zerstörungswut mit. Ihnen ging es nicht um echte Lösungen. Sie waren hier, um alles kaputt zu machen. Und meine Freunde steckten mittendrin.

Fieber brach unsere Welt entzwei – aber wir waren diejenigen, die sie anzündeten.

24

Noch eine Stunde später hallten Schreie der Demonstrierenden über den Platz.

Seit einer halben Ewigkeit irrte ich um die tobende Menge herum, auf der Suche nach meinen Freunden. Verletzte saßen auf den Bordsteinkanten und hielten sich ihre schmerzenden Körper, die von anderen notdürftig verarztet wurden. Ein Mädchen kam mir weinend entgegen. Ich fasste es an den Schultern.

»Brauchst du Hilfe?«, fragte ich.

Das Mädchen reagierte nicht. Stattdessen schob es mich von sich weg und ging weiter. Unsicher, ob ich der Weinenden folgen sollte, sah ich ihr hinterher. Da erblickte ich Peers langen Körper in der Menge. Er und Pippa drängten sich an den umstehenden Menschen vorbei. Sie trugen Lucy zwischen sich, jeweils einen ihrer Arme über die Schultern geschlungen. Als ich sie erreichte, setzten sie Lucy auf dem Gehweg ab. Die sackte sofort in sich zusammen.

»Ganz ruhig«, sagte Pippa. Sie stützte Lucy und biss dabei die Zähne zusammen, als litte sie selbst unter Schmerzen.

»Sie steht unter Schock«, erklärte Peer. Er hielt das linke Auge zugekniffen. Es war blutverschmiert.

»Was ist passiert?«, fragte ich und kniete mich vor Lucy.

Sie atmete schwer. Ihre Augen waren klein wie Hemdknöpfe.

»Ich kann nicht mehr«, sagte sie mit leiser Stimme. Vor sich hin murmelnd, fasste sie sich an den Hals.

Meine Hand wanderte zu ihrer Stirn. Ihre Haut war feucht und glühte unter meinen Fingern. Besorgt sah ich zu Pippa, die sich die Rippen hielt.

Das konnte nicht sein. Nicht Lucy.

»Wir müssen sie ins Krankenhaus bringen«, sagte ich und sah zwischen den beiden hin und her.

»Völlig überfüllt«, erwiderte Peer und hielt sich das linke Auge. Blut rann sein Handgelenk hinab. »Am besten, wir bringen sie nach Hause. Zu ihren Eltern.«

Ich zögerte.

»Wie gesagt, wahrscheinlich ist es nur der Schreck«, wiederholte Peer.

Ich wusste nicht, ob er das nur sagte, um uns zu beruhigen. Oder ob er wirklich daran glaubte.

Lucy lehnte die Stirn gegen meine Schulter.

Ich strich ihr eine Strähne aus dem Gesicht und sah ihr in die trüben Augen. Vielleicht hatte Peer recht. Lucy war nicht krank. Sie stand nur unter Schock. Einer von vielen Fehlalarmen der letzten Wochen. Nicht jeder, der in Schweiß ausbrach, war automatisch von Fieber betroffen.

»Wieso machen die das?«, sagte Lucy mit leiser Stimme. Sie hielt die Augen geschlossen.

Hinter uns ertönten mehrere laute Explosionen. Rauch hing in der Luft.

»Ein wenig Ruhe und dir geht es bald wieder besser«, redete ich ihr zu.

Jetzt wusste ich nicht mehr, ob ich es nur sagte, um uns zu beruhigen. Oder ob ich wirklich daran glaubte.

Lucy hörte mir nicht zu. Stetig murmelte sie vor sich hin, während Pippa neben uns auf den Bordstein sank und dreimal tief durchatmete. Sie hielt sich die Rippen.

Besorgt sah ich zwischen den beiden hin und her. »Hast du dir was getan?«, fragte ich.

»Mir geht's gut«, sagte Pippa. Erneut biss sie die Zähne zusammen. Wenn eine Beschreibung nicht zu ihrem Zustand passte, dann war es »gut«.

»Wir bringen Lucy nach Hause«, bestimmte ich. »Dann kümmern wir uns um dich. Und um Peers Auge.«

Er wischte sich das Blut von der Wange und half mir dabei, Lucy vom Boden hochzuziehen. Die Hand löste sich von ihrem Hals, als sie den Arm um meine Schulter legte. Da sah ich, was sie die ganze Zeit über festgehalten hatte. Sie trug eine Kette, an der ein kleines Kreuz baumelte. Dass Lucy gläubig war, wusste ich. Aber ich hatte sie bis zu diesem Tag nie beten sehen.

»Bitte steh uns bei«, murmelte sie.

Den gesamten Weg zu ihr nach Hause murmelte Lucy leise Gebete.

Am nächsten Tag kam sie nicht in die Schule.

Sie kam nie wieder in die Schule.

BRANDENBURG

»Gott, Vater, steh uns bei und lass uns ... und lass uns ...« Evie versuchte, das Gebet zu wiederholen, das Lucy an jenem Tag ausgesprochen hatte. Sie konnte sich nicht an den genauen Wortlaut erinnern.

Evie war nicht gläubig, aber sie fand etwas Tröstliches in dem Gedanken, dass ihr in diesem Moment jemand zuhörte.

Ursprünglich hatte sie schon längst an ihrem Ziel sein wollen. Jetzt war es ihr Ziel, vor Einbruch der Dunkelheit den Wald zu verlassen. Mittlerweile hing eine feuchte Kälte in der Luft, die andeutete, dass der Abend bald hereinbrach.

Prüfend blickte sie auf die Baumstämme und fand sich bestätigt, dass sie auf dem richtigen Weg war. Der Pfad, dem sie folgte, führte weiter in Richtung Osten.

Sie fragte sich, wie lange es dauern würde, bis sie endlich aus diesem Gebiet heraus war. Evie hatte das Gefühl, Dutzende Kilometer gelaufen zu sein, seitdem sie ihr Fahrrad verloren hatte. Es hätte sie nicht gewundert, wenn sie bald ein Schild zur polnischen Landesgrenze erreichte.

Doch wahrscheinlich bildete sie sich nur ein, so weit gelaufen zu sein, weil sie müde und schwach war. Der Rucksack auf ihrer Schulter wurde mit jedem Schritt schwerer. Statt der erwarteten Hitzewellen litt sie an einer Art Schüttelfrost, der sie in regelmäßigen Intervallen überkam und ihren gesamten Körper durchfuhr. Womöglich war Evie weiter von ihrem Ziel entfernt, als sie dachte.

Ein schmatzendes Geräusch ließ sie aufhorchen.

Instinktiv wich Evie hinter einen Baum und blickte den Pfad entlang. In beide Richtungen war niemand zu sehen. Erleichtert atmete sie auf.

Dann vernahm sie das Schmatzen hinter sich. Ein gieriger Laut, der gänzlich unmenschlich klang.

Evie hielt die Luft an. Wie in Zeitlupe drehte sie sich um. Die Hacken ihrer Boots gruben sich tief in die weiche Erde, als sie ihr Gewicht auf die Fersen verlagerte. Einen Moment lang kniff Evie die Augen zu, aus Furcht, was sie zu sehen bekommen würde. Als sie schließlich hinsah, erstarrte sie auf der Stelle.

Evie blickte in die aufgerissenen Augen eines Wildschweins. Der Kopf bewegte sich bebend. Die scharfen Zähne blitzten auf. Die Flanke des Tieres war zerfetzt. Gedärme und Blut quollen daraus hervor. Im Inneren vergraben war die Schnauze eines Wolfes.

Evie hielt sich die Hand vor den Mund, bevor ihr ein Schrei entweichen konnte. Mit dem Rucksack stieß sie gegen einen Baum, als sie einen Schritt zurückwich. Bei dem dumpfen Geräusch blickte der Wolf von seinem Festmahl auf. Seine grüngelben Augen fixierten Evie. Blut klebte ihm an den Barthaaren. Die Nase tanzte in der Luft, als er den menschlichen Geruch witterte.

Evie wagte es nicht, zu atmen. Langsam nahm sie die Hand vom Mund. Ihre Finger tasteten nach dem Schaft des Gewehrs, das über ihrer Schulter baumelte. Vier schnelle

Sprünge und der Wolf wäre bei ihr. In dieser kurzen Zeit würde sie es nicht schaffen, das Gewehr in Anschlag zu nehmen, es zu entsichern, zu zielen und abzudrücken. Auf brutale Weise wurde sie daran erinnert, warum die unsichtbare Gefahr von Fieber so viel schwerer zu greifen gewesen war als jene, die ihr jetzt gegenüberstand.

In den letzten Monaten hatte Evie sich immer wieder die Frage gestellt, wann Fieber sie treffen würde. In den vergangenen Stunden hatte sie jede Minute heruntergezählt, bis die unsichtbare Krankheit sie von den Füßen riss und auslöschte. Darüber hinaus hatte sie verdrängt, dass es noch andere Wege gab, zu sterben.

Was, wenn dieses Raubtier Fieber zuvorkam?

Evie verharrte auf der Stelle. Der Wolf blickte sie geradewegs an. Keiner von beiden rührte sich.

Evie konzentrierte sich auf ihre Atmung. Gedanklich zählte sie rückwärts von fünf bis null. Sie hatte keinen blassen Schimmer, wie sie sich verhalten sollte. Noch nie war sie einem Wolf begegnet.

Sollte sie stehen bleiben? Sich tot stellen? Oder war weglaufen ihre einzige Chance? Die Flucht erschien ihr am logischsten, aber sie wusste, dass schnelle Bewegungen den Jagdtrieb eines Tieres wecken konnten.

In ihrer aktuellen Verfassung wäre sie ohnehin zu langsam. Selbst in Höchstform hätte der Wolf sie vermutlich nach wenigen Metern eingeholt. Wie schnell konnte so ein Tier laufen? Vierzig, fünfzig Stundenkilometer? Dagegen hatte Evie keine Chance.

Ihr kam der Umgang mit Hunden in den Sinn. Vor ihnen sollte man auf keinen Fall weglaufen. Stattdessen sollte man ruhig stehen bleiben. Leichter gesagt als getan. Evies Herz schlug ihr bis zu den Ohren. Ihr wurde schwindelig.

Hunden sollte man nicht direkt in die Augen schauen, da sie sich sonst provoziert fühlten. Sofort wich Evie dem Blick des Wolfes aus. Sie wollte das Tier nicht zum Kampf herausfordern.

Kurz schnüffelte der Wolf an dem Kadaver vor seinen Pfoten. Dann blickte das Raubtier wieder zu ihr.

»Was jetzt?«, murmelte sie.

Die Ohren des Tieres stellten sich auf. Würden sie einander stundenlang anstarren? Bis Evies Zeit abgelaufen war? Dann konnte er an ihrem Kadaver nagen.

Ein kalter Schauer durchfuhr sie. Diesmal war es nicht der Schüttelfrost.

Behutsam ließ Evie das Gewehr von der Schulter gleiten und holte es langsam nach vorne. Der Wolf beobachtete jede ihrer Bewegungen. Sein linkes Ohr zuckte, als sie das Gewehr entsicherte und dabei ein leises Klacken ertönte. Ohne das Tier aus den Augen zu lassen, nahm sie das Gewehr in Anschlag. Evie atmete tief durch und legte den Finger auf den Abzug.

Unerwartet drehte der Wolf den Kopf. Er kniff die Augen zusammen und streckte die Schnauze in die Luft. Hatte er das Interesse an Evie verloren? Witterte er eine attraktivere Beute? Evie hielt den Lauf des Gewehrs auf die Flanke des Tiers gerichtet. Ihr Zeigefinger wand sich um den Abzug.

Der laute Knall ließ sie zusammenschrecken. Er zerfetzte den Moment der Stille. Splitter wirbelten durch die Luft. In rasender Geschwindigkeit hetzte der Wolf vor der drohenden Gefahr davon. Erschrocken blickte Evie ihm hinterher.

Sie hätte nie eine Chance gehabt, wenn sie vor dem Tier weggelaufen wäre.

Doch ihr blieb keine Zeit, erleichtert aufzuatmen. Wenige Meter entfernt war eine Kugel in einen Baumstamm eingeschlagen. Eine Kugel, die für den Wolf bestimmt gewesen war, aber genauso sie hätte treffen können. Eine Kugel, die nicht sie abgefeuert hatte.

Sie wich vom Wildschweinkadaver zurück und begab sich tiefer zwischen die Bäume. In der Ferne erblickte sie zwei schemenhafte Gestalten. Ihre Stimmen hallten durch den Wald. Jetzt, da sie nicht mehr auf der Pirsch waren, bemühten sie sich nicht länger, leise zu sein.

»Scheiße«, sagte einer von ihnen. »Fast hätte ich ihn erwischt.«

»Für dich ist es schon eine Leistung, dass du überhaupt den Abzug gefunden hast«, erwiderte der im Pelzmantel.

»Halt's Maul«, grummelte die Hasenscharte. »Du weißt genau, dass das Teil nichts taugt. Das andere war besser.«

Diese Mistkerle. Sie waren in Besitz eines zweiten Gewehrs.

Die Männer rückten näher, unwissend, dass Evie hier zwischen den Bäumen stand.

Sie bewegte sich rückwärts von ihnen weg.

Da hielt der mit dem Pelzmantel inne. Er blickte direkt in Evies Richtung.

Sie wich weiter hinter den Baum zurück. Borke blätterte ab, als sie die Finger in den Stamm des Baumes bohrte.

»Was ist?«, fragte die Hasenscharte.

Der Pelzträger streckte den Arm aus. Wie einen Pfeil richtete er den Zeigefinger auf Evie. »Das Mädchen.«

Ihr Herz schlug bei diesen Worten einen gefährlichen Rhythmus an.

Mit dem Wolf in der einen Richtung und den Männern in der anderen machte Evie auf dem Absatz kehrt und rannte davon, ohne zurückzublicken. Bei dem Wolf hatte sie nicht gewusst, ob sie sich schnell oder langsam bewegen sollte, bei den Männern aber war sie sich sicher. Je schneller sie sich von ihnen entfernte, desto besser.

Seit dem Ausbruch von Fieber war Evie sich einer Sache bewusst. Wenn es etwas gab, das ihr noch gefährlicher werden konnte als die Natur, dann waren das:

Menschen.

EVIE 25

In der Woche, in der die Unruhen ausbrachen, wurde der innere Notstand ausgerufen. Ab jetzt stellte nicht nur Fieber eine Bedrohung für unser alltägliches Leben dar, sondern auch das Verhalten unserer Mitmenschen. Manche rebellierten, weil ihnen die Maßnahmen nicht reichten. Andere, weil ihnen die neuen Beschränkungen nicht gefielen. Und wieder andere nutzten den Moment, um Chaos zu stiften.

Hunderte Verletzte landeten nach der letzten Demo im Krankenhaus. Vier Menschen starben. Pippa hatte sich im Gerangel eine Rippe gebrochen. Am Ende wurde nicht mehr hinterfragt, wer den ersten Molotowcocktail geworfen hatte. Von jetzt an brannten auch in Deutschland regelmäßig Autos. Barrikaden wurden errichtet, Geschäfte angezündet. In einigen Großstädten wurden ganze Stadtteile unzugänglich. Wie ein Flächenbrand breiteten sich die direkten und indirekten Auswirkungen von Fieber rasend schnell aus. Zu Beginn der Zweiten Phase hatte die Stimmung gebrodelt, jetzt kochte sie zu allen Seiten über. Ein weiterer Kipppunkt war erreicht. Von Tag zu Tag veränderte sich die Welt um mich herum schneller.

Meine Wangen brannten in der Februarluft, als ich die Einkaufsbeutel zurück nach Hause brachte. Ich hatte mich mit dem Rad auf den Weg gemacht und war erst nach längerer Suche in einem Supermarkt fündig geworden.

Je tiefer ich in die Stadt vordrang, desto mehr Straßenblöcke gab es, um die ich einen Bogen machte. Rauchsäulen stiegen aus den Kiezen in den Himmel auf wie übergroße Kerzen. In einigen Städten hatten sich Bürgerwehren formiert, die für »Recht und Ordnung« sorgten. Denen begegnete man lieber nicht alleine auf der Straße, weder bei Nacht noch bei Tag.

Ich passierte zahlreiche Geschäfte und Restaurants, deren Türen und Fenster mit Brettern vernagelt waren. Die meisten von ihnen waren pleitegegangen, andere waren Vandalen zum Opfer gefallen. Das erkannte man meist an den schwarzen Rußspuren an Fenster- und Türrahmen. Erst Fieber, dann die Aufstände. Nach und nach brach alles zusammen.

Vor wenigen Wochen hätte mich der Anblick der Rauchsäulen in Angst und Schrecken versetzt. Jetzt gehörte er zum Stadtbild. Es war verblüffend und schockierend zugleich, wie schnell man sich an einen neuen Zustand gewöhnen konnte.

Sobald ich nach Hause kam, nahm ich die Kopfhörer aus den Ohren und stellte die Einkaufstasche vor Mama auf dem Küchentisch ab.

Seit Papas Tod teilten wir uns die Aufgaben im Haushalt. Sie überließ mir weiterhin den Einkauf. Mama war von der neuen Situation überfordert und verließ sich bei der Auswahl auf mich. Zudem hatte sie andere Sorgen. Papas Lebensversicherung stellte sich bei der Auszahlung quer. Der Versicherer hatte zu viele Ansprüche zu bearbeiten. Wir mussten aber weiterhin die Rechnungen zahlen und die wurden immer mehr.

Mama spielte mit dem Gedanken, das Haus zu verkaufen. Aber wer wollte das jetzt noch haben?

Ich wünschte mir Papa zurück. Die anfängliche Wut darüber, dass er uns hier mit Fieber alleingelassen hatte, war längst dem verzweifelten Wunsch gewichen, ihn einfach wieder bei uns zu haben.

»Konserven?«, fragte Mama verwundert, als ich die Dosen auf dem Tisch stapelte. Sie betrachtete die magere Ausbeute und zupfte nachdenklich am Kragen ihres Wollpullovers.

»Zuerst war ich im Unverpacktladen. Keine Chance«, erklärte ich. »Die Leute kaufen wie irre die regionale und saisonale Ware weg.« Da wir mitten im Winter steckten, beschränkte sich die Auswahl zurzeit auf Äpfel, Kohl- und Rübengemüse. Deutsche Schweinefleischprodukte hingegen gab es noch zur Genüge. Aber an die trauten sich viele nicht mehr ran. »Ich weiß nicht, wie das weitergehen soll.«

An der Spüle füllte ich ein Glas mit Wasser. Ich hatte den halben Nachmittag in Supermärkten und Bioläden verbracht.

Die Preise für die Lebensmittel waren in den letzten Wochen stark gestiegen. Auf dem Wochenmarkt verkauften die Händler ihr regionales Obst und Gemüse für das Fünffache. Die meisten Produkte aus dem Ausland kamen gar nicht mehr in unseren Regalen an. Und mein Gemüse im Garten war größtenteils von Schädlingen befallen.

»In den Nachrichten haben sie gesagt, dass die Regierung die Nahrungsmittel rationieren will«, sagte Mama. »Das ist ja wie in den Fünfzigerjahren.«

Uns gingen zunehmend die Optionen aus. Es war ein selbstverstärkender Prozess und von Tag zu Tag wurde die Lage brenzliger. Auf einmal ging alles ganz schnell.

Der Unterricht fiel immer öfter aus. Seitdem Natalie aus der neunten Klasse an Fieber erkrankt war, hatten ohnehin viele von sich aus beschlossen, nicht mehr in die Schule zu gehen. Aliye war inzwischen mit ihrer Familie in der Türkei. Und Lucy hatte ich seit Tagen nicht gesprochen oder gesehen. Nach ihrem Zusammenbruch hatte sie sich nur kurz per Sprachnachricht bei Pippa und mir gemeldet und sich bedankt. Sie versprach, uns in ihre Gebete einzuschließen.

Mit Fieber gab es nie nur einen Faktor, nur eine Ursache für das Problem. Alles war miteinander verbunden. Wir wussten nicht, ob unser Verhalten ausreiche, ob wir die Ausbreitung damit abmilderten, aber wir wollten kein Risiko mehr eingehen. Wir wussten nicht, wie lange das noch so weitergehen konnte. Eine langfristige Lösung war es nicht.

Manchmal wachte ich mitten in der Nacht auf. Ich weiß nicht, was mich aus dem Schlaf riss. Vielleicht ein Albtraum, an den ich mich nicht erinnern konnte. Vielleicht die Angst selbst. Dann kroch ich aus meinem Bett, schlich hinüber zu Mamas Schlafzimmer. Behutsam setzte ich mich auf die Bettkante, um sie nicht zu wecken. Mit den Fingerspitzen fuhr ich ihr über die Stirn und ertastete die Temperatur ihrer Haut. Sobald ich feststellte, dass sie nicht schwitzte, wich das Gefühl der Beunruhigung und ich ging zurück in mein Bett. Mama wachte nie von den nächtlichen Besuchen auf. Und wenn sie es doch tat, dann ließ sie es sich nicht anmerken.

»Romy bringt uns Eingemachtes aus ihrem Garten«, sagte Mama. »Aber erst nächste Woche. Sie möchte nicht zu oft in die Stadt fahren. Sie klang komisch am Telefon … Ich habe das Gefühl, dass sie mir etwas verschweigt.«

Romy zog sich zunehmend auf den Hof zurück. Ich glaube, dass sie jedes Mal an Papa denken musste, wenn sie uns beide sah. Fernab auf dem Land schaffte sie Distanz zu den Ereignissen.

Gedankenversunken blickte Mama auf die Lebensmittel auf dem Tisch. In ihren Augen lag Sorge um eine ungewisse Zukunft. »Wir müssen überlegen, wie wir unsere Vorräte aufstocken. Und dann hat vorhin auch noch der Staubsauger den Geist aufgegeben.«

»Wir fragen Frau Miran, ob sie uns ihren leiht.«

»Das ist eine gute Idee«, befand Mama.

Das Klingeln an der Haustür unterbrach die Unterhaltung. Wenige Sekunden darauf stand Cedric im Hausflur. Verwundert prüfte ich mein Handy, um nachzusehen, ob ich eine Nachricht verpasst hatte. Nichts. Er hatte seinen Besuch nicht angekündigt.

»Was ist los?«, fragte ich. »Ich dachte, wir treffen uns nachher bei dir.«

»Die verarschen uns«, sagte er und marschierte an mir vorbei die Treppe hoch.

Ich folgte ihm. Ric nahm zwei Stufen auf einmal. Ich kam kaum hinterher. »Wovon redest du?«

Als wir in meinem Zimmer ankamen, drückte er mir sein Smartphone in die Hand. Ric lief auf und ab wie ein Tiger im Käfig. Er nahm die Basecap vom Kopf, strich die Haare glatt und setzte sie wieder auf. Das wiederholte er zweimal.

»Die haben einen Impfstoff entwickelt«, sagte er. »In den USA und Kanada wird das längst verkauft. Die Leute schlucken das Zeug massenweise. Und uns erzählen sie hier, dass es kein Mittel gibt. Die verarschen uns«, beharrte er.

Ich klicke auf das Video, das lautlos abspielte. Der Gedanke an einen Impfstoff ließ mein Herz schneller schlagen. Doch die Zweifel folgten sofort. Sosehr ich mir wünschte, dass die Nachricht stimmte, so unwahrscheinlich war sie. Die Seite, von der das Video stammte, war mir nicht bekannt. Sie erschien mir nicht vertrauenswürdig.

»Wo hast du das her?«, fragte ich.

»Hat Yaro mir weitergeleitet.«

»Glaubst du das echt?«

Rics Nasenflügel flatterten bei dieser Frage. Sein Gesichtsausdruck rief Erinnerungen an Adrians Party wach. Diese neu entfachte Wut in ihm bereitete mir Unbehagen. Sie passte nicht zu ihm.

»Da steht es.« Er riss mir das Handy aus der Hand. Aufgeregt hielt er es in die Luft, als handelte es sich dabei um das Medikament selbst. »Die sagen, dass die uns das Mittel hier vorenthalten, um weiter ihre Maßnahmen durchzudrücken.«

»Wer sind *die*?«, fragte ich irritiert. »Und welche Maßnahmen?«

»Na, die Politik.«

Verwirrt schüttelte ich den Kopf. »Du denkst, dass die uns einen überlebenswichtigen Impfstoff vorenthalten, um Maßnahmen durchzusetzen, mit denen keine Seite richtig zufrieden ist?«

Ric schluckte schwer. Dann nickte er. »So ist es.«

Für mich wurde das Gespräch zunehmend zusammenhangslos. Cedric klang wie einer dieser Verschwörungstheoretiker aus den Kommentarspalten, die ich seit Wochen mied. Nichts von dieser Theorie ergab Sinn. Noch mehr überraschte mich, dass er sich auf einmal derartig in das Thema hineinsteigerte. Seit Fieber ausgebrochen war, hatte er nicht eine Silbe darüber verloren, jetzt war er auf einmal wie im Wahn.

Ich machte einen Schritt auf ihn zu. »Ric«, sagte ich mit ruhiger Stimme. Ich wollte ihn nicht weiter aus der Fassung bringen. »Fieber ist keine ansteckende Krankheit, wie wir sie kennen. Sie entzieht sich allen Regeln. Es gibt keinen Erreger. Es ist unmöglich, dagegen einen Impfstoff zu entwickeln. Wo soll der auf einmal herkommen?«

»Da ist der Beweis. Sieh es dir doch mal richtig an.« Erneut hielt er mir das Smartphone vors Gesicht. Das Video zeigte eine Menschenschlange vor einem Laden, über dem groß »Pharmacy« stand.

Ich seufzte. »Draußen an der Ecke stehen auch Menschen vor der Apotheke. Das heißt nicht, dass sie auf ein Medikament gegen Fieber warten. Die kaufen nur alles ein, was sie zwischen die Finger bekommen, bevor es nichts mehr gibt.«

Ric lief einen Halbkreis durch das Zimmer. Er nahm die Basecap vom Kopf und knetete sie zwischen den Händen. »Du redest mit mir wie meine Brüder. Pascal hat das Gleiche gesagt«, sagte er. »Ihr nehmt mich alle nicht ernst.«

Er sagte es mehr zu sich selbst als zu mir. Sein Blick war trüb. »So ist es doch, oder? Ich bin der Clown, mit dem du Spaß haben kannst. Für mehr reicht es nicht.«

Entgeistert sah ich ihn an. »Wieso sagst du das?«

Wir waren seit fast einem Jahr zusammen und er reduzierte unsere Beziehung mal eben auf zwei verletzende Sätze.

»Tu nicht so überrascht«, sagte er. Erneut wandte er sich von mir ab und bearbeitete weiter die Basecap. »Wenn du was wissen willst, rennst du zu Pippa. Ich bin der Idiot, der keine Ahnung hat. Der auf irgendwelche Fake News reinfällt.«

Seine Worte taten weh. Das Gefühl in meiner Brust breitete sich schmerzhaft aus. Ich wusste nicht, wo diese aufgestaute Wut herkam. Noch weniger verstand ich, warum sie sich auf einmal gegen mich richtete.

»Scheiße, Ric«, sagte ich. »Denkst du echt so über mich?«

Er antwortete nicht. Starrte nur gegen die leere Wand, an der einmal Poster gehangen hatten.

»Schau mich an«, forderte ich. »Wenn du willst, dass ich dich ernst nehme, dann sieh mich an.«

Langsam wandte er sich mir zu.

Ich atmete tief durch. Ich würde seine Wut nicht zu meiner werden lassen.

Vielleicht ging es nicht darum, was ich von ihm dachte. Sondern darum, was er von sich selbst dachte. Seine Brüder hatten ihn so oft als Idioten bezeichnet, dass er selbst felsenfest an dieses Wort glaubte. Und, ja, vielleicht hatte auch ich es zu häufig und zu unbedacht in den Mund genommen. Hatte es leicht dahingesagt, ohne die Wirkung zu erkennen, die darin lag.

»Du bist kein Idiot«, sagte ich. Ich wusste, was sich unter seiner Oberfläche verbarg, auch wenn er mich selten darin eintauchen ließ. »Und ich habe dich auch nie für einen gehalten.«

Langsam kam ich auf ihn zu. Ich ergriff die Bänder an seinem Kapuzenpullover und wickelte sie um meine Finger.

Der Stoff war kühl von der Winterkälte. Er war ohne Jacke aus dem Haus gegangen.

»Du willst reden?«, fragte ich. »Dann lass uns reden. Wir gehen das gemeinsam durch und prüfen, was an der Sache dran ist.«

Ric zögerte.

Ich wusste nicht, ob er meine Worte anzweifelte oder ob er diese Reaktion nur nicht erwartet hatte. Anscheinend hatte er auf eine Bestätigung gehofft. Hatte angenommen, dass ich ihm zustimmte. Ihn einen Idioten nannte und mit ihm Schluss machte. Aber so leicht wurde er mich nicht los.

»Was willst du tun?«, fragte ich und zog an den Bändern.

Unschlüssig sah er mich an. Ich spürte seinen warmen Atem auf meinem Gesicht, als er seufzte.

»Nicht jetzt. Nicht heute«, sagte Ric dann. Er ergriff meine Hände und befreite die Bänder von meinen Fingern. Erst beschwerte er sich darüber, dass ich nicht mit ihm redete. Jetzt machte ich einen Schritt auf ihn zu und er lehnte das Angebot ab. Ich stieg nicht mehr durch.

»Bist du dir sicher?«, fragte ich.

»Ich bin ziemlich fertig«, erklärte er. »Ich hau mich lieber hin.« Er schob mich von sich weg. »Sorry, dass ich hier so reingeplatzt bin. Ich wusste nicht, wohin.«

Er gab mir einen flüchtigen Kuss und ging zur Tür.

Mit den Fingerspitzen ertastete ich meine Lippen. Er schmeckte nicht mehr nach Cassis.

»Ric«, sagte ich.

Auf der Türschwelle drehte er sich zu mir um.

»Du kannst immer zu mir kommen«, sagte ich. »Das weißt du.«

Er nickte. Dann verschwand er in den Flur.

Regungslos blickte ich auf den leeren Fleck, den er im Türrahmen zurückgelassen hatte. Das Klingeln des Telefons hallte die Treppe hinauf. Ich konnte den Stoff der Bänder noch an meinen Fingern spüren. Irgendetwas zwischen uns hatte sich verändert, doch ich bekam es nicht zu greifen.

Hatte Ric Angst, die Informationen zu überprüfen? Womöglich fürchtete er sich vor der Möglichkeit, dass es sich bei dem Bericht um eine große Lüge handelte. Dass es kein Wundermittel gegen Fieber gab und damit, in seinen Augen, auch keine Hoffnung.

Ich fand nicht heraus, was es mit dem Impfstoff auf sich hatte. Ob es nur ein Placebo war, das man schnell auf den Markt ließ, um die Leute zu beruhigen. Oder ob ein Pharmakonzern einen Weg gefunden hatte, Profit aus der Situation zu schlagen. Vielleicht eine Kombination aus beidem. Fakt war, dass die Menschen tatsächlich Pillen schluckten, an deren Wirkung sie felsenfest glaubten. Fakt war aber auch, dass weiterhin Menschen an Fieber starben.

Kurz nachdem Ric gegangen war, tauchte Mama in meinem Zimmer auf. Ihr Gesicht war eingefallen. Die Falten auf ihrer Stirn schlugen tiefe Furchen. Sie hatte ein neues Level der Erschöpfung erreicht, von dem ich nicht gewusst hatte, dass es existierte.

»Was ist los?«, fragte ich.

»Opa hat eben angerufen«, begann sie. »Oma geht es nicht gut. Sie befürchten, es ist Fieber.«

26

»Sind sie wirklich sicher, dass es Fieber ist?«, fragte ich, während Mama hektisch durch das Schlafzimmer lief.

»Na ja, sie hatte einen Schwächeanfall«, antwortete sie. »Jetzt liegt sie mit erhöhter Temperatur im Bett.«

Wahllos ergriff sie Kleidungsstücke und stopfte sie in den Koffer, der auf dem Bett lag. Sie achtete nicht darauf, ob die Sachen ordentlich zusammengefaltet waren. Der Stoff bildete einen schiefen Turm, der sich gefährlich zur Seite neigte.

»Wie willst du es rechtzeitig nach Italien schaffen?«, fragte ich und legte die Hand auf den Stapel, bevor er in sich zusammenfiel wie ein misslungener Jengaturm. »Nichts fliegt aus Berlin.«

Ein Flugverbot war dazu nicht nötig gewesen. Das Flugpersonal sorgte selbst dafür, dass kaum noch ein Flieger abhob. Stewardessen und Pilotinnen befanden sich weltweit im Dauerstreik. Selten zuvor hatten Reisende so viel Verständnis für streikendes Flugpersonal gezeigt.

Fliegen, das trauten sich weltweit nur noch wenige. Selbst dann nicht, wenn sie einen guten Grund dafür hatten – wie die Beerdigung eines Verwandten oder den Wunsch, die eigene Familie zu sehen.

»Das Auto ist auch keine Option. Schon gar nicht mit den Reifen«, sagte ich und schüttelte den Kopf.

Jemand hatte sie aufgeschlitzt. Unsere Reifen – und viele andere.

»Ich werde es mit der Bahn versuchen«, erklärte Mama.

»Die Züge sind maßlos überfüllt. Das Schienennetz ist kurz davor, zusammenzubrechen«, warf ich ein, was sie längst wusste. Die Infrastruktur war nicht darauf ausgelegt, die Überbelastung abzufangen. Noch schlimmer war es für jene, die auf dem Land lebten und kaum noch aus ihren Dörfern herauskamen. Wir hatten zu spät reagiert und jetzt hinkten wir in jeglicher Hinsicht hinterher. Fieber wütete weiter und ließ uns keine Zeit, zu handeln.

»Außerdem …«, setzte ich zu einem weiteren Argument an, doch Mama unterbrach den Satz mit einem scharfen Blick. Sie kannte all die Einwände, all die Hürden, die die Ausbreitung von Fieber ihr in den Weg warf. Sie wollte sie nicht hören.

Ich hielt meine Bedenken zurück. Sie halfen ihr ohnehin nicht weiter. Damit kam sie nicht schneller nach Italien. Und dass sie fahren würde, war beschlossene Sache.

Das Licht der Deckenlampe flackerte über unseren Köpfen auf. Wir sahen nicht nach oben. In letzter Zeit geschah dies öfter. Hatten die Anbieter vor einigen Wochen mit Ökostromdeals gelockt, war nun die Nachfrage höher als das Angebot. Zahlreiche Haushalte befanden sich auf einer Warteliste. Die Regierung hatte deshalb angekündigt, jedem Haushalt eine Obergrenze beim monatlichen Wasser- und Stromverbrauch zu setzen. Womöglich war es nur eine Frage der Zeit, bis auch bei uns jeder ein CO_2-Konto bekam. Wahrscheinlich würde es uns am Ende leichtfallen, das Konto nicht zu überziehen. Unser Leben stand ohnehin schon still. Dafür hatte Fieber gesorgt.

»Wenn ich gut durchkomme, kann ich in vierzehn Stunden in Florenz sein«, sagte Mama.

Verwundert sah ich sie an. »Das hast du dir gemerkt?«

Diese Zahl hatte ich ihr vor Monaten genannt, als es um unseren Sommerurlaub gegangen war. Kurz bevor wir mit Fieber Bekanntschaft gemacht hatten. Ich hatte immer angenommen, dass die Information bei Mama zu einem Ohr rein und zum anderen wieder hinaus gegangen war.

»Mit etwas Glück bin ich noch rechtzeitig da.« Sie klappte den Koffer zu und sah mich an. »Ich muss dahin, Evie. Ich muss.«

Angst und Hoffnung lagen gleichermaßen in ihren Augen. Die Angst, nicht Abschied nehmen zu können. Die Angst davor, einen Elternteil zu verlieren. Davor, machtlos zu sein. Aber auch die Hoffnung, dass sie rechtzeitig ankam. Dass ihre Reise einen Unterschied machte. Dass ein Wunder geschah und Oma doch nicht an Fieber litt.

Ich kannte diese Ängste und die Trauer, die Wut und die Hoffnung. Ihre Reise war unausweichlich. Das verstand ich.

Ich nahm den alten Reiserucksack, der in der Ecke des Zimmers stand. »Wir sollten dir etwas Proviant einpacken«, sagte ich. »Du weißt nicht, wie die Versorgungslage unterwegs ist.«

Dann lief ich in mein Zimmer. Ich nahm meine Powerbank vom Schreibtisch und steckte sie in die Vordertasche des Rucksacks.

»Hier«, sagte ich. »Damit ich dich immer erreichen kann.«

Wortlos legte Mama mir die Hand an die Wange. Ihre Fingerspitzen waren warm auf meiner Haut. Überrascht sah ich sie an. Dann zog sie mich an sich. Ich ließ mich in die Umarmung fallen und sog ihren Geruch ein. Sie roch nach süßen Mandeln.

»Du bedeutest mir alles«, sagte Mama. Ich spürte ihren Herzschlag an meiner Brust. »Alles, was ich mache, mache ich für unsere Familie.«

Die Verbote. Die Zankereien. Die Widersprüche. Sie kamen aus einem tiefen Gefühl der Liebe. Sie dienten dem Schutz. Alles, was Mama gewollt hatte, war, mich zu beschützen. Selbst vor der Angst hatte sie mich beschützen wollen. Das verstand ich jetzt.

Ich schloss die Augen und wünschte mich in die Vergangenheit zurück. Ich wollte die Uhr zurückdrehen. Fünf Jahre. Zehn. Ich wollte noch einmal von vorne anfangen. Ich wollte, dass wir eine zweite Chance bekamen. Dass wir alles tun konnten, um die Ankunft von Fieber zu verhindern.

»Es tut mir leid«, sagte ich. Eine Träne verfing sich in meinem Augenwinkel. »Wegen der Sachen, die ich nach Papas Beerdigung gesagt habe.«

Mama strich mir über die Wange. Sie hatte mir längst verziehen. Erneut schloss sie mich in ihre Arme. »Drei, höchstens vier Tage. Dann bin ich zurück, ja?«, sagte sie.

Ich schluckte den Kloß in meinem Hals herunter. »Okay.«

»Schaffst du das?«, hakte Mama nach, als sie die Verunsicherung in meiner Stimme hörte.

Ich nickte. »Pippa und Ric sind ja auch noch da«, sagte ich mehr, um mich selbst zu beruhigen. Beide waren nur wenige

Kilometer entfernt. Bei dem Gedanken schlug mein Herz direkt wieder etwas langsamer.

Mama strich mir eine Strähne aus dem Gesicht und gab mir einen Kuss auf die Stirn.

»Pass auf dich auf«, bat sie. »Ich komme so schnell zurück, wie ich kann. Wenn was ist, rufst du sofort an.«

»Mach dir keinen Kopf«, sagte ich. »Ich komme schon zurecht.«

Ich sprach es nicht aus, aber ich machte mir mehr Sorgen um sie als um mich.

Erneut umarmten wir uns. Wir hielten einander fest, als wäre es das letzte Mal, dass wir uns sahen.

Und vielleicht war es das auch.

27

Ohne Mama war das Haus einsam und still. Am nächsten Morgen schnappte ich mir meine Kopfhörer und machte mich auf den Weg zum Plenum. Wir mussten uns einen neuen Plan überlegen. Seit Beginn der Unruhen waren die Fieberdemonstrationen zersplittert. Immer weniger Mitglieder trauten sich in das Regierungsviertel, in dem es regelmäßig zu gewalttätigen Auseinandersetzungen kam. Auch ich hatte bei dem Gedanken daran ein mulmiges Gefühl.

Von einigen Mitgliedern hieß es, sie seien ausgestiegen. Nicht nur aus der Bewegung, sondern aus der Gesellschaft. Mit Rucksäcken bepackt zogen sie sich in die Natur zurück.

Doch wenn nicht wir dagegenhielten, wer dann?

Als ich aus der Haustür trat, begegnete ich unserer Nachbarin.

»Evie, bist du ganz alleine zu Hause?«, fragte sie besorgt.

Ich nickte.

»Dann sind wir schon zu zweit«, bemerkte Frau Miran.

Sie lud mich daraufhin für den nächsten Tag zum Bäumepflanzen ein. Ich bedankte mich bei ihr und versprach, darüber nachzudenken. Dann machte ich mich auf den Weg.

Eine halbe Stunde wartete ich an der Kreuzung, an der ich mich mit Pippa verabredet hatte. Keine Menschenseele war auf der Straße zu sehen. Frierend stand ich mir die Beine in den Bauch. Vergebens. Pippa tauchte nicht auf.

Sie nahm nicht ab, als ich sie anrief, und reagierte nicht auf meine Nachrichten. Erst Aliye, dann Lucy, jetzt Pippa? Sie war die Letzte, von der ich gedacht hätte, dass sie wankte. Ich lehnte mich gegen die Straßenlaterne und überlegte, ob ich alleine weiterziehen sollte. Vielleicht hatte Pippa unsere Verabredung vergessen und war bereits in der Turnhalle.

In dem Moment schickte Peer eine Nachricht in den Gruppenchat: *Alle Plenarsitzungen sind vorerst abgesagt. Entschuldigt die kurzfristige Info. Wir melden uns, sobald wir wissen, wie es weitergeht. Bleibt tapfer.*

Verwirrt blickte ich auf das Display. Die Nachricht passte ganz und gar nicht zu Peer.

Kurz darauf klingelte mein Handy. Es war Pippa.

»Wo steckst du?«, fragte ich. »Warum sagt Peer das Treffen ab?«

»Planänderung«, sagte Pippa. Sie wirkte gehetzt. »Wir treffen uns heute Abend.«

»Was ist los?«, fragte ich.

»Komm um neunzehn Uhr zum Eisenbahnschuppen in Karlshorst. Der mit dem Dinosaurier-Graffito, das du immer so unheimlich fandest. Gib Bescheid, wenn du da bist.«

Bevor ich fragen konnte, warum ich dort hinkommen sollte und wieso wir uns in einer leeren Halle trafen, legte sie auf. Und, ja, das Graffito des Velociraptors war unheimlich.

Auf meine Nachfrage per Chat antwortete Pippa lediglich mit: *Komm. 19 Uhr.*

Unsicher, was mich erwartete, machte ich mich um halb sieben mit dem Fahrrad auf den Weg. Draußen war es stockduster. Ein frostiger Schleier hing in der Luft. Das Licht der Fahrradlampe verlor sich in dem grauen Dunst. Als ich die stillgelegten Gleise überquerte, erfasste der Lichtstrahl die Wand des Schuppens. Die Reptilienaugen des Velociraptors funkelten mich gefährlich an. Meine Nackenhaare stellten sich bei dem Anblick auf.

Ich schickte Pippa eine Nachricht, als ich vor dem Tor stand. Kurz darauf hörte ich, wie mit einem lauten Klacken der Riegel beiseitegeschoben wurde. Pippas Kopf kam dahinter zum Vorschein.

»Bist du alleine?«, fragte sie und lugte an mir vorbei.

»Ja«, antwortete ich und legte die Stirn in Falten. »Hätte ich noch jemanden mitbringen sollen?«

»Nein.« Sie schnappte sich meine Hand und zog mich in die Halle. Ich kannte Pippa seit zehn Jahren, und das war mit Abstand das seltsamste Verhalten, das ich jemals bei ihr wahrgenommen hatte.

Sie trug eine dunkle Hose und einen schwarz-gelb gepunkteten Turtleneck, der ihr die Erscheinung einer Bengalkatze verlieh. Sie sah aus wie eine Meisterdiebin kurz vor dem nächsten Einbruch.

Ich folgte ihr durch die Halle. Dort hatte sich eine kleine Gruppe von Aktivisten versammelt. Ich erkannte Peer in ihrer Mitte. Sein Schnauzbart war zu einem Vollbart herangewachsen. Er wirkte dadurch noch einmal fünf Jahre älter. Hinzu kam die Erschöpfung der letzten Wochen. All das ließ Peer optisch von einem Studenten zu einem Mittdreißiger werden. Er begrüßte mich mit einem verhaltenen Kopfnicken.

Den Rest der Gruppe kannte ich nur beiläufig oder gar

nicht. Sie schienen aus einer anderen Bewegung zu stammen. Sie standen um einen Tisch herum und blickten auf das Display eines Laptops. Auf dem Boden lagen schwarze Taschen und Rucksäcke verteilt.

»Hast du es noch mal bei Lucy versucht?«, fragte ich.

»Das ist nichts für sie«, antwortete Pippa, während sie mich durch die Halle führte. »Aber vielleicht betet sie ja für uns.«

»Pippa ...«, mahnte ich und blieb auf der Stelle stehen. »Und was ist mit deinen Eltern?«

Pippas Augenbrauen verharrten ausdruckslos über ihren dunklen Augen, als sie sich mir zuwandte. Sie war in der Lage, ganze Geschichten mit ihrem Gesicht zu erzählen. Selbst wenn sich kein Muskel regte, sprach sie damit Bände. Und dies hier war keine witzige Lektüre.

»Lass mich raten«, sagte ich. »Für die ist es auch nichts.«

Ich sah zu der Gruppe. Sie alle waren älter als wir.

»Was habt ihr vor?«, fragte ich.

Pippa machte einen Schritt auf mich zu. Sie nahm meine Hand. »Vertraust du mir?«

»Ich vertraue dir«, bestätigte ich. Dann nickte ich in Richtung der anderen. »Aber denen nicht.«

»Evelyn, es ist an der Zeit, dass wir selbst den Wandel bringen, den wir fordern«, sagte sie. »Wir können uns nicht länger auf die anderen oder die Politik verlassen. Die Demonstrationen waren der falsche Weg. Und die Krawalle haben die Situation nur noch verschlimmert. Peer hätte fast sein Auge verloren. Denkst du, die Gewalt ist Zufall? Das war ein Angriff. Auf uns alle.«

Ich legte den Kopf schief. »Und wie sieht eure Lösung aus?«

»Lass mich gleich zu Anfang sagen, dass niemand zu Schaden kommen wird«, begann sie. »Wenn alles nach Plan läuft.«

»*Wenn?*«, fragte ich alarmiert. »Und wenn nicht?«

»Wir sind nicht wie die Hooligans da draußen, die blind alles in Brand stecken, was ihnen im Weg steht«, sagte Pippa. »Wir verfolgen eine Strategie.«

Erneut sah ich zu der Gruppe am anderen Ende des Raumes. Immer wieder warfen mir die Aktivisten misstrauische Blicke zu. Ich kam mir vor wie eine Außenseiterin.

Ich verstand nicht, warum wir nicht mit den Demos weitermachten. Wenn nicht einmal wir uns mehr einig waren, wie konnten wir es dann von anderen erwarten? Wir waren über sieben Milliarden Menschen mit unterschiedlichen Ansichten, unterschiedlichem Wissen, unterschiedlichen Moralvorstellungen und Werten. In diesen Tagen wurde immer deutlicher, dass wir keine Einheit waren, die sich von oben oder unten steuern ließ.

»Was redest du da?«, fragte ich. »Was ist aus ›Der friedliche Weg ist der einzige Weg‹ geworden?«

»Ich habe mich geirrt«, sagte Pippa.

Ich glaubte ihr kein Wort. Das klang überhaupt nicht nach dem Mädchen, mit dem ich seit der Grundschule befreundet war. »Ich darf dir nicht viel verraten. Aber unsere Aktion ist europaweit koordiniert. Mehrere Teams stehen bereit. Wenn wir das richtig angehen, dann könnte das alles verändern. Morgen geht es los und es gibt noch einiges vorzubereiten.«

»Morgen?«, fragte ich. Ich fühlte mich überrumpelt. Außerdem hatte mich Frau Miran für den nächsten Tag dazu eingeladen, Bäume zu pflanzen. Wenn ich dort mitmachte, würde ich erst spät wieder zu Hause sein.

»Wir brauchen eine Art Wache«, sagte Pippa. »Jemanden, der uns den Rücken freihält.«

»Bei was?«, fragte ich. Meine Stimme schoss ungeplant eine Oktave in die Höhe.

»Es ist besser, wenn du nicht zu viel weißt.«

»Pippa, das klingt, als hättet ihr vor, ein Kohlekraftwerk in die Luft sprengen.«

Stumm sah sie mich an.

»Ihr wollt doch nicht etwa ein Kraftwerk in die Luft sprengen?«, fragte ich mit wachsender Sorge.

Allein in Berlin hatten wir drei Steinkohlekraftwerke. Doch auch dort wurde seit Beginn der Zweiten Phase immer häufiger gestreikt. Niemand meldete sich mehr freiwillig zur Schicht.

Seufzend schüttelte Pippa den Kopf. »Ich habe doch gesagt, dass keiner zu Schaden kommt.«

»Wie lange plant ihr das schon?«, fragte ich. »Das alles habt ihr doch nicht über Nacht beschlossen.«

Pippa verschränkte die Arme vor der Brust und zuckte mit den Schultern. »Peer hat mich letzte Woche mit reingeholt. Der Rest arbeitet schon länger dran.«

Zu sagen, dass mir unwohl bei der Sache war, wäre eine maßlose Untertreibung gewesen. Das geheimnistuerische Verhalten. Die schwammigen Informationen. Das alles schrie nach einer kriminellen Aktion, mit der ich nichts zu tun haben wollte. Genauso wenig wollte ich, dass Pippa etwas damit zu tun hatte. Das Versprechen, das ich Katharina gegeben hatte, kam mir in den Sinn.

»Meine Nachbarin hat mich zum Bäumepflanzen eingeladen«, sagte ich. »Wir treffen uns morgen um zehn Uhr am Flughafengelände. Ich habe schon zugesagt«, log ich. »Du könntest mitkommen.«

»Bäume pflanzen?«, fragte Pippa. »Wie viele sollen es denn sein?«

»Fünftausend«, antwortete ich.

»Wow.« Es war unmöglich, mehr Sarkasmus in eine einzige Silbe zu legen. »Das macht sicher den Unterschied – bei den tausend Milliarden Bäumen, die wir eigentlich pflanzen müssten.«

»Irgendwo muss man anfangen«, erwiderte ich.

»Bäume pflanzen«, murmelte Pippa kopfschüttelnd. »Das habe ich alles schon versucht. Das bringt nichts. Die Bäume brauchen zu viel Zeit zum Wachsen. Sie verbrauchen Fläche und Wasser und unsere Häuser können wir damit trotzdem nicht heizen.«

»Pippa, ganz ehrlich, wie kann es schlecht sein, einen Baum zu pflanzen?«, entgegnete ich irritiert. Ich hatte genug von den ›Das-bringt-nichts‹ und ›Das-hilft-nichts‹. Ich wollte etwas unternehmen. Ein Stückchen Kontrolle zurückerlangen. Ich wollte inmitten all des Chaos etwas Gutes tun. Ein Kraftwerk oder irgendetwas anderes anzugreifen, gehörte definitiv nicht dazu.

»Komm mit. Bitte«, sagte ich. »Das wird dir guttun. Wir verbringen ein paar Stunden an der frischen Luft. Bekommen einen klaren Kopf. Du kannst danach mit zu mir kommen und wir hören Musik. Wie früher. Ich bin ganz alleine zu Hause. Ich könnte ein wenig Gesellschaft gebrauchen.«

»Was ist mit Ric?«, fragte sie.

»Ich will was mit dir machen«, sagte ich.

Ich verschwieg ihr, dass er derjenige war, der mal wieder vom Radar verschwunden war.

Einen Moment lang schien Pippa ernsthaft darüber nachzudenken. Ihre Finger tasteten über ihre Rippen, dort, wo sie den Bruch erlitten hatte. Dann schüttelte sie den Kopf.

»Ich kann die Gruppe nicht hängen lassen«, sagte sie. »Uns läuft die Zeit davon. Wir können uns nicht länger darauf verlassen, dass die anderen einen Ausweg für uns finden.«

»Der Sicherheitsrat arbeitet rund um die Uhr an einer Lösung. Die hängen da genauso mit drin wie wir«, warf ich ein. »Du musst ihnen eine Chance lassen.«

»Eine Chance?« Pippa schüttelte den Kopf. »Findest du nicht, dass sie davon genug hatten? Die sterben eher weg, als dass sie mal richtig was riskieren. Sie haben das Leben von Millionen von Menschen verspielt. Die sind einfach zu engstirnig in ihrem Denken, um zu tun, was wirklich nötig ist. Wie Junkies, die an der Nadel hängen, obwohl sie wissen, dass es sie umbringen wird. Nichts, was wir bisher getan haben, hat die nötige Veränderung gebracht.«

»Woher weißt du das?«, fragte ich. »Woher weißt du, dass unsere Bemühungen vergeblich waren? Vielleicht wäre ohne uns alles viel schlimmer. Vielleicht wären schon viel mehr Menschen tot. Vielleicht hätten wir drei Schritte zurück gemacht und nicht zwei. Das hast du mal gesagt, Pippa.«

»Weil auch ich dachte, dass wir mehr Zeit hätten«, erwiderte sie. Die Frustration brach aus ihrer Stimme. »Ich habe mich geirrt. Drei Schritte. Zwei Schritte. Vor. Zurück. Das reicht nicht mehr. Das ist ein Wettrennen und wir sind auf dem letzten Platz. Wie viele Leute sollen noch sterben? Wo ist die Grenze? Fünfhundert Millionen? Eine Milliarde? Wir alle?« Sie ballte die Hände zu Fäusten. »Erinnerst du dich an die Diskussion im Unterricht bei Herrn Johannsen? Ob wir Egoisten oder Altruisten sind?«

»Natürlich«, sagte ich. Sie hatte mich dafür angegiftet, dass ich Cedric verteidigt hatte.

»Es war naiv von mir, anzunehmen, dass die anderen wie ich denken und handeln würden«, erklärte sie. »Adrian hatte recht. Das hätte ich schon viel früher erkennen müssen. Die Welt ist voll mit Egoisten.« Sie deutete in Richtung des Tors, als stünde die gesamte Menschheit im Vorhof. »Jeder macht sein Ding, ist sich selbst der Nächste. Die alle lassen uns ohne mit der Wimper zu zucken im Stich. Wir sind dazu verdammt, uns gegenseitig zu verraten und uns damit selbst zu Fall zu bringen. Das wollte Herr Johannsen uns beibringen.«

»Dann hast du seine Worte nicht verstanden«, widersprach ich.

»Nein. Du hast es nicht verstanden, Evelyn«, fuhr Pippa mich an. Sie verlor die Geduld mit mir. »Du hast es nie verstanden. Du suchst immer den verdammten Mittelweg. Aber der führt nirgends hin.«

»Ich suche den *richtigen* Weg.«

Für einen Moment brachte sie das zum Schweigen.

»Man entscheidet sich nicht für das Richtige, weil man denkt, dass man damit erfolgreich sein wird. Man macht es, einfach weil es das Richtige ist. Auch das hast du mal gesagt«, erinnerte ich sie. »Das hier, was auch immer ihr vorhabt, ist falsch. Und die alte Pippa weiß das.«

»Die alte Pippa gibt es nicht mehr«, erwiderte sie. »Außerdem habe ich dir schon tausendmal gesagt, dass ich Filippa heiße.«

Ihre Antwort traf mich wie eine Ohrfeige. Sprachlos sah ich sie an. Zum ersten Mal kam die Bedeutung dieser Worte wirklich bei mir an.

Krampfhaft hatte ich versucht, an der alten Pippa festzuhalten. Und sie an mir. Doch wir verfolgten nicht länger das gleiche Ziel. Vor mir stand nicht mehr das Mädchen, das wissen wollte, was ich von seinem Spielzeug hielt. Stattdessen wollte sie mich davon überzeugen, dass ihr Spielzeug das bessere war. Aber ich sah nicht, was Pippa sah.

»Ich bin raus«, sagte ich. »Ich mache da nicht mit.«

Pippa konnte die Enttäuschung in ihrem Gesicht nicht verbergen. Eine Spur Missbilligung lag dahinter. »Du bist richtig feige, weißt du das? Du wählst immer den sichersten Weg.«

»Nichts auf der Welt wird mich dazu bringen, mit Gewalt meinen Willen durchzusetzen«, erwiderte ich.

»Das ist deine Wahl?«, fragte Pippa. »Lieber in gar keiner Welt leben als in einer, die dir nicht gefällt?«

»Ich möchte in einer Welt leben, in der Vernunft herrscht und Nachsicht und Mitgefühl«, sagte ich. »Keine Wut. Keine Verzweiflung. Keine Panik.«

Ich konnte mich von vielem trennen. Aber nicht davon.

»Denkst du, ich will das nicht?«, fragte Pippa. Hilflosigkeit sprach aus ihrem Gesicht. »Denkst du, ich möchte in einer Welt leben, in der alles auseinanderbricht? In der ich mich mit Gewalt durchsetzen muss, um zu überleben? Natürlich nicht. Aber uns bleibt keine andere Wahl.«

»Du hast die Wahl, auszusteigen. Jetzt und hier«, sagte ich.

»Und dann – was?«, konterte Pippa. »Im Gegensatz zu dir habe ich keine Angst, mir die Hände schmutzig zu machen, wenn es sein muss. Aber das war schon immer der Unterschied zwischen uns, oder? Sobald es dir zu unbequem wird, steigst du aus. Damit bist du genauso schlimm wie die ganzen Leute da draußen, die weiter rumsitzen und nichts tun«, warf sie mir vor.

Ihre Worte waren spitz und scharf wie die Klinge eines Messers. Sie taten weh. Sie taten weh, weil sie möglicherweise stimmten.

Wer war ich, dies zu beurteilen?

Ich schluckte. Pippas Vorwurf war nicht leicht zu verdauen. Und trotzdem blieb in mir das Gefühl bestehen, dass ihre Aktion der falsche Weg war.

»Mach, was du willst«, sagte ich. »Ich werde morgen diese Scheißbäume pflanzen. Ob es was bringt oder nicht.«

»Ich hoffe, du fühlst dich gut dabei«, sagte Pippa.

»Ich hoffe, du auch«, erwiderte ich.

Im Gegensatz zu ihren waren meine Worte ernst gemeint.

Für Pippa kam es unerwartet, als ich sie daraufhin umarmte. Sie erstarrte unter meiner Berührung. Ich hielt meine Wange an ihre, wollte ihr möglichst nahe sein. Meine Lippen berührten fast ihr Ohr, als ich sagte: »Wenn das alles vorbei ist, dann werden wir hoffentlich wissen, welcher der richtige Weg war.«

Pippa sah mich fragend an. Dann wurde die Form ihrer Augenbrauen weicher. Weder sie noch ich kannten den Ausgang unserer Geschichte.

Ohne mich von den anderen zu verabschieden, verließ ich

die Halle. Ich zog das Tor mit einem Rattern hinter mir zu und lehnte mich gegen das kühle Metall. Weiße Atemwölkchen stiegen vor meinen Lippen auf, als ich in die graue Nacht blickte. Die Zukunft war so unklar wie der verschleierte Nachthimmel. Kein Stern war zu sehen.

Ich betete, dass sich der Nebel bald lichten würde.

Ich betete, dass ich den richtigen Weg gewählt hatte.

28

Am nächsten Morgen riss mich das Klingeln meines Handys aus dem Schlaf. Sofort kam mir der Streit mit Pippa vom Vorabend in den Sinn. Waren meine Worte zu ihr durchgedrungen? Oder rief sie jetzt an, um mir endgültig die Freundschaft zu kündigen?

Blind fischte ich nach dem Smartphone, das unter meinem Kopfkissen begraben lag. Ich rieb mir die Augen, als ich abnahm. »Ja?«

»Evie?«, drang Mamas Stimme durch den Hörer.

Sofort setzte ich mich auf. Ich hörte meinen eigenen Herzschlag über das Rauschen des Telefons hinweg.

»Was ist mit Oma?«, fragte ich mit rauer Stimme. Ein nervöses Räuspern entwich meiner Kehle.

»Alles in Ordnung«, sagte Mama. »Oma hat sich eine Grippe eingefangen. Aber es geht ihr gut. Fieber ist es nicht.«

Ich konnte die Erleichterung in ihrer Stimme hören.

Beruhigt lehnte ich mich in meinem Bett zurück. Endlich eine gute Nachricht zwischen all den Hiobsbotschaften.

»Wann kommst du zurück?«, fragte ich.

Mama seufzte. »Die Reise hierher war das reinste Chaos«, gestand sie. »Ich muss ein paar Dinge organisieren, bevor ich zurückfahre. Die Lage hier ist nicht besser als bei uns.

Die Krankenhäuser und Ärzte sind maßlos überfordert. Ich möchte sichergehen, dass Oma schnell wieder auf die Beine kommt. Ist das in Ordnung für dich?«

Ich nickte stumm. Ein leichtes Gefühl der Einsamkeit befiel mich. Erneut dachte ich an Pippa und ihren Plan. War sie diejenige, die nicht länger klar sehen konnte oder war ich es?

»Evie?«, erinnerte Mamas Stimme mich daran, dass sie meine Reaktion nicht sehen konnte.

»Ja«, antwortete ich. »Ja. Das ist in Ordnung.«

Ein Moment der Stille erfüllte das Telefonat. Italien kam mir nie so weit weg vor wie in diesen Tagen.

»Ich weiß nicht, wie lange ich für die Rückreise brauchen werde«, sagte Mama. »Falls die Lage sich verschlechtern sollte …«, sie zögerte, »geh zu Romy, ja? Dort bist du sicher. Auf dem Hof haben sie alles, was ihr braucht. Sie wird sich um dich kümmern.« Sie machte eine erneute Pause. »Nur für den Fall.«

»Ja, klar«, antwortete ich. »Nur für den Fall.«

Ich bat sie, Oma und Opa eine dicke Umarmung zu geben. Dann verabschiedeten wir uns voneinander.

Nach dem Anruf raffte ich mich auf und verließ die warme Hülle meines Bettes. Ich hatte Frau Miran für die Bäume-Aktion zugesagt und dieses Versprechen würde ich halten. Mein Verhältnis zu unseren Nachbarn war nicht sonderlich eng. In den letzten Jahren hatten viele Häuser den Besitzer gewechselt. Alles war ein wenig anonymer geworden. Frau Miran war die Einzige, die ab und an auf einen Tee bei uns vorbeischaute. Sie war eine kurzbeinige Endsechzigerin mit Pagenkopf und einem Faible für knielange Parker. Vor einigen Monaten war ihr Mann verstorben. An einem Herzinfarkt. Nicht an Fieber. Aber das machte sie nicht weniger einsam.

Ich schob mein Rad aus der Einfahrt und machte mich auf den Weg zum Flughafengelände in Schönefeld. Frau Miran war bereits vorgefahren, um bei den Vorbereitungen zu helfen.

Schon im Verlauf der Ersten Phase hatten Immobilienkonzerne Bauflächen in der ganzen Stadt zur Bepflanzung freigegeben. Eine britische Milliardärsfamilie, die über die Jahre Tausende Wohnungen in Berlin aufgekauft hatte, verschenkte gar ihre Immobilien, in der Hoffnung, verschont zu bleiben. Jetzt war also das Flughafengelände dran, von der Natur zurückerobert zu werden.

Ich schaltete meine Musik ein und fuhr durch die leeren Straßen. Weiterhin geisterte das Gerücht herum, Fieber sei doch ansteckend. In Kombination mit den anhaltenden Unruhen veranlasste dies immer mehr Leute dazu, sich in ihre Häuser zurückzuziehen. Manche Straßenzüge waren im wahrsten Sinne wie ausgestorben. Ich nutzte die Gelegenheit, die gesamte Straße für mich in Anspruch zu nehmen. Im Rhythmus der Musik fuhr ich große Schlangenlinien. Der Wind blies mir die Strähnen aus dem Gesicht. Ich sog die frische Luft durch den Mund ein.

Erst als ich die glänzende Verpackung eines Schokoriegels im Rinnstein entdeckte, fuhr ich an den Rand. Ich stieg von meinem Rad, um den Müll aufzuheben.

»Evie?«, riss mich eine Stimme aus der Bewegung.

Ich nahm den Stöpsel aus dem linken Ohr und drehte mich um.

Surrend hielt ein Elektroauto neben mir. Auf der Rückbank saß Adrian eingezwängt zwischen einem großen Reiserucksack und der Seitentür. Er hatte das Fenster heruntergekurbelt und winkte mir lächelnd zu. Sein Vater saß am Steuer, die Schwester auf dem Beifahrersitz. Sie sahen aus, als wären sie auf dem Weg ins Disneyland. In Anbetracht der Umstände war das ziemlich unwahrscheinlich.

Fragend sah ich ihn an. »Wo wollt ihr denn hin?«

»Dreimal darfst du raten«, sagte Adrian und grinste.

Selbst wenn ich zehnmal hätte raten dürfen … Ich hatte nicht den blassesten Schimmer.

»Na, mach schon«, forderte er mich auf. Sein Ausdruck erschien mir unverhältnismäßig fröhlich für die Tatsache, dass wenige Kilometer entfernt Autos und Geschäfte brannten.

»Meck-Pomm?«, riet ich.

»Bhutan«, nahm Adrian mir die restlichen zwei Versuche ab.

»Bhutan?« Ich sprach es aus, als handelte es sich dabei um einen weit entfernten Planeten. So kam es mir in dem Moment auch vor. »Ist das nicht sehr weit weg? Sehr, sehr weit?«

»8000 Kilometer«, bestätigte Adrian. Kurz blitzte die Unsicherheit in seinem Lächeln durch. »Das Land mit der besten Klimabilanz. Wusstest du, dass die den Wohlstand ihres Landes nach der Zufriedenheit der Einwohner und nicht anhand der Wirtschaftskraft berechnen?«

»Nein«, erwiderte ich. Ich war zu perplex, um eine längere Antwort hervorzubringen.

Adrian zuckte mit den Schultern. »Seien wir ehrlich: Hier geht alles vor die Hunde.«

Mein Blick schweifte zu den Rauchwolken in der Ferne.

»Da dachten wir, wenn sich das System hier nicht schnell genug ändert, dann gehen wir eben in eines, das besser ist.« Er sagte es so leicht dahin, als handelte es sich um die Frage, welches Paar Schuhe er zum Sport anziehen sollte.

»Wie wollt ihr denn da hinkommen?«, fragte ich.

Adrian warf einen kurzen Blick zu seinem Vater. Dann lehnte er sich aus dem Fenster.

»Einfach wird es nicht«, gestand er. Das Lächeln verschwand komplett aus seinem Gesicht. »Und nicht ungefährlich. Wird eine lange Reise. Fliegen kommt ja nicht infrage, also mussten wir uns Hilfe von außen besorgen. Es gibt da so eine Agentur. Die hat das alles für uns geregelt. Auch die ganzen Reiseunterlagen und so.« Er rieb Zeigefinger und Daumen aneinander. »Hat uns fast alles gekostet, was wir hatten.«

Er meinte das tatsächlich ernst.

»Wir müssen langsam weiter«, mahnte Adrians Vater und deutete auf die Uhr am Armaturenbrett.

»Ja. Ich weiß.« Adrian tat dies mit einer laschen Handbewegung ab. Er hängte sich ein Stück weiter aus dem Fenster und bedeutete mir, etwas näher zu kommen. Ich machte einen Schritt auf das Auto zu.

»Wir sind nicht die Einzigen, weißt du?«, sagte er. »Viele machen das jetzt.« Es klang, als würde er sich selbst damit einreden, dass es der richtige Weg war. »Das ist vielleicht unsere beste Chance. Viele hoffen darauf, dass ein Umzug in ein klimaneutrales Land automatisch ihre Bilanz verbessert und sie Fieber so entkommen«, erklärte er.

Ich verstand die Logik dahinter. Ich war mir allerdings nicht sicher, ob sie funktionierte. Bestand nicht die Gefahr, dass sie auf geschlossene Grenzen stießen? Dass das Land sich abschottete, in der Angst, dass seine Bilanz aus dem Gleichgewicht geriet und damit die eigene Bevölkerung in Gefahr? Und war nicht längst klar, dass man sich mit Geld nicht von der Bedrohung durch Fieber freikaufen konnte?

»Und was wollt ihr dann da machen?«, fragte ich.

Adrian zuckte mit den Schultern. »Das werden wir sehen. Uns wird schon was einfallen. Hauptsache, wir leben.«

Er sah sich um. Auf der Straße herrschte gähnende Leere. »Du solltest auch darüber nachdenken«, sagte Adrian. »Bevor es zu spät ist.«

Das Lächeln kam auf seine Lippen zurück. Er verabschiedete sich mit einem Winken. Dann düsten sie davon.

Sprachlos sah ich dem Auto hinterher. Die machten sich aus dem Staub.

»Das muss ein Witz sein«, murmelte ich.

Was war mit uns? Was war mit all jenen, die zurückblieben? Immer hatte Adrian vom Eigennutz der anderen gesprochen. Von einer unverbesserlichen Welt, in der jeder nur an sich dachte.

Er hatte über sich selbst gesprochen.

Für mich kam ein solcher Schritt nicht infrage. Wir hatten ohnehin nicht die Mittel dazu. Ich war froh, wenn Mama heil aus Italien zurückkam. Aber Bhutan? Das war eine halbe Weltreise. Ich wusste nicht einmal, welche Sprache dort gesprochen wurde. Und doch wühlte mich die Begegnung mit Adrian auf. Der Gedanke, dass andere die Flucht ergriffen, während ich hierblieb, verunsicherte mich.

Verwirrt sah ich auf das Stück Plastik zu meinen Füßen. Adrian hatte nie daran geglaubt, dass sich das System bei uns verändern ließ. Weder schrittweise noch radikal. Deshalb hatte er kaum etwas gegen Fieber unternommen. Er war immer der Ansicht gewesen, dass die Muster zu festgefahren waren, die Verstrickungen zu komplex. Jetzt stand dieses System vor dem Zusammenbruch und er ergriff die Flucht. Ich wusste nicht, ob das idiotisch war oder einfach nur logisch.

Vielleicht war es das Schlauste, was man tun konnte. Anstatt gegen Windmühlen anzukämpfen, gingen sie an einen Ort, an dem es keine gab.

Aber vielleicht gab es keinen sicheren Hafen. Vielleicht gab es nicht einmal eine sichere Route oder die angeblichen Pässe. Vielleicht setzten sie alles auf Risiko und verloren am Ende.

Ich ging in die Hocke und hob das Stück Plastik auf. Stumm schwang ich mich wieder auf mein Rad und fuhr weiter.

Wir konnten nicht vor den Problemen weglaufen.

Ich zumindest konnte das nicht.

29

Adrians Worte hingen mir noch im Kopf, als ich nach einer knapp anderthalbstündigen Fahrt auf dem ehemaligen Flughafengelände ankam. Hier würde ich gemeinsam mit rund zweihundert weiteren Helfern Bäume pflanzen. Genau genommen war das Gelände auch jetzt noch ein Flughafen. Nur würde hier so schnell kein Flieger mehr abheben. Wenigstens wurde die Fläche ab sofort sinnvoll genutzt.

Gemeinsam gruben wir Löcher und setzten Setzling für Setzling. Wir pflanzten Bäume, die ihre Blätter und Nadeln das ganze Jahr über behielten und besonders winterfest waren, in der Hoffnung, dass die Aktion eine direkte Wirkung erzielte. Uns blieb keine Zeit, bis zum Frühjahr zu warten. Die Arbeit war schwer und körperlich anstrengend. Bis auf meine gescheiterten Gehversuche im Gemüseanbau war ich nicht sonderlich erfahren in Gartenarbeit. Mein ganzes Gewicht war nötig, um den Spaten in den Boden zu treiben.

Obwohl mir schon bald alle Glieder wehtaten, hatte ich Spaß an der Aufgabe. Ich animierte mich dazu, immer weiterzumachen. Bis auf die körperliche Anstrengung verlangte mir die Arbeit nicht viel ab. Ich brauchte nicht groß nachzudenken. Musste mit niemandem diskutieren oder streiten. Ich drängte alle negativen Gedanken beiseite. Ich schob Adrians irrsinnigen Plan weit von mir weg. Den Zoff mit Pippa ebenso. Stattdessen konzentrierte ich mich auf das, was vor mir lag.

»Alles, was jetzt noch fehlt, ist ein bisschen Sonnenschein«, hörte ich Frau Miran neben mir sagen.

Ich blickte in den blassgrauen Himmel hinauf, hinter dem die Sonne sich seit Wochen versteckte.

»Das waren die Amerikaner. Oder die Chinesen«, sagte einer der Männer. »Oder beide.«

»Was?«, fragte Frau Miran.

»Die haben uns das Wetter versaut«, antwortete er. »Mit ihrem Schwefelmist. Deshalb kommt die Sonne nicht mehr durch.«

»Schwefel?«, fragte Frage Miran erschrocken.

»Aerosole«, brachte ich mich in das Gespräch ein. »Sie verteilen Schwefelpartikel in der Erdatmosphäre, um das einfallende Sonnenlicht stärker zu reflektieren. Damit sich die Erde nicht so schnell erhitzt. Wie nach einem Vulkanausbruch. Es ist ein Versuch, Fieber zu stoppen«, erklärte ich.

»Das habe ich gar nicht mitbekommen«, sagte Frau Miran.

»Stürme hier, Trockenheit dort«, zählte der Mann auf. »Und bei uns gibt's keinen Sonnenschein mehr. Wenn das Wetter vorher nicht im Eimer war, dann ist es das spätestens jetzt. Wir sind schon blass wie Leichen, bevor uns dieses idiotische Fieber dahinrafft.«

Nachdenklich blickte ich in den verhangenen Himmel. Der Winter zog sich. Jetzt erst recht. Wir alle vermissten den Anblick der Sonne. Wie lange sie sich hinter der Wolkenschicht verbergen würde, konnte keiner sagen.

Während Frau Miran ihre Runden drehte und weiter Small-Talk betrieb, fuhr ich mit meiner Arbeit fort. Die anderen Helfer und ich sprachen kaum miteinander. Wenn, dann nur, um zu klären, wie und wo wir den nächsten Baum pflanzen würden. Wir bildeten eine stille Gemeinschaft. Obwohl ich die anderen Teilnehmer nicht kannte, funktionierten wir wie ein eingespieltes Team.

Genüsslich sog ich die frische Luft ein. Sie sorgte für einen kühlen Kopf. Nach wenigen Stunden hatte ich Blasen an den Händen, Grasflecken an den Hosenbeinen und Kratzer an den Unterarmen. Mein ganzer Körper schmerzte. Es war mir egal. Dafür hatte ich das Gefühl, etwas getan zu haben. Und wenn es noch so wenig war. Ich hatte etwas getan.

Gemeinsam betrachteten wir unser Werk. Ein Meer aus grünen Inseln erstreckte sich über dem Gelände. Vor wenigen Stunden hatten wir die große Anzahl an Setzlingen bestaunt und bezweifelt, dass wir alles an einem Tag schaffen würden. Und doch war es uns gelungen. Wir hatten immer weitergemacht. Baum für Baum. Stich für Stich. Uns einfach auf den nächsten Schritt konzentriert, statt über die große Masse an noch zu erledigenden Schritten nachzudenken.

Der Schmerz, den ich am Abend in den Beinen spürte, als ich mit dem Fahrrad zurück nach Hause fuhr, kam mir wie eine zusätzliche Belohnung vor.

»Ich hoffe, du fühlst dich gut dabei«, hatte Pippa gesagt.

Ja, das tat ich.

***

Die Nacht brach herein, als ich vom Pflanzen zurückkam. Etwas Friedliches lag in der menschenleeren Stille. Zum ersten Mal seit Wochen verspürte ich nicht dieses Gefühl der Beklemmung, das sich um meinen Körper legte wie eine Zwangsjacke.

Schwer atmend sprang ich vom Sattel und schob das Rad die letzten Meter zu unserem Haus. Ich verlangsamte meinen Schritt, als ich Philipps gelben Sportwagen vor dem Haus sah. Ich fragte mich, was er hier wollte. Ich war nicht besonders eng mit Rics Brüdern. Schon gar nicht statteten wir einander Besuche ab.

Kurz überlegte ich, einmal um den Block zu gehen, in der Befürchtung, dass es sich um den Überbringer einer schlechten Nachricht handelte. Ich war nicht bereit für niederschmetternde Neuigkeiten. Nicht heute. Nicht nach diesem hoffnungsvollen Tag.

Ich stellte mein Rad auf dem Gehweg ab. Als ich das Grundstück betrat, sah ich Cedric auf den Stufen zu unserer Haustür sitzen.

»Wo warst du?« Seine Stimme klang rau. Als wäre das der erste Satz, den er an diesem Tag sprach.

Verdutzt sah ich zwischen ihm und dem Wagen hin und her. »Wo ist Philipp?«

Ric kratzte sich am Nacken. »Phil hat sich schon als Kind so einen Wagen gewünscht. Nie im Leben hätte er gedacht, dass er wirklich mal einen besitzen würde. Und jetzt … jetzt hat er so ein Teil und traut sich nicht, es zu fahren.« Seine Worte waren in eine lange Kette von Buchstaben verflochten, zwischen denen es weder Anfang noch Ende gab.

»Bist du betrunken?«, fragte ich.

Er zuckte mit den Schultern, als wüsste er die Antwort selbst nicht. »Ich wollte es einmal versuchen, weißt du? Am Steuer sitzen und voll durchtreten. Bäm. Du glaubst nicht, wie leer die Autobahnen sind.«

Wie ich war Ric siebzehn. Er hatte keinen Führerschein. Aber das war, neben seinem offensichtlichen Rausch, nicht das einzige Problem.

Beißend kroch die Wut in meiner Kehle hoch. Den gesamten Tag hatte ich mit anderen Freiwilligen Bäume gepflanzt. Meine Hände waren wund, die Arme zerkratzt, die Knie schmerzten. Und Cedric hatte nichts Besseres im Sinn, als mit 250 Sachen über die Autobahn zu heizen und sein Leben zu riskieren. Sein Leben zu riskieren, auf so vielen Ebenen, dass ich mir gar nicht ausmalen konnte, welcher Tod am schnellsten war.

»Das ist nicht dein Ernst«, entfuhr es mir.

Erst Pippa, jetzt Ric. Verloren langsam alle den Verstand?

Er sah mich nicht an. Stattdessen blickte er starr auf den Wagen vor unserer Tür. Selbst im Sitzen schwankte er hin und her.

»Bist du total bescheuert?«, fuhr ich ihn an. »Andere tun alles Mögliche, um sich selbst zu retten, und du fährst das alles freiwillig gegen die Wand. Willst du dich umbringen?«

Ich konnte die Wut nicht zurückhalten.

»Es macht doch eh keinen Unterschied«, murmelte Ric und starrte auf die Steinplatten vor seinen Füßen.

»Das weißt du doch gar nicht.«

»Sie ist tot.« Jetzt sah er mich geradeheraus an.

Alles Blut wich mir aus den Adern, als ich in seine glasigen Augen blickte. »Wer?«

Er musste sich sammeln, bevor er es aussprach. »Meine Mutter.«

So viele Tote in so kurzer Zeit, und dennoch war es jedes Mal wieder ein Schlag, der einen von den Füßen riss. Ich sank auf die Stufen neben Cedric. »Es tut mir so leid.«

Mehr fiel mir nicht ein. Ich hatte es selbst mitgemacht. Worte waren in diesem Fall wie Pflaster. Sie legten sich schützend um die Wunde. Die Verletzung aber blieb. Und sie tat weh.

»Wusstest du, dass sie mittlerweile Sammelbestattungen machen?«, fragte Ric mit zitternder Stimme. »Zu viele Tote.«

Ein Schauer lief mir bei dieser Nachricht über den Rücken. Ich legte den Arm um ihn und schmiegte mich an seine Seite.

Cedric hielt den Kopf gesenkt. »Sind wir schlechte Menschen?«, fragte er. Seine Stimme war nur noch ein raues Hauchen. »Haben wir das verdient? Sind wir selbst daran schuld?«

Diese Frage hatte ich mir in den letzten Wochen oft gestellt. Waren wir Schuldige oder Opfer? Gewinner oder Verlierer? Beides? Vielleicht erst das eine, jetzt das andere. Zwei Seiten einer Medaille.

»Niemand hat das verdient«, sagte ich. »Nicht deine Mama, nicht mein Papa … keiner von ihnen. Sie waren gute Menschen, und sie haben immer das getan, was sie für richtig gehalten haben.«

»Was, wenn das falsch war?«, fragte Cedric.

Die harten Worte, die ich Mama nach Papas Beerdigung an den Kopf geworfen hatte, kamen mir wieder in den Sinn.

Sie hatten nur das Beste gewollt. Aber was, wenn das Beste nicht gut war?

»Ich kapier es nicht«, sagte Ric. »Das geht einfach nicht in meine Birne rein. Das ist doch Wahnsinn.«

»Du darfst nicht aufgeben«, sagte ich. »Ich weiß, dass es schwierig ist. Aber bitte, setz nicht dein eigenes Leben aufs Spiel. Nicht so.«

»Ich pack das nicht mehr. Nicht zu wissen, wann es mich treffen könnte. Wie lange uns noch bleibt. Das ist doch kein Leben.«

Bei seinen Worten kam das überwältigende Gefühl der Ohnmacht zurück. Das Gefühl der Unfähigkeit, auch nur irgendwie auf das eigene Schicksal einwirken zu können. Für eine Weile war ich darüber hinweggekommen.

Ich hatte mir das Ende anders vorgestellt. All die Endzeitszenarien. Ein Asteroid, der auf die Erde zuraste und uns mit einem Schlag vernichtete. Eine Atombombe, die uns in einem großen Pilz zerstörte. Eine Alien-Invasion, die von einem auf den nächsten Tag über uns herfiel und uns alle auslöschte. Das hier aber war ein Prozess. Er begann schleichend, kroch an uns heran, bedrängte uns, dann schlug er zu.

Mit aller Kraft wehrte ich mich gegen die dunklen Gedanken, die mich zu übermannen drohten. Gegen die Panik, die stets hinter mir her war, um mich bald von den Füßen zu reißen. Ich würde nicht zulassen, dass sie mich einholte.

Mit dem Daumen fuhr ich über die tiefgrünen Flecken auf meiner Jeans. Wir hatten heute Bäume gepflanzt, alle zusammen. Hatten Hoffnung geschöpft. Baum für Baum. Schritt für Schritt. Nur so ließ sich diese Mammutaufgabe bewältigen.

Wenn wir das Problem waren, dann konnten wir auch die Lösung sein. Es musste so sein.

Mein Arm legte sich fest um Cedric. »Wir stehen das durch.«

»Und wenn es schon längst zu spät ist?«, fragte er mit brüchiger Stimme. »Wenn es schon vor zehn Jahren zu spät war? Vor zwanzig? Vielleicht sind wir alle schon tot. Wir wissen es nur noch nicht.«

Zu spät.

Da waren sie wieder. Diese Worte.

Ich gab es ihm gegenüber nicht zu, aber die gleichen Gedanken hatte auch ich schon gehabt. Manchmal fragte ich mich, ob Fieber überhaupt zu stoppen war. Oder ob wir nur darum kämpften, als Letzte sterben zu dürfen. Womöglich war Fieber das Resultat einer Kette von Ereignissen, die bereits vor Jahrzehnten in Gang gesetzt worden waren. So wie die Abgase, die wir gestern in die Luft gepustet hatten, auch in hundert Jahren noch in der Atmosphäre wirken würden. Unkontrolliert. Unaufhaltsam. Unausweichlich.

Ich dachte an die Zivilisationen, die vor uns untergegangen waren. Die Hochkulturen, von denen nur Ruinen blieben. Die Katastrophen, die über sie hereingebrochen waren. An Natur, Tier, Mensch. Scheinbar von einem auf den nächsten Tag ausgelöscht. Dies war nicht die erste Katastrophe. Und nicht die letzte.

Zuvor hatten mir diese Gedanken Angst gemacht. Auf einmal machten sie mir Mut. Denn wir waren hier. Und das bedeutete, dass es kein endgültiges Ende war. Es gab ein Ende nach dem Ende. Und dann noch eines und noch eines und noch eines. Es ging weiter. Auch nach der Katastrophe.

»Es ist nicht zu spät«, sagte ich und schüttelte den Kopf. »Wir können dagegen angehen.«

»Das weißt du nicht«, fuhr Ric mich an. »Du sagst das nur, um mich zu beruhigen.«

Aus ihm sprach jemand, der alle Hoffnung verloren hatte. Er gab auf. Ich konnte nur hilflos dabei zusehen. Meine Worte erreichten ihn nicht. Nichts, was ich tat oder sagte, überzeugte ihn vom Gegenteil. Es brach mir das Herz.

Das Fieber hatte Cedric längst befallen. Aber nicht in seiner eigentlichen Form. Es zehrte an ihm, nagte an seinem Verstand, ließ ihn nicht mehr aus seinem Griff. Wenn er nicht an Überhitzung starb, dann an der Vorstellung daran. Ohne Mut und Hoffnung war er verloren.

»Aber wir leben doch«, sagte ich. »Du und ich.«

Ich lehnte meinen Kopf gegen Cedrics. Spürte die Nähe seines Atems, als müsste ich mich vergewissern, dass er tatsächlich noch lebte. Ich vermisste den alten Ric. Ich wünschte mir seine unbeschwerte Art zurück. Inklusive all der dummen Witze und Streiche. Vor allem aber vermisste ich sein unverschämtes Grinsen, so unpassend es in dieser Situation auch sein mochte.

Doch den alten Cedric gab es nicht mehr. Ich hatte ihn verloren. Ich hatte ihn verloren, als er Adrian auf der Party geschlagen hatte. Ich hatte ihn verloren, als er so getan hatte, als gäbe es das Fieber gar nicht. Ich hatte ihn verloren, als er mir vom falschen Impfstoff erzählt hatte. In all diesen Momenten war ein Teil von ihm weggebrochen. Stück für Stück war er weggebröckelt.

»Ich wünschte, ich könnte dir all das abnehmen«, sagte ich.

Ric antwortete nicht. Sein Körper bebte unter meinen Armen. Ich spürte seine Tränen an meiner Wange. Ich schmiegte mein Gesicht an seines, bis seine Tränen auch an meiner Haut herabflossen. Ich schmeckte das Salz auf den Lippen, als ich seinen Mundwinkel küsste.

»Wir können das schaffen«, sagte ich. »Zusammen.«

Für mich war das die Wahrheit.

Für Cedric aber war es ein Satz zu viel. Eine weitere Lüge, die ihm ein Leben versprach, das für ihn nicht mehr existierte. Er zwang sich aus meiner Umarmung und sprang auf. Ich rutschte dabei fast von der Stufe. Mein rechter Fuß landete im Blumenbeet.

Mit dem Unterärmel wischte er sich die Tränen aus dem Gesicht. »Hör auf damit!«, fuhr er mich an. »Hör auf, ständig alles gutzureden. Du weißt nicht, ob wir es schaffen werden. Du weißt es genauso wenig wie die Politiker oder die Wissenschaftler oder all die anderen Experten.«

Er stürmte zum Wagen und riss die Fahrertür auf.

»Nein.« Ich stand auf und ging auf ihn zu. »Fahr nicht«, bat ich ihn. Ich packte ihn am Arm. »Bleib hier. Bitte. Steig nicht wieder in den Wagen.«

Cedric hörte nicht auf mich. Er befreite sich aus meinem Griff. Knallend fiel die Tür ins Schloss. Er verriegelte sie von innen.

»Ric!«

Ich schlug gegen die Seitenscheibe. Ein dumpfer Schmerz hallte durch meine Handfläche. Jetzt waren es meine eigenen Tränen, die mir über die Wangen rollten.

Der Motor keuchte, als Ric den Schlüssel drehte. Der Wagen sprang nicht an.

»Ja«, entwich es mir. Stumm flehte ich, dass das Auto stehen blieb.

Cedric schlug auf das Lenkrad. Erneut hustete der Motor unter seiner Bemühung, den Wagen zu starten.

»Bleib«, flüsterte ich. Er konnte mich unmöglich hören, so leise war meine Stimme. »Bleib.«

Beim dritten Versuch heulte der Motor auf. Das Geräusch schreckte mich auf wie das Brüllen eines Löwen.

Starr blickte Ric auf die Straße, die vor ihm lag. Der Motor brummte aufgebracht.

Ich trat in das Licht der Scheinwerfer, blockierte ihm den Weg. Ric legte den Gang ein. Der Wagen machte einen Satz zurück. Er rammte mein Fahrrad, das klappernd im Blumenbeet landete.

Der Motor brüllte erneut. Ein Schrei, der die Natur zum Kampf herausforderte. Dann machte der Wagen eine Kehrtwende und raste davon.

Ich blickte den roten Rücklichtern hinterher. Das Brummen des Motors hallte durch die Straße.

Im nächsten Moment wurde es schlagartig dunkel. Ein Quietschen ertönte. Mit Grauen sah ich, wie ein Auto seitlich in den Ferrari krachte und ihn mehrere Meter über die Kreuzung schob.

BRANDENBURG

Schlaffe Äste schlugen Evie entgegen wie mit Lametta behängte Arme. Immer tiefer drang sie in den Wald ein. Totes Laub und Nadeln raschelten unter ihren Füßen. Unsicher blickte Evie zurück. Hinter ihr lag das tiefe Grün des Waldes. Vor ihr aber erstreckte sich eine Steppe aus Orange- und Brauntönen. Der Boden war mit trockenen Nadeln bedeckt. Die Bäume glichen armen Bettlern, die man jeder Kleidung beraubt hatte. Abgeschlagene Stümpfe lugten zwischen den Gerippen hervor.

Der Wald war abgestorben, so weit Evie blicken konnte. Lediglich ein paar dünne Gräser stießen aus dem braunen Meer hervor. Im trüben Licht der hereinbrechenden Dämmerung bereitete der Anblick der Baumskelette Evie zunehmend Unbehagen. Wo sie auch hinblickte, vor oder zurück, überall lag der Tod. Evie war nicht abergläubisch, doch in diesem Moment hatte sie eine düstere Vorahnung.

Die Zeit lief ab.

Evie blickte auf die Uhr an ihrem Handgelenk und biss die Zähne zusammen. Wie viele Stunden blieben ihr noch? Oder waren es Minuten?

Schlitternd kam sie zum Halt, als sie von der Uhr aufblickte. Vor ihr erhob sich ein anderthalb Meter hoher Maschendrahtzaun. Evies Mund klappte wortlos auf. Ihr Herz trommelte in der Brust. Tausend Nadelstiche erfüllten ihre Lunge, als sie tief Luft holte. Um sicherzugehen, dass sie nicht halluzinierte, berührte Evie das Drahtgeflecht mit den Fingerspitzen.

Tatsächlich. Ein Zaun. Ein Stück Zivilisation.

Sie rüttelte an dem Draht. Anhand von Metallpfosten war er fest im Boden verankert. Evie ließ das Gewehr über den Zaun gleiten. Dann nahm sie den Rucksack von der Schulter und warf ihn auf die andere Seite. Evie setzte die linke Schuhspitze in eine der Maschen und schwang sich über die Barriere. Mit wackligen Beinen landete sie zwischen toten Nadeln und Blättern.

Evie leckte sich über die Lippen. Der salzige Geschmack von Schweiß lag auf ihrer Zunge.

Sie blickte zurück zum Zaun. Die Gewissheit, auf der anderen Seite des Drahtes zu hocken, vermittelte ihr das Gefühl von Sicherheit.

Sie zog ihre Trinkflasche aus dem Rucksack und benetzte ihre Zunge mit der Flüssigkeit. Den Rest spuckte sie auf den Boden. Sie konnte sich nicht dazu überwinden, ihn herunterzuschlucken, obwohl Evie das Gefühl hatte, von innen zu verglühen und von außen zu erfrieren. Ihr war speiübel.

Erneut wischte sie sich den Schweiß von der Stirn und lief ein paar Meter über das Gelände. Doch ihre Beine wurden mit jedem Schritt schwerer. Sie biss die Zähne aufeinander, kämpfte gegen das lähmende Gefühl an. Schwarzer Teer zog sich über ihre Glieder und umschlang ihre Muskeln. Ihre Knie zitterten.

Evies Fuß verfing sich an etwas Hartem. Sie geriet ins Stolpern. Bäuchlings landete sie auf dem Waldboden. Das Gewehr glitt ihr aus der Hand. Der Rucksack rutschte von der Schulter. Nadeln gruben sich spitz in ihre Handflächen. Ein brechender Schmerz schoss durch ihr linkes Schienbein.

Keuchend setzte Evie sich auf und sah an sich herab. Ihr Fuß war an einem Stein hängen geblieben. Nicht irgendeinem Stein.

Es war ein Grabstein.

EVIE 30

»Ric!«

Ich lief zur Fahrertür und riss sie auf.

Cedric saß regungslos da, die Hände fest ums Lenkrad geklammert. Tränen rannen ihm über das Gesicht, aber er schluchzte nicht. Er gab überhaupt keinen Laut von sich.

»Ric.« Ich legte meine Hand auf seine. »Bist du verletzt?«

Meine Stimme kämpfte gegen das schrille Hupen an, das über die Kreuzung dröhnte. Der Geruch von verbranntem Gummi hing in der Luft. Weißer Qualm stieg aus der verbeulten Motorhaube des zweiten Autos. Es hatte die Beifahrerseite von Cedrics Wagen gerammt.

»Ric«, sprach ich ihn erneut an und ertastete seinen Körper. Er schien nicht ernsthaft verletzt zu sein.

Erst als ich sein Gesicht berührte, erwachte er aus seiner Schockstarre. Ohne ein Wort schob er meine Hand beiseite. Dann zog Cedric den Schlüssel ab, schnallte sich los und stieg aus dem Wagen. Sobald er den Fuß auf den Asphalt setzte, fiel er mir entgegen. Ich hielt gerade so die Balance, als ich ihn abfing.

»Vorsicht«, sagte ich.

Frau Miran und der Sicherheitsmann der Apotheke kamen herbeigelaufen, um dem Fahrer des anderen Wagens zu helfen. Frau Mirans Cockerspaniel sprang aufgeregt an ihren Beinen hoch, als sie die Tür aufzog.

»Geht es Ihnen gut?«, fragte sie den Fahrer.

Das Hupen verhallte.

Der Sicherheitsmann beugte sich über den Sitz, um den Fahrer loszuschnallen, doch Frau Miran hielt ihn zurück.

»Wir sollten ihn nicht bewegen«, sagte sie. »Wir müssen einen Notarzt rufen.«

Während die zwei sich um den anderen Fahrer kümmerten, hielt ich Cedric in den Armen. Sobald der sicher auf beiden Füßen stand, schob er mich von sich weg. Sein alkoholisierter Atem schlug mir entgegen. »Lass mich.«

»Du hattest einen Unfall«, erinnerte ich ihn und wollte ihn stützen.

»Du sollst mich loslassen«, sagte Cedric und schlug meine Hand weg. »Mir geht's gut.«

»Dir geht es überhaupt nicht gut«, widersprach ich.

Ric stieß die Autotür zu und verriegelte sie per Knopfdruck. Dann drängte er sich an mir vorbei und ging die Straße hinab. Das Auto ließ er mitten auf der Kreuzung stehen.

»Ric«, rief ich und folgte ihm. »Wo willst du hin?«

»Nach Hause.« Er hielt den Blick starr geradeaus gerichtet. »Lass mich einfach.« Seine Stimme wurde dünner. Die Tränen glänzten auf seinem Gesicht. »Lass mich …«

»Bleib bitte«, sagte ich.

Er hörte nicht auf mich. Ging schnurstracks weiter.

Ich blieb stehen. Verloren sah ich ihm hinterher. Eine schmale Silhouette im fahlen Licht des Mondes.

Cedric wollte mich nicht mehr bei sich haben. Das hatte er mir mehr als einmal deutlich gesagt.

»Ich komme nicht durch«, hörte ich die Stimme des Wachmanns hinter mir.

Ich drehte mich zu den anderen um. Das blaue Licht des Smartphones erhellte das Gesicht des Mannes, als er es in die Höhe streckte und den Empfang prüfte.

Die Scheinwerfer des zweiten Wagens leuchteten in die Dunkelheit wie Flutlichter. Um uns herum war es stockduster. Die Straßenlaternen waren aus. Die Ampel leuchtete ebenfalls nicht.

»Was ist nur los?«, fragte Frau Miran, während der Hund wild kläffend an ihren Beinen hinaufsprang.

Als ich auf sie und den verletzten Fahrer zulief, kam sie mir entgegen. Sie schirmte mich von der Fahrertür ab und schob mich stattdessen in die andere Richtung.

»Evie, du gehst nach Hause, hörst du?«, rief sie über das Bellen des Hundes hinweg. »Wir kümmern uns um den Mann. Du gehst heim, schließt die Tür ab und wartest, bis ich später vorbeikomme.«

In der Ferne ertönte ein Knall. Wir beide horchten auf. Noch ein Unfall.

Frau Miran packte mich an den Schultern. »Geh. Nimm Tibby mit«, forderte sie mich auf und drückte mir die Hundeleine in die Hand. Bellend sprang der Cockerspaniel an meinem Bein hoch.

Nach dem dritten »Los« folgte ich ihrem Befehl. Mit Tibby an meiner Seite lief ich nach Hause. Ich schloss die Tür mit zitternden Händen auf und schlug sie hinter mir zu. Ich ließ die Leine fallen und lehnte mich mit dem Rücken gegen die Wand.

Was war da gerade passiert?

Mit schleifender Leine trabte Tibby in Richtung Küche.

Das Geräusch meines Atmens erfüllte den von Schatten befallenen Flur. Es steckte irgendwo zwischen Hyperventilation und Schluchzen. Meine Finger gingen zum Lichtschalter. Als ich ihn betätigte, geschah nichts. Der Flur blieb dunkel. Ich ging ins Wohnzimmer und drückte auf den Schalter. Auch hier sprang das Licht nicht an.

Als Nächstes lief ich in die Küche, in der sich der Hund vor dem Kühlschrank postiert hatte, als gäbe es dort irgendetwas zu holen. Ich stürzte zum Spülbecken und drehte den Wasserhahn auf. Unter schwerem Gurgeln und Husten spuckte der einen Schwall Wasser aus. Danach blieb er trocken.

Hektisch zog ich das Handy aus meiner Bauchtasche hervor und wählte Rics Nummer. Ich hielt den Hörer ans Ohr. Doch es wurde keine Verbindung hergestellt. Ich versuchte es erneut. Diesmal auf Mamas Handy. Wieder nichts.

»Mist«, fluchte ich.

Panisch flogen meine Finger über das Display. Ich kam nicht durch.

In Tibbys Begleitung lief ich in den ersten Stock und sah zum Fenster hinaus. Keine Straßenbeleuchtung. Alle Häuser waren dunkel.

Der Strom war weg, so weit ich blicken konnte.

**

Eine Stunde nach dem Unfall klopfte Frau Miran an der Haustür, um ihren Hund abzuholen. Ich hatte in der Zwischenzeit versucht, Romy und Lucy zu erreichen. Aber ich kam weiterhin nicht durch. Das Internet funktionierte ebenfalls nicht.

»Ich dachte schon, du hörst mich nicht.« Frau Mirans Haare standen wirr von ihrem Kopf ab, als sie in den dunklen Hausflur drängte. Sie sah aus, als wäre sie in einen Sturm geraten. Ich bat sie ins Wohnzimmer. Eine Kerze auf dem Wohnzimmertisch war die einzige Lichtquelle.

»Zum Glück funktioniert das Radio in meinem Auto. Auch wenn die alte Kiste zu sonst nichts mehr gut ist …«, murmelte Frau Miran und seufzte. »Sie sagen, dass es weite Teile des Landes erwischt hat. Sogar in einigen Nachbarländern soll es Probleme geben.«

»Überall ist der Strom weg?«, fragte ich mit wachsender Besorgnis.

Frau Miran nickte. »Sie wissen nicht, wie lange es dauern wird. Sie sagen, dass man Ruhe bewahren und zu Hause bleiben soll. Da draußen ist die Hölle los. All die Unfälle. Und dann erst die Menschen, die in U-Bahnen oder in Fahrstühlen feststecken. Schreckliche Vorstellung. Das wird Stunden dauern, bis sie die da rausbekommen.« Ihre Finger massierten Tibbys Leine, während sie sprach. »Hoffen wir, dass es nicht allzu lange anhält.«

»Und die Unfälle?«, fragte ich. »Ist das passiert, weil die Ampeln ausgefallen sind?« Ich zögerte. »Oder gab es eine Dritte Phase?«

Frau Miran zuckte mit den Schultern. »Davon haben sie nichts gesagt. Aber mittlerweile ist alles denkbar.«

Das Herz rutschte mir bei diesen Worten bis in die Knie.

»Zum Glück laufen die Krankenhäuser auf Notstrom«, fuhr Frau Miran fort. »Aber du kannst dir ja ausmalen, was für ein Chaos da draußen herrscht. Ich meine, noch größer, als es ohnehin schon war. Millionen von Menschen sind ohne Strom.«

»840 Millionen«, fiel mir eine Zahl ein, die Pippa mir einmal genannt hatte. Es war der erste greifbare Gedanke, den ich seit dem Streit mit Cedric fasste.

»Sitzen jetzt im Dunkeln?«, fragte Frau Miran. Ich sah in ihrem Gesicht, dass sie die Zahl im Kopf überschlug und für falsch befand.

»Nein. Immer«, sagte ich. »So viele Menschen auf der Welt haben überhaupt keinen Zugang zu Elektrizität.«

Es war nur einer der Gründe, warum so viele Personen in niedrigeren Fieberkategorien gelandet waren als wir.

»Wie viele es jetzt sind, weiß ich nicht«, sagte ich.

»Immer wenn man denkt, es könnte nicht noch schlimmer kommen …« Frau Miran klammerte sich an Tibbys Leine fest. »So viele Menschen ohne Strom.«

»Zumindest müssen wir uns zur Abwechslung mal keine Gedanken um unseren Verbrauch machen«, sagte ich mehr aus Verbitterung als zum Spaß.

Ich fragte mich, ob Pippa und die anderen etwas mit dem Ausfall zu tun hatten. Glaubten sie ernsthaft, dass den Strom abzudrehen unser Problem löste? Damit setzten sie womöglich mehr aufs Spiel, als sie retteten.

Oder war das System von alleine zusammengebrochen?

So oder so. Frau Miran hatte recht. Ohne Strom und Wasser ging es nicht weiter.

Sie zog eine ernste Miene. »Wenn das länger so bleibt, dann ist Fieber bald unsere geringste Sorge.«

31

Am ersten Morgen ohne Strom wachte ich mit einem dumpfen Gefühl im Körper auf. Ein Teil von mir wollte nicht wahrhaben, dass Cedric in einen Unfall verwickelt gewesen war. Dass seine Mutter gestorben war. Dass die Situation von Tag zu Tag schlimmer wurde, anstatt sich zu verbessern.

Bei dem bloßen Gedanken an die Auseinandersetzung mit Cedric traten mir erneut die Tränen in die Augen. Wir lebten noch, aber unsere Beziehung war an Fieber gestorben. Zwischen uns war es endgültig aus.

Eine Weile blieb ich fest eingewickelt in meinem Bett liegen und starrte still an die Decke. Ohne Zugang zum Internet oder Kommunikationsmöglichkeiten kroch die Zeit dahin. Musik konnte ich nicht hören. Mein Handy ließ sich nicht laden. Ich zwang mich dazu, es auszuschalten, um Akku zu sparen. Die Powerbank hatte ich Mama ja nach Italien mitgegeben.

Wo war sie zurzeit? Womöglich war auch sie vom Stromausfall betroffen. Steckte sie vielleicht auf halber Strecke fest? Oder hatte sie es gar nicht erst aus der Toskana heraus geschafft?

Am liebsten wäre ich so lange liegen geblieben, bis Mama nach Hause zurückkehrte. Doch je länger ich still im Bett lag, desto schwerer wurden mein Körper und mit ihm meine Gedanken.

Ich dachte an Frau Mirans Worte vom Vorabend. Nach den Erfahrungen der letzten Wochen und Monate mussten wir uns auf das Worst-Case-Szenario einstellen. Ich stand auf, zog meinen dicksten Pullover über und ging die Vorräte in unserem Haus durch. Den leicht tragbaren Proviant hatte ich Mama für die Reise zu Oma und Opa mitgegeben. Daher blieb mir vor allem Dosengemüse.

In den Tiefen des Küchenschrankes entdeckte ich zudem ein paar Energieriegel und Cornflakes, mit denen ich einige Tage über die Runden kam. Das wenige Essen im Kühlfach taute bereits auf. Das würde ich als Erstes verzehren müssen. Aber wie sollte ich es kochen?

In der Garage suchte ich nach dem Campingkocher. Alles, was ich fand, waren alte Tennisschläger, eine Kiste mit Weihnachtsdeko und ein kaputtes Volleyballnetz. Nichts von Nutzen. Nichts von Wert. Auch Frau Miran hatte keinen Kocher parat. Sie empfahl mir, die Tiefkühlkost in eine Box zu legen und sie in den Garten zu stellen. Draußen war es kälter als im Haus.

Das größere Problem aber war die Flüssigkeit. Ich hatte kaum Wasservorräte. Schon in den ersten Monaten bei der Bewegung hatte ich meine Eltern dazu umgezogen, Leitungswasser zu trinken, da es günstiger, ressourcenschonender und meist auch noch gesünder war. Flaschen hatten wir nur für den Fall da, dass Gäste kamen, die kein stilles Wasser mochten. Gerade einmal drei Liter blieben mir deshalb. Hinzu kam eine Flasche Apfelsaft. Das reichte für wenige Tage zum Trinken, aber ich wollte mir auch die Zähne putzen oder mich waschen. Von dem Luxus, die Toilette zu spülen, verabschiedete ich mich gedanklich schon nach wenigen Stunden.

Am Nachmittag des zweiten Tages ohne Strom kam Frau Miran vorbei, um nach dem Rechten zu sehen. Sie hatte ein Stück aufgetauten Kuchen dabei und bot an, gemeinsam *Monopoly* zu spielen, um sich die Zeit zu vertreiben. Aber ein Gesellschaftsspiel, bei dem man Geld anhäufte, Straßen aufkaufte und Häuser baute, um den jeweils anderen abzuzocken, erschien mir in dieser Situation unpassend.

»Ich hätte auch noch *Das Spiel des Lebens* da?«, schlug sie eine Alternative vor.

Ich seufzte. Ich hatte das Gefühl, dass ich dieses Spiel längst spielte.

Dankend lehnte ich allein aufgrund des Titels ab und lud sie stattdessen auf ein Glas Saft ein.

»Haben sie im Radio schon eine Ursache für den Ausfall genannt?«, fragte ich Frau Miran.

Sie wischte einige Kuchenkrümel vom Tisch und schüttelte den Kopf. »Selbst wenn sie es wissen, werden sie es uns wohl nicht verraten.«

Die Ursache zu kennen, hätte uns in diesem Moment ohnehin nicht geholfen. Stumm spielte ich am Flaschendeckel herum.

Frau Miran trank einen Schluck Saft. Sie ließ Tibby an dem Glas schnuppern. Der Hund konnte nichts damit anfangen und zog die Schnauze zurück.

»Sie sprechen davon, Notfalllager und Suppenküchen einzurichten«, sagte sie. »Ich habe mal so einen Roman über einen flächendeckenden Stromausfall gelesen. Schauderhaft.

Eine Woche ohne Strom und das Land versinkt im Bürgerkrieg. Du kannst es dir nicht vorstellen.«

Ihre Worte waren alles andere als ermutigend. Ich dachte an die Bürgerwehren, die schon vor dem Stromausfall nicht davor zurückgeschreckt hatten, zur Waffe zu greifen. Wie sollten die Sicherheitsbehörden ihrer in diesem Durcheinander Herr werden?

Frau Miran hob wissend die Augenbrauen. »Die Lage ist ohnehin schon prekär, aber was passiert, wenn die Vorräte zur Neige gehen? Wenn das Wasser wegbleibt? Die Medikamente? Wenn es ums bloße Überleben geht?«

Ich hatte keine Antwort darauf.

Ich weigerte mich, mir dieses Szenario auszumalen.

***

In der Nacht lag ich mit offenen Augen im Bett. Ich dachte an die letzten Wochen und Monate zurück. Ich lag unter demselben Dach, in demselben Zimmer und unter derselben Decke, aber alles um mich herum hatte sich grundlegend verändert.

Ich zog die Decke über das Gesicht und vergrub mich im Kissen. Das Licht war aus, aber die Gedanken in meinem Kopf ließen sich nicht ausschalten. Der dritte Tag ohne Strom nahte. Ich wusste nicht, wie es weitergehen sollte.

Ein klirrendes Geräusch ließ mich zusammenfahren. Es klang nach Glas, das zerbrach. Senkrecht saß ich im Bett. Ich griff nach der Taschenlampe. Nicht, um sie einzuschalten, sondern um mich damit zu verteidigen.

Mit angehaltenem Atem verharrte ich im Bett und lauschte nach weiteren Geräuschen. Nach knarzenden Fußtritten, die sich durch den Flur bewegten, die Treppe hinauf, auf mein Zimmer zu. Nach der Hand auf der Türklinke, die langsam nach unten gedrückt wurde …

Ein zweites Klirren ertönte, gefolgt von einem Poltern. Ich traute mich nicht, den kleinsten Muskel zu rühren. Als mir schummrig vor Augen wurde, wagte ich, wieder Luft zu holen. Das Knistern des Lakens kroch in meine Ohren. Jedes Geräusch ließ mich aufhorchen.

Und dann wurden meine Befürchtungen wahr. Ich hörte die knarzenden Fußtritte, die sich durch den Flur bewegten. Die Treppe hinauf. Auf mein Zimmer zu. Ich war wie in Gips gegossen. Unfähig, mich aus dem Bett zu bewegen und zu verstecken. Starr saß ich da, die Taschenlampe weiterhin in der Hand. Die Schritte kamen immer näher. Mein Atem wurde ganz flach. Mein Blick brannte sich in die von Schatten befallene Tür.

Die Schritte bewegten sich an meiner Tür vorbei. Ein weiteres Klackern ertönte im Nebenzimmer. Dort lag das Badezimmer.

Der Griff der Taschenlampe schnitt mir in die Handfläche, so fest umklammerte ich sie. Meine Lunge bebte, meine Stimmbänder zitterten. Sie wollten schreien, jammern, schluchzen. Doch kein Ton entwich mir. Auch nicht, als die Schritte zurückkehrten, als sie vor meinem Zimmer hielten. Ich kniff die Augen zusammen wie vor einem schwarzen Monster, das unter dem Bett lauerte. Denn so stellte ich mir die Person vor, die dort draußen vor der Tür verharrte. Groß, bedrohlich, unmenschlich.

Beim nächsten Geräusch sog ich die Luft ein. Das Knarzen der Stufen.

Der Einbrecher ging weg.

Danach herrschte bis auf das entfernte Bellen eines Hundes Stille. Trotzdem rührte ich mich nicht von der Stelle. Mit offenen Augen lag ich da, bis die Sonne aufging. Das Licht fiel trübe ins Zimmer.

Ich glitt aus dem Bett. Die kalte Luft, die im Raum hing, erfasste mich, obwohl ich Pullover und Hose trug. Das Haus kühlte von Tag zu Tag mehr aus. Ich griff nach meinem Mantel und schlich zur Tür.

Vorsichtig lugte ich durch einen Spalt. Auf dem Flur war es eisig kalt. Meine Schritte knarzten auf den Dielen, als ich zur Treppe kroch. Auf halbem Weg zum Erdgeschoss sah ich, dass die Haustür einen Spalt offen stand.

Erneut erstarrte ich. Das war keine Einbildung gewesen. In der letzten Nacht war tatsächlich jemand in unser Haus eingebrochen. Das Gefühl blanken Entsetzens erfasste mich. Ich spürte seine kalten Finger an meinem Körper. An meinen Knöcheln, den Handgelenken, im Nacken.

Mit weichen Knien schlich ich die Treppe hinunter und begutachtete den Schaden. Die Tür war gewaltsam aufgebrochen worden. Der Zylinder des Schlosses lag auf dem Boden. Ich schlang die Arme um den Körper und blickte in den schattigen Hausflur. Mein eigenes Zuhause strahlte auf einmal eine unbekannte Bedrohlichkeit aus. Es war, als wären in der letzten Nacht Geister eingezogen, die sich nicht mehr vertreiben ließen.

Nach und nach ging ich die Räume ab. Im Bad hatte der Dieb den Medikamentenschrank leer geräumt. Schmerztabletten, Wundsalben, Magenpillen, selbst das Fieberthermometer fehlten. Im Wohnzimmer lagen die Sofakissen auf dem Boden verstreut. Er hatte die Schubladen des Fernsehschrankes geleert. Fast alles, was sich darin befunden hatte, lag auf dem Teppich. Kerzen und Batterien fehlten.

Zuletzt ging ich in die Küche. Hier war der Schaden weitaus größer. Besteck lag auf dem Boden verteilt. Alle Schranktüren und Schubladen standen weit offen. Ebenso die Kühlschranktür. Zwei zerbrochene Gläser lagen vor der Spüle. Alles, was essbar war, fehlte. Sogar die Packung Zucker und die Gewürze, die ganz hinten im Regal gestanden hatten.

Ein schmerzhafter Druck baute sich in meinem Kopf auf, als ich entdeckte, dass der Dieb die letzten Wasservorräte entwendet hatte. Lediglich ein Schluck Saft blieb mir. Die Gefäße pulsierten gefährlich in meinen Schläfen, als könnten sie jeden Moment platzen.

Wer hatte das getan? Wer war so verzweifelt? Oder hatte derjenige sich einen Spaß daraus gemacht, wissend, dass niemand den Notruf rufen konnte?

Vielleicht hätte ich erleichtert darüber sein müssen, dass er nicht in mein Zimmer gekommen war. Dass er sich auf Wasser, Essen und Medikamente konzentriert und mich in Frieden gelassen hatte. Doch obwohl mir nichts geschehen war, fühlte ich mich persönlich verletzt. Als hätte man mir die Kleidung vom Leib gerissen. Es war die letzte Sicherheit, die mir geblieben war. Mein Zuhause. Auf einmal fühlte sich all das beschmutzt an. All das war nicht mehr meins.

Der Druck in meinem Kopf schwoll zu einem schmerzlichen Dröhnen an.

»Evie?« Frau Mirans Stimme hallte vom Flur zu mir in die Küche. »Herrgott, was ist denn …«

Ich hörte das Klappern des Hundehalsbandes. Im nächsten Moment sprang Tibby an meinen Beinen hoch. Frau Miran folgte ihrem Hund in die Küche.

»Oh, Evie, geht es dir gut?«, fragte sie.

Sobald ich ihre Hand an meiner Schulter spürte, entlud sich der Druck in meinem Kopf. Unkontrolliert rannen mir die Tränen über die Wangen.

»Ist dir was zugestoßen?«, fragte Frau Miran.

Weinend schüttelte ich den Kopf. Ich brachte kein Wort hervor.

Frau Miran nahm mich in den Arm, um mich zu trösten. »Bei mir haben sie es auch versucht. Tibby hat mitten in der Nacht angeschlagen«, sagte sie. »Gut, dass dir nichts passiert ist.«

Die Tränen rannen mir über das Kinn. Ich schmiegte mich an ihre Schulter. So heftig hatte ich seit Papas Tod nicht geweint. Der Stoff ihrer Jacke sog meine Tränen auf.

»Ich bin mir nicht mehr sicher, wer den größeren Schaden verursacht«, gestand ich mit erstickter Stimme. »Fieber oder die Menschen.«

Ich dachte an Papa und Mama. An Aliye und Lucy. An Pippa und Peer. An Adrian. Romy. Cedric. Wir alle hatten auf so unterschiedliche Art und Weise auf Fieber reagiert. Verdrängung, Angst, Glaube, Abschottung, Wut, Flucht, Verzweiflung, Hoffnung. Mittlerweile wusste ich nicht mehr, was richtig war. Vielleicht hatte ich es nie gewusst.

Ich verlor die Hoffnung. Ich spürte es. Sie floss aus mir heraus. Mit jeder Träne, mit jedem Schluchzen. Ich verlor die Hoffnung auf eine vernünftige Lösung. Ich verlor den Glauben an uns alle.

»Ich kann nicht mehr«, gab ich zu und verbarg das Gesicht in den Händen.

Vor vierundzwanzig Stunden hätte ich selbst nicht gedacht, dass ich diese Worte einmal aussprechen würde. Aber jetzt war auch meine Grenze erreicht. Der Wall, den ich so hoch um mich errichtet hatte, um all diese erdrückenden Gefühle auf Distanz zu halten, brach ein und begrub mich unter sich. Ich konnte nicht mehr klar sehen, nicht mehr atmen. Die Last drohte, mich zu erdrücken.

Besänftigend fasste Frau Miran mir an den Arm. »Ach, Evie«, sagte sie, »du hast so viel durchgestanden. Du stehst auch das durch.«

Ich biss mir auf die Unterlippe und wischte mir die Tränen aus dem Gesicht. »Denken Sie, dass wir es verdient haben?«

Verwundert sah sie mich an. »Was? Fieber?«

Ich nickte unter einem heftigen Schluchzer. »Haben wir alle es in die Welt gebracht? Ist es unsere Schuld?«

»Wieso fragst du das?«

Ich blies Luft durch meine Vorderzähne, um mich zu beruhigen. Ich hatte Mühe, nicht mit jedem Wort wieder in Tränen auszubrechen. Der Kloß in meinem Hals schnürte mir die Kehle zu.

»Ich dachte, wenn ich meinem Bauchgefühl folge, dass ich damit das Richtige tue. Aber vielleicht war das falsch. Ich frage mich …« Ich atmete tief durch. »Hätte ich lauter schreien müssen? Härter kämpfen? Die Menschen, die mir lieb sind, stärker festhalten sollen? Wäre es dann nie so weit gekommen? Ist es meine Schuld, dass mir all das passiert?«

»Denk doch so was nicht.« Frau Miran bedachte mich mit einem sorgenvollen Blick. »Evie, ich weiß, wie du dich fühlst.«

Sie bedeutete mir, mich an den Tisch zu setzen. Mir war nach einem Tee. Aber wir hatten weder Wasser noch Beutel. Bei der Erkenntnis stiegen mir erneut die Tränen in die Augen. Jeder Gedanke, jedes Wort war wie ein neuer Auslöser für die zermürbenden Gefühle.

Frau Miran setzte sich mir gegenüber. »Nachdem mein Mann gestorben ist, habe ich mich immer wieder gefragt, ob ich vehementer hätte sein müssen. Ständig hat er die Routineuntersuchungen verschoben. Er hat die ersten Symptome abgetan, als würden sie nichts bedeuten. Und ich? Ich habe stumm dabei zugesehen. Habe die Dinge hingenommen. Bis es zu spät war. Das werde ich mir nie verzeihen.« Sie nahm Tibby auf den Schoß und drückte ihn an sich, als sie von ihrem verstorbenen Mann sprach. »Aber weißt du was? Diese Schuldgefühle bringen weder dich noch mich weiter. Sie lähmen uns. Sie rauben uns die Energie und halten uns davon ab, uns auf das Hier und Jetzt zu konzentrieren.«

Frau Miran beugte sich zu mir vor. »Lass mich dir eine Frage stellen: Du bist doch in dieser Bewegung, nicht wahr?«

»Dem, was davon übrig ist«, sagte ich unter einem tiefen Seufzen.

»Hast du das Gefühl, dass ihr etwas verkehrt gemacht habt? Habt ihr falsche Informationen verbreitet?«

Ich schüttelte den Kopf.

»Habt ihr nicht als einige der Ersten reagiert und versucht, Fieber zu stoppen?«

»Doch«, antwortete ich und wischte mir eine weitere Träne von der Wange.

»Hast du das Gefühl, dass ihr die falschen Maßnahmen eingefordert habt?«, fragte Frau Miran weiter.

»Nein«, sagte ich.

»Du hast deinen Eltern dabei geholfen, das Risiko innerhalb eurer Familie zu mindern, nicht wahr?«

Ich nickte.

»Was noch?«, fragte sie. »Was hast du sonst noch getan?«

»Wir haben andere informiert. Demonstriert. Aktionen geplant. Ich habe unsere Ernährung umgestellt. Unseren Verbrauch eingeschränkt. Gemüse angebaut. Ich habe Bäume gepflanzt.«

Frau Miran lächelte aufmunternd, als ich Letzteres in meiner Aufzählung erwähnte.

»Ich habe versucht, meinem Freund beizustehen und meine beste Freundin vor einem großen Fehler zu bewahren.« Unweigerlich ließ ich den Kopf hängen. »Vergeblich.«

Frau Miran fasste mir an den Arm. Ihr Daumen strich über den Ärmel meines Stoffes.

»Darum geht es nicht, Evie.« Sie schenkte mir ein Lächeln. »Du hast alles Erdenkliche getan, um deine Lieben zu schützen. Und du hast das getan, ohne andere dabei zu verletzen oder sie in ihren Wünschen oder ihrer Freiheit zu beschneiden. Das ist doch nicht nichts, oder?«

Ich zuckte mit den Schultern. Das Gefühl, versagt zu haben, blieb.

»Du bist ein siebzehnjähriges Mädchen«, sagte Frau Miran. »Du kannst nicht die Verantwortung der ganzen Welt auf deinen Schultern tragen. Niemand kann im Alleingang die Welt retten. Aber jeder kann einen Teil dazu beitragen. Und das tust du. Mehr als viele andere.«

Ich wollte ihr glauben. Doch auf meiner Brust lag ein Gewicht, das mich zu ersticken drohte. Ich saß in einem Haus ohne Strom und Wasser, die Vorräte waren weg, in der Stadt herrschten Unruhen, die Schule war geschlossen, meine Familie war fort, meine Freunde ebenfalls.

»Warum hat dann all das nichts gebracht?«, fragte ich. »Warum bin ich jetzt ganz alleine?«

Nur mit Mühe hielt ich erneute Tränen zurück.

Frau Mirans Finger schlossen sich um mein Handgelenk.

»Du bist nicht alleine«, sagte sie. »Du musst dich nur daran erinnern, was wirklich zählt.« Eindringlich sah sie mich an. »Lass dich nicht von der Schuld lähmen. Nicht von der Angst oder der Wut. Denk an das, was jetzt wirklich zählt. Fieber hat uns viel genommen – aber nicht alles.«

Sie hielt meine Hand fest. »Gib nicht auf, Evie. Noch lohnt es sich, für das zu kämpfen, was dir wichtig ist.«

32

»Taschenlampe. Dosenöffner. Taschenmesser. Ladekabel. Wasser«, ging ich die Liste durch.

Ich nahm die Trinkflasche in die Hand und begutachtete die trübe Suppe. Ich war mir nicht sicher, ob ich das Regenwasser gut abgekocht hatte.

Nachdem Frau Miran sich verabschiedet hatte, war ich durch das Haus getigert, auf der Suche nach letzten Vorräten. Ich blickte in leere Vasen, Blumentöpfe, schüttelte einen Kanister, in dem sich einmal destilliertes Wasser befunden hatte. Konnte man das überhaupt trinken?

Schließlich kam mir unsere Regentonne in den Sinn. Sie war voll mit Auffangwasser.

Ich nahm einen Topf und zündete meine letzte Kerze darunter an, um das Wasser abzukochen. Natürlich reichte die Flamme nicht aus, um die Flüssigkeit auf über hundert Grad zu bringen. Ich wusste nicht, ob man das Wasser trinken durfte, aber ich hatte keine Möglichkeit, die Informationen nachzuschlagen.

Vorsorglich mischte ich den letzten Schuss Apfelsaft in das Wasser. Bei dem Anblick verzog ich das Gesicht. Durch den naturtrüben Saft war die Brühe so unansehnlich geworden, als hätte ich sie direkt aus der Toilette geschöpft. Aber wenn alles nach Plan lief, dann würde ich davon ohnehin nicht viel brauchen.

Ich sprintete die Treppe hoch und schnappte mir meinen Lieblingspullover aus dem Schrank. Er war aus dicker Baumwolle und hatte ein Rentier vorne drauf. Oma hatte ihn mir vor einigen Jahren zu Weihnachten gestrickt.

Was sollte ich noch mitnehmen? Fast alles war zu schwer oder würde mir nichts nützen. Ich blickte auf den Laptop, die Musikanlage, die Gitarre, die Lichterkette über dem Bett, die Blumen auf dem Fenstersims, die verfallenen Konzertkarten, die an der Pinnwand hingen.

Mein Blick blieb an den Bildern an der Wand hängen.

Die Fotos.

Ich stieg auf das Kopfende meines Bettes und nahm die Rahmen von der Wand. Dann löste ich die Bilder heraus. Eines von Ric und mir. Eines von Pippa, Lucy und Aliye auf einem Konzert. Romy und ich vor ihrem neuen Haus. Ein weiteres mit Mama, Papa und mir bei unserem ersten Italienurlaub. Behutsam legte ich die Fotos zwischen den Stoff des Pullovers. Zuletzt nahm ich den Zeitungsartikel, den Papa kurz vor seinem Tod gelesen hatte. Dann verließ ich das Haus.

Ich klopfte bei Frau Miran, um mich von ihr zu verabschieden. In ihrem Hausflur stand eine gepackte Tasche. Sie hatte vor, spätestens am nächsten Tag in eines der Notfalllager zu gehen. Auch ihr Kühlschrank war mittlerweile leer.

»Passen Sie auf sich auf, ja?«, sagte ich.

Frau Mirans Hände umfassten meine fest. »Du auch, Evie.«

Wir umarmten einander ein letztes Mal. In den vergangenen Tagen hatte ich sie lieb gewonnen. Obwohl wir einander zuvor kaum gekannt hatten, hatte Frau Miran sich um mich gekümmert. Inmitten all des Chaos bot sie mir Halt.

Nach unserer Verabschiedung setzte ich mir den Rucksack auf und zog das Fahrrad aus dem Blumenbeet. Seitdem Ric es umgefahren hatte, hatte ich es nicht angefasst. Jetzt sah ich, dass das Vorderrad aufgrund des Aufpralls eine Acht hatte. Ich bog den Lenker so gut zurecht, wie ich konnte, und setzte die Kette wieder ein. Die schmierigen Finger wischte ich mir an den Hosenbeinen ab.

Dann fuhr ich los.

***

Den ersten Zwischenstopp legte ich bei Cedric ein. Der Wagen mit dem zerbeulten Kotflügel stand in der Einfahrt. Ich wusste nicht, wann sie ihn hergeschafft hatten. Aber für mich bedeutete das, dass Ric an dem Abend sicher nach Hause gekommen war und seiner Familie von der Spritztour erzählt hatte. Erleichtert atmete ich auf.

Ich warf zwei Briefe in den Briefkasten. Der eine war ein Trauerschreiben an die Familie, der andere eine persönliche Notiz an Ric. Es war der erste handschriftliche Brief, den ich ihm jemals geschrieben hatte. Eine ungewöhnliche Premiere. Darin berichtete ich ihm von meinen Plänen. Ich versicherte ihm, dass ich für ihn und seine Familie da war. Ich liebte Ric. Ein Teil von mir würde das immer tun.

Dann fuhr ich weiter zu Pippas Wohnhaus. Ich betätigte den Klingelknopf dreimal, bis mir einfiel, dass das sinnlos war.

Schwer atmend wischte ich mir den Schweiß von der Stirn. Ich war mit zu viel Tempo durch die Straßen gerast. Nun stand ich vor verschlossener Tür.

Ich klopfte einmal kräftig gegen das Holz, in der Hoffnung, dass die Nachbarn im Erdgeschoss es hörten. Einen Moment wartete ich ab, ob Stimmen oder Schritte aus dem Haus zu vernehmen waren. Nichts tat sich. Ich klopfte ein weiteres Mal. Wieder nichts.

Ich zog den Pullover über meine kalten Fingerknöchel. Jetzt wusste ich, was ich vergessen hatte: Handschuhe.

Unschlüssig trat ich einige Schritte zurück und blickte an der Fassade hoch. Über zehn Stockwerke ragte sie in die Höhe. Pippa wohnte im sechsten Stock.

Erneut kamen mir all die Menschen in den Sinn, die aufgrund des Stromausfalls in Fahrstühlen stecken geblieben waren. Jetzt gelangte man nur noch über Treppen nach unten oder oben.

Ich zog die Träger meines Rucksacks zurecht und trat auf die Straße, um mir einen besseren Überblick zu verschaffen. Alle Fenster waren verschlossen. Das ganze Gebäude wirkte verlassen. Ich musterte die umstehenden Häuser. Sie alle sahen identisch aus und gehörten zu der gleichen Wohnungsgesellschaft. Keine Regung war hinter den Vorhängen zu erkennen.

»Seltsam«, murmelte ich, eher über mich selbst verwundert als über die Situation. Ich war mit der Überzeugung hergekommen, dass Pippas Familie zu Hause war. Dass sie die Tür öffnen und mich hereinbitten würden. Wieso war ich nicht auf den Gedanken gekommen, dass auch sie ihr Haus verlassen haben könnten?

Die Frage war, wohin sie gegangen waren und für wie lange. Ich erinnerte mich daran, dass Frau Miran erzählt hatte, dass einige Häuser aufgrund von Seuchengefahr geräumt wurden. Nach und nach wurden die Anwohner in Notfalllager gebracht.

Waren Pippa und ihre Familie auch dort? Waren sie stattdessen zu Bekannten gegangen? Oder war Pippa nach ihrer Aktion vielleicht gar nicht heimgekehrt?

Die Nachbarschaft wirkte geisterhaft. Müllsäcke stapelten sich am Straßenrand. Früher hatte man den Müll ins Ausland exportiert. Aus den Augen, aus dem Sinn. Doch seit der Zweiten Phase wollte ihn kein anderes Land mehr annehmen. Jetzt holte ihn gar keiner mehr ab.

Die triste Wolkendecke hob die vielen Grautöne hervor. Graue Gehwege, graue Straßen, graue Häuserfassaden.

Ich zog die Trinkflasche aus dem Rucksack. Meine Kehle war so rau wie Sandpapier. Erst als ich die Flüssigkeit herunterschluckte, merkte ich, wie ekelhaft sie schmeckte. Der zusätzliche Schuss Apfelsaft hatte die Rezeptur nicht verbessert. Ich wischte mir die Lippen mit dem Ärmel ab.

Aus dem Rucksack kramte ich einen Stift und einen zerknitterten Kassenbon hervor. Ich hinterließ eine kurze Notiz für Pippa und ihre Eltern. Behutsam klemmte ich sie in den Türrahmen.

Ich blickte auf Papas alte Armbanduhr an meinem Handgelenk. Wenn ich schnell fuhr, dann war ich weit vor Einbruch der Dunkelheit auf Romys Hof. Von hier aus hatte ich die Route grob im Kopf. Für den Rest würde ich mich an den Straßenschildern orientieren. Die Strecke war locker an einem Nachmittag zu schaffen.

Ich nahm mein Fahrrad und schwang mich auf den Sattel.
Zielgerichtet blickte ich die Straße herab.
Nur wenige Stunden und ich war in Sicherheit.
Dachte ich.

BRANDENBURG

Die Dämmerung brach über Evie herein.

Ein Husten entwich ihrem Mund. Stöhnend setzte sie sich auf. Ihre Augen fixierten den Grabstein zu ihren Füßen. Flach und matt war er in den Boden eingelassen.

Erneut befürchtete sie, zu halluzinieren. Sie sah sich auf dem Gelände um. Vereinzelt ragten Steine und Kreuze zwischen den Baumstämmen hervor.

Evie blinzelte in das trübe Licht, das sie umgab. Sie kannte diesen Ort. Zuletzt war sie vor einem Jahr hier gewesen, als sie nach einem Besuch auf Romys Hof das Grab ihrer Großtante besucht hatten. Das war keine Einbildung. Nach Stunden der Orientierungslosigkeit und des Herumirrens war sie auf einem Friedhof gelandet.

Evie entwich bei dieser Erkenntnis ein schnaubendes Lachen. Sie konnte es nicht zurückhalten. Es wand sich durch ihre trockene Kehle hinauf über die Zunge durch die spröden Lippen. Ihr Bauch verkrampfte sich unter dem rhythmischen Lachen. Kalter Schweiß rann ihr über die Stirn.

Sie konnte die Zeichen nicht länger ignorieren. Hatte eine höhere Kraft sie an diesen Ort geführt, um ihr endgültig klarzumachen, dass sie keine Chance hatte?

Es hätte so einfach sein sollen. Wenige Stunden auf dem

Rad. Die Ankunft bei Romy. Stattdessen saß sie auf dem kalten Boden eines Waldfriedhofes. Durchgeschwitzt, frierend, schwach. Und allein.

Evie konnte nicht mehr. Sie konnte nicht anders, als darüber zu lachen. Sie lachte, bis ihre Stimme in einem krächzenden Laut zusammenbrach.

Vielleicht hatte Cedric doch recht gehabt. Die Zeit war abgelaufen. Sie waren längst tot. Eines Tages würde Fieber sie alle erreichen.

Evie sah sein Gesicht vor Augen. Das ihres Vaters. Das ihrer Mutter. Ihr Lachen wandelte sich in ein unaufhaltsames Schluchzen. Weinend sank sie zurück, legte sich auf den kühlen Waldboden. Evies Gesicht schmerzte, ihr Bauch, ihr ganzer Körper verkrampfte sich. Tränen rollten ihr über die Wangen.

Sie hatte sich mit dem Gedanken arrangiert, dass sie an Fieber sterben könnte. Nicht zurecht kam sie mit dem Zeitpunkt und mit dem Ort.

Warum jetzt?

Warum hier?

Sie hatte gedacht, dass sie es rechtzeitig an ihr Ziel schaffen würde. Aber dann war der Hagel gekommen, dann die Männer und schließlich der Wolf. Eine Verkettung unvorhergesehener Ereignisse.

Und jetzt lag sie hier.

Stellt alles infrage, was ihr für selbstverständlich haltet. Denn absolut nichts ist selbstverständlich.

Als Peer die Worte damals ausgesprochen hatte, hatte Evie dabei an materielle Dinge gedacht. An einen vollen Kühlschrank. An das Wasser, das aus dem Hahn floss. An die

Heizung, die sie im Winter wärmte. Ein eigenes Heim, das ihr ein sicheres Dach über dem Kopf bot.

Mittlerweile verstand sie, dass es um viel mehr ging. Es ging darum, woran man glaubte. Wen man liebte. Wie man liebte. Wer man sein wollte. Für wen man weiterkämpfte. Wer bei einem war, wenn alles andere verging.

Evie legte den Kopf in den Nacken. Mit tränenverschleiertem Blick starrte sie in den Himmel. Ein rosafarbener Kranz hatte sich um den farblosen Schleier gebildet.

Einen Vorteil hatte dieser neue Himmel. Er bot dem Betrachter die schönsten Sonnenuntergänge. In Evies feuchten Augen verschwamm er zu einem gewaltigen Ozean aus blutrotem Licht. Vielleicht war es das Letzte, was Evie zu sehen bekam. Dann würde die finale Nacht über sie hereinbrechen. Absolute Dunkelheit. Kein Stern würde am Himmel zu sehen sein. Sie strahlten nicht hell genug.

Das Bild von 7,75 Milliarden leuchtenden Punkten kam Evie in den Sinn. Viele Millionen Lichter, die gegen das vernichtende Schwarz ankämpften, das sie umgab. Das alles verschlingende Universum, das sich endlos erstreckte, während hier unten alles verging.

Evie schloss die Augen. Vielleicht geschah das auch mit ihr, wenn sie starb. Sie würde Energie spenden. Anderen Licht bringen. Bis sie irgendwann zu Sternenstaub zerfiel.

»*Moon River*«, summte Evie.

Sie bekam die Lippen kaum auseinander, als sie die zarten Töne anstimmte.

Wenn sie an die letzten Monate zurückdachte, dann war das eine ihrer schönsten Erinnerungen. Die Nacht mit Ric auf dem See. Für wenige Stunden hatten sie Frieden gefunden. Sie hatte nichts gespürt als Liebe. Gezielt suchte sie nach den Lichtpunkten in all dem Dunkel. Evie dachte an den Tag, an dem ihr Vater wohlbehalten von seiner letzten Schweizreise zurückgekommen war und sie ihm um den Hals gefallen war. An den Moment, an dem sie ihrer Mutter beim Packen geholfen hatte. Die Aussprache mit Pippa auf Adrians Party ... Nichts war selbstverständlich. Auch diese Momente nicht.

Eine Schweißperle rann Evies Schläfe entlang und vermischte sich mit den Tränen. Die Erde unter ihrem Körper wurde weich. Der Boden zog sie an sich, immer tiefer in sich hinein. Die Wurzeln griffen nach ihr und umschlangen sie. Weder war es ihr möglich, den Kopf zu heben, noch die Arme oder Beine. Ihr Bewusstsein sickerte aus Evie heraus in die feuchte Erde.

Evie hatte gedacht, dass sie es rechtzeitig schaffen würde.

»Nichts ist selbstverständlich«, murmelte sie.

Nichts.

Ihr wurde schummrig vor Augen.

Dann verlor sie das Bewusstsein.

EVIE 33

»Evie?«

Rauschende Kühle.

Evies Augenlider kämpften gegen die Schwerkraft an. Sie waren wie zugeschweißt. Mit aller Kraft öffnete sie sie zu einem Spalt. Flugzeugluft blies ihr ins Gesicht. Evie rieb sich die brennenden Augen und zog sich den Mundschutz von der Nase. Die dünne Decke, die sie über die Beine gelegt hatte, war ihr von den Knien gerutscht. Über ihrem Kopf leuchtete die Platzlampe und blendete sie. Evie sah zur Seite. Ihre Mutter hatte sie eingeschaltet, um in ihrem Buch zu lesen, während die anderen Passagiere schliefen.

»Wo sind wir?«, fragte Evie.

Ihre Mutter sah nicht auf. »Hinter den Alpen.«

Das hatte sie nicht mit ihrer Frage gemeint.

Verwirrt blickte Evie sich um. Fragmente des nicht enden wollenden Traumes, aus dem sie soeben erwacht war, hingen ihr im Kopf. Unerträglich lang und echt hatte er sich angefühlt. Im Schlaf hatte Evie mehrere Monate durchlebt, war in der Zeit vor und zurück gesprungen. Eine Art Fieber hatte sich rasend schnell auf der Welt ausgebreitet und ihr alles geraubt, was sie hatte. Erst mit ihrem eigenen Tod hatte der Spuk ein Ende genommen.

Ein Schauer durchfuhr sie bei dem Gedanken daran.

Ihre Mutter musterte sie besorgt. »Alles in Ordnung?«

»Ich weiß nicht«, antwortete Evie und fuhr sich mit der Hand über das Gesicht. Prüfend blickte sie auf ihre Fingernägel. Sie waren gesund und lang. Die untere Hälfte war rosa lackiert, die obere rot.

Evies Blick wanderte zu der Sitzreihe schräg vor ihr. Der italienische Geschäftsmann saß dort. Er hatte den Kopf weit in den Nacken gelegt und schlief.

Ihre Mutter legte die Hand auf Evies Schulter. »Hast du schlecht geträumt, Schatz?«

»Kann man wohl sagen«, antwortete Evie.

Ihr Mund war trocken, der Hals kratzte. Die kalte Luft blies ihr weiter ins Gesicht. Als sie die Lüftung über sich zudrehen wollte, klemmte das Ventil. Evie sank zurück in den Sitz.

»Versprich mir, dass wir nie wieder fliegen«, stöhnte sie.

»Ich besorge dir ein Glas Wasser.« Ihre Mutter betätigte den Knopf, um das Bordpersonal zu rufen, und zupfte die Decke über den Beinen ihrer Tochter zurecht.

Evie ergriff ihre Hand. »Versprich es mir«, forderte sie. »Wir werden nie wieder fliegen. Und Papa auch nicht.«

Verwundert sah ihre Mutter sie an. »Was ist denn in dich gefahren?«

Wie sollte Evie ihr erklären, was sie soeben durchgemacht hatte? Von außen betrachtet mochte sie nur einige Minuten geschlafen haben, aber im Traum hatte sich das Szenario endlos angefühlt.

»Was kann ich für Sie tun?«, fragte der Steward, als er bei ihrer Sitzreihe ankam.

»Ich …« Evie stockte, sobald sie zu ihm aufsah. Das Blut gefror ihr in den Adern. Sie blickte direkt in das Gesicht des Fahrraddiebes. Evie wollte von ihrem Platz aufspringen, doch der Sicherheitsgurt hielt sie zurück.

»Evelyn«, entfuhr es ihrer Mutter. Sie zerrte ihre Tochter zurück in den Sitz. »Bitte entschuldigen Sie. Sie hat schlecht geträumt. Wären Sie so nett und würden uns ein wenig Wasser bringen?«

Verstört sah Evie zu dem Steward. Sie erkannte seine schiefergrauen Augen eindeutig wieder. Doch etwas an ihm war anders. Seine Nägel waren gepflegt und die Haare zwar gegelt, aber nicht fettig. Evie versuchte, all das in einen logischen Zusammenhang zu bringen. Ihr Unterbewusstsein musste ihr einen Streich gespielt haben. Es hatte den Steward in ihren Traum eingebaut und kurzerhand einen schmierigen Dieb aus ihm gemacht.

»Entschuldigung«, murmelte Evie ohne eine Erklärung.

Die Hand ihrer Mutter kreiste auf ihrer Schulter. »Ganz ruhig«, sagte sie. »Es war nur ein Traum.«

Dann nahm sie das Buch in die Hand und las weiter.

Kurz darauf brachte der Steward das Wasser. Evie wurde unwohl, als sie den kleinen Plastikbecher in ihrer Hand betrachtete. Zwar hatte sie all das nur geträumt, aber plötzlich stellte sie alles infrage. Nachdem sie das Wasser ausgetrunken hatte, hatte sie immer noch Durst. Sie ließ den letzten Tropfen vom Boden des Bechers auf ihre Zunge rollen. Als sie den Kopf in den Nacken legte, sah Evie, dass der Platz des Geschäftsmanns leer war. Sie schnallte sich los und stand auf. Mit weichen Knien ging sie den Gang entlang bis zur Toilettenkabine. Obwohl sie sah, dass besetzt war, rüttelte sie an der Tür. Wenig überraschend, war sie abgeschlossen. Evie machte einen Schritt zurück und lehnte sich gegen die Wand. Unruhig wippte sie auf und ab. Vor ihrem inneren Auge sah sie den Mann aus der Kabine stürzen. Sein kräftiger Körper landete auf ihr. Seine Schreie peitschten ihr ins Gesicht.

Das saugende Geräusch der Spülung riss sie aus der falschen Erinnerung. Evie richtete sich auf. Mit einem Klacken sprang die Anzeige von Rot auf Grün. Evie hielt die Luft an, als sich die Tür vor ihr öffnete. Ihre Muskeln verkrampften sich von alleine und machten sich für einen Angriff bereit.

Der Geschäftsmann blickte sie leicht irritiert an, als er aus der Kabine kam. Er murmelte etwas auf Italienisch und drängte sich an ihr vorbei. Sobald er wieder auf seinem Platz saß, machte er die Augen zu. Bis auf die Tatsache, dass er offensichtlich müde war, ging es ihm ausgezeichnet.

Der Rest des Fluges zog wie ein Schleier an Evie vorbei. Sie war erleichtert, sobald sie festen Boden unter den Füßen hatte. Das war das letzte Mal, dass sie sich in solch eine Maschine gesetzt hatte. In Zukunft würde sie vieles anders machen.

Der Traum war wie eine plötzliche Erkenntnis über sie hereingebrochen, die sie nicht mehr abschütteln konnte. Sie würde noch auf dem Nachhauseweg Pippa schreiben und ihr mitteilen, dass sie zurück in die Bewegung wollte. Sie würde ihren Vater davon überzeugen, seltener in die Schweiz zu fliegen und mehr Zeit mit ihr zu verbringen. Sie würde ihre Mutter dazu bringen, zukünftig gemeinsam zu kochen und einzukaufen. Sie würde Frau Miran zum Brettspielabend einladen. Sie würde Romy öfter auf dem Hof besuchen. Sie würde Ric häufiger nach seinen Gedanken fragen. Sie würde sich auf das besinnen, was ihr wirklich wichtig war. Und vielleicht, ja, vielleicht würde sie dabei die Welt um sich herum ein klein wenig besser machen. Stück für Stück.

Ihr Kopf quoll über vor Ideen. Sie sah so viele Möglichkeiten. Es war, als hätte sie eine zweite Chance bekommen, ohne die erste jemals bewusst vertan zu haben.

Evie preschte zum Gepäckband vor, als sie ihren übergroßen Koffer entdeckte. Sie konnte es kaum erwarten, ihr Gepäck zu schnappen und so schnell wie möglich diesen Flughafen zu verlassen. Sie streckte ihre Hand nach dem Griff aus. Doch jemand anderes kam ihr zuvor und zog den Koffer vom Band.

»Hey«, protestierte sie und packte den Mann am Arm.

Als er sich zu ihr umdrehte, erkannte Evie, dass es ihr Vater war.

»Papa?«

»Lynnie«, antwortete er. »Was machst du hier?«

»Was machst *du* hier?«

Wie war er durch den Sicherheitsbereich gekommen? Verwirrt blickte Evie sich um. Konnten Verwandte und Bekannte neuerdings bis hierher kommen? Und wo war ihre Mutter?

Evie sah in alle Richtungen. Ihr Blick blieb an einem älteren Mann hängen, der just in dem Moment eine Tasche vom Band zog. Er drehte sich um und winkte ihr zu. Es war ihr Schuldirektor Herr Thomas.

»Was für ein Zufa…« Evie sprach den Satz nicht zu Ende. Denn im gleichen Moment entdeckte sie Cedrics Mutter auf der anderen Seite der Halle.

»Nein«, entwich es Evie. Sie erkannte immer mehr der Personen, die an den Gepäckbändern standen. Pippas Großmutter. Natalie aus der Parallelklasse. Den Geschäftsmann. Alles Fieberopfer.

»Nein«, wiederholte Evie. »Nein. Nein. Nein.«

Ihre Worte gingen in ein heftiges Röcheln über, als ihr Atem sich beschleunigte. Je mehr sie nach Luft schnappte, desto enger zog sich ihr Brustkorb zusammen.

»Lynnie.« Ihr Vater griff sie an den Schultern und zwang sie, ihn anzusehen. Evie kniff die Augen zusammen. Ein beklemmendes Gefühl schlang sich um ihren Brustkorb. »Das kann nicht … Ich kann nicht atmen. Ich kriege keine …«

»Ganz ruhig«, sagte er.

Als sie nicht auf ihn hörte, gab er ihr einen kräftigen Stoß.

»Lynnie, schau mich an«, sagte er. »Schau mich an.«

Unter hektischem Atmen sah sie zu ihm auf.

»Du gehörst hier nicht her, verstehst du?«, sagte er. »Deine Reise ist noch nicht beendet.«

»Aber«, keuchte sie, »ich …«

Evie begriff nicht, was mit ihr geschah. Sie wusste nur, dass sie keine Luft mehr bekam. Panisch griff sie sich an die Brust. Es war, als hätte sie das Atmen verlernt. Evie drohte zu ersticken.

Sie riss die Augen auf, als ihr Vater ihr mit der Hand die Nase und den Mund zuhielt.

»Ich zähle von fünf runter«, sagte er. »Dann atmest du einmal tief ein. Verstanden?«

Evie nickte.

»Fünf.«

Sie schloss die Augen.

»Vier.«

Verzweifelt versuchte sie, Luft einzusaugen, doch die Hand ihres Vaters blockierte ihre Atemwege.

»Drei.«

Evies Körper wandt sich unter dem Sauerstoffmangel.

»Zwei.«

Angsterfüllt griff sie nach der Hand. Ihre Fingernägel gruben sich in seine Haut.

»Eins.«

Evie zerrte seine Hand vom Gesicht.

Evie riss die Augen auf. Kalte Luft füllte ihre Lungenflügel. Sie durchströmte jede kleine Verästelung. Wie nach einem Adrenalinkick fuhr Evies Oberkörper nach vorn. Atemwölkchen bildeten sich vor ihren Lippen. Zitternd hielt sie sich die Hand vor den Mund.

Evies Augen gewöhnten sich erst nach einigen Sekunden an die Dunkelheit, die sie umgab. Der Waldboden unter ihr war eisig kalt. Ihre Fingerspitzen fühlten sich taub an. Schemenhaft erkannte sie den Umriss eines Kreuzes.

Sie war auf dem Friedhof.

Als zu ihr durchdrang, welches ihrer Erlebnisse Traum und welches Wirklichkeit war, kam die Übelkeit beißend schnell in ihr hoch. Rechtzeitig beugte Evie sich zur Seite. Sie erbrach sich in mehreren schmerzhaften Schüben, bis ihr Magen wie leer gepumpt war.

Mit einem Stöhnen fiel sie zurück. Wieso musste dies hier die Realität sein? Warum?

Evie atmete tief durch, um sich zu beruhigen. Die Ernüchterung darüber, dass Fieber keinem wirren Albtraum entsprungen war, wich mit jedem Atemzug einer anderen Erkenntnis. Sie lebte. Bevor sie das Bewusstsein verloren hatte, war sie der Überzeugung gewesen, dass ihre Zeit abgelaufen war. Doch jetzt war sie wach und sie spürte jede Zelle ihres Körpers. Die schmerzenden Muskeln, die bebenden Glieder, die pochenden Adern, die zitternden Härchen auf der Haut. Es tat weh, aber sie lebte.

Evie tastete nach der Trinkflasche in ihrem Rucksack. Sobald sie einen Schluck in den Mund nahm, spuckte sie ihn wieder aus. Auf einmal konnte sie die Fäulnis darin schmecken. Wie Gift, das sie sich Tropfen für Tropfen selbst zugeführt hatte. Mit einer raschen Bewegung kippte sie das Wasser weg.

Evie steckte die leere Flasche zurück in den Rucksack und hievte sich auf die Beine. Sie zog die Taschenlampe hervor und schaltete sie ein. Der dünne Lichtstrahl erfasste den Pfad vor ihr.

Sie wusste, wo sie war.

Und sie wusste, wo sie hinmusste.

Ihr Vater hatte es im Traum gesagt: Ihre Reise war noch nicht beendet. Evie war ihrem Ziel näher als jemals zuvor.

34

Der Lichtkegel der Taschenlampe tanzte auf der Straße auf und ab. Sobald sie den Friedhof verlassen hatte, wusste Evie, welche Richtung sie einschlagen musste. Sie würde einmal durch das kleine Örtchen marschieren und dann der Landstraße folgen. Romys Hof lag nur wenige Kilometer vom Friedhof entfernt.

Bei Evies letztem Besuch mit ihren Eltern an der Grabstätte hatten die drei sich verfahren. Schließlich hatte Evie ihren Vater mithilfe des Handys zum Friedhof navigiert. Damals hatte sie sich darüber amüsiert, dass sie zwanzig Minuten für eine Route benötigten, die knapp vier Kilometer betrug. Jetzt war sie dankbar, dass sie den Weg damals nicht auf Anhieb gefunden hatten.

Das Dorf lag in der stillen Nacht wie eine verlassene Ruinenstätte. Schemenhaft erhoben sich die Häuser am Wegrand. In einigen der Fenster erkannte Evie den Schein von Kerzen. Sonst war es stockduster auf der Straße. Die Straßenbeleuchtung funktionierte auch hier nicht. Die Kulisse war gespenstisch.

Evie fühlte sich elendig, aber jetzt, da sie wusste, dass ihr Ziel nahe war, schien sie wie auf Wolken zu laufen. Vielleicht lag es auch an ihren weichen Knien. Sie ließ den Ort hinter sich und marschierte auf dem Seitenstreifen weiter in Richtung Hof. Felder erstreckten sich auf beiden Seiten, flach und kahl.

Evie wandte den Blick gen Himmel. Ein dünner Schleier hing über dem Mond. Sein Licht erreichte sie hier unten kaum. Als sie wieder geradeaus blickte, sah Evie zwei Augen im Schein ihrer Taschenlampe aufblitzen. Der Fuchs verschwand so schnell, wie er aufgetaucht war. Mit geducktem Kopf flitzte er davon. Evie ging unbeirrt weiter. Sie war einem Wolf begegnet. Ein Fuchs würde sie nicht von ihrem Pfad abbringen.

Kurz darauf erblickte sie ein einzelnes Licht in der dunklen Umgebung. Ein schwaches Zeichen menschlicher Zivilisation.

Der Hof.

Evie aktivierte ihre letzten Reserven, beschleunigte den Schritt und lief auf ihr Ziel zu. Der Lichtpunkt rückte immer näher. Schon bald konnte sie die Umrisse des Haupthauses und der Scheune entdecken. Sobald Evie einen Fuß auf das Grundstück setzte, schob sie den Träger des Rucksacks von der Schulter und warf ihn ab wie einen Ballast, den sie zu lange mit sich herumgeschleppt hatte. Die brombeerrote Fassade des Hauses flackerte im Licht ihrer Taschenlampe auf. Weinreben rankten sich an der Seite des Gebäudes empor. Über der Haustür leuchtete eine einzelne nackte Glühbirne.

Evie lief auf das Haus zu und sprang die drei Stufen zur Veranda hinauf. Sie stellte das Gewehr ab und läutete die Glocke, die neben der Tür baumelte. Der Ton war schrill und befremdlich. Ohne abzuwarten, klopfte Evie an die Tür.

»Romy!«, rief sie. Die Stimme kratzte in ihrem Hals. »Vito.«

In der Ferne kläffte ein Hund.

Obwohl Evie mehrmals die Namen der beiden rief, tat sich im Haus nichts. Sie verließ die Veranda und sah sich um. Das Nebenhaus, in dem die Freunde der beiden lebten, war nicht beleuchtet. Die Glühbirne über der Tür war das einzige Licht weit und breit. Es handelte sich um eine Solarlampe, die nachts automatisch ansprang.

Erneut betrat Evie die Veranda. Vor der Tür ging sie auf die Zehenspitzen und tastete den Rahmen entlang. Sie benötigte ein paar Sekunden, bis sie die Einkerbung ertastete, in der sich der Ersatzschlüssel befand. Mit unruhigen Fingern schob sie den Schlüssel in das Schloss und sperrte die Tür auf.

Im Haus war es kühl. Mit der Taschenlampe leuchtete Evie den Flur aus. Schuhe standen aufgereiht unter der Garderobe. Jacken hingen an den Haken. Über dem Türrahmen wehte ein frisch gewobenes Spinnennetz.

»Romy?«, rief Evie in das dunkle Haus hinein. »Vito?«

Eisige Stille erfüllte den Flur.

Evie schloss die Tür hinter sich und stieg die Treppe empor. Das Holz knarzte unter jedem ihrer Schritte. Der Schein ihrer Lampe erfasste das leere Bett im Pensionszimmer, als sie den ersten Stock erreichte.

Der Lichtkegel erforschte den Rest des Flurs. Am Ende des Ganges befand sich eine Rumpelkammer. Die Tür stand offen. Davor lag ein Besen. Evie wusste nicht, was das zu bedeuten hatte. Ob es überhaupt etwas zu bedeuten hatte.

Ein Geräusch aus dem Schlafzimmer ließ sie aufhorchen.

Langsamen Schrittes näherte sie sich der Tür, die einen Spalt offen stand.

»Romy?« Statt zu rufen, flüsterte sie den Namen jetzt.

Zaghaft stieß Evie die Tür auf. Sie leuchtete in den schwarzen Raum hinein. Kurz erschrak sie vor ihrem eigenen Spiegelbild. Als das Licht der Taschenlampe über das Bett glitt, bewegte sich darauf eine Gestalt. Ehe Evie sichs versah, kam sie auf sie zugerast. Sie schrie auf und sprang beiseite. Der schwarze Kater streifte ihr Bein, als er aus dem Raum hetzte.

Im Zimmer ging das Licht an. Erneut schrie Evie auf. Sie sah sich um. Ihr Arm hatte den Lichtschalter gestreift. War der Strom zurück? Als sähe sie zum ersten Mal eine Lampe, blickte sie in den Schein der Glühbirne.

Dann fiel ihr ein, dass Romy und Vito eine Photovoltaikanlage besaßen. Sie versorgten sich selbst mit Strom.

Sie schaltete die Taschenlampe aus und blickte sich im Raum um. Das Bett war gemacht. Und leer.

Romy und Vito waren nicht da.

35

Die Taschenlampe glitt aus Evies Hand, als ihr bewusst wurde, dass sie alleine auf dem Hof war.

Die Flucht aus Berlin, der Hagel, die Männer, der Wolf, der Friedhof. All das hatte sie durchgestanden, weil sie sich immer wieder ihr Ziel vor Augen gerufen hatte. Am Ende des Weges wartete ihre Schwester auf sie.

Doch in Wirklichkeit wartete niemand auf sie.

Romy war nicht da.

Das Gefühl der Einsamkeit überrollte Evie wie eine Lawine. Es ließ sie in kompletter Dunkelheit und ohne Luft zum Atmen zurück. Das hier hätte ihr sicherer Hafen in der Not sein sollen, stattdessen glich es einem verlassenen Schiffswrack.

Evie verließ das Schlafzimmer und sank auf den Treppenabsatz. Der Kater näherte sich ihr auf sanften Pfoten und umspielte ihre Beine, während Evie reglos dasaß. Erst als er sein weiches Fell gegen ihre Hände rieb, nahm sie ihn hoch und drückte ihn an sich. Das Tier schmiegte seinen Kopf an Evies Kinn und spendete ihr etwas Wärme.

Die Kälte des Hauses kroch ihr bis in die Knochen. Ihr Körper war ausgekühlt, ihr Magen verkrampft, Sterne tanzten vor ihren Augen. Sie sah auf die Armbanduhr. Wie viel

Zeit blieb ihr? So oder so würde sie die Nacht auf dem Hof verbringen müssen. Wo sollte sie sonst hin?

Langsam stand Evie auf und ging in das Badezimmer. Testweise drehte sie den Wasserhahn auf. Ein Schwall sauberen Wassers schoss daraus hervor. Sie hielt den Mund unter den Hahn und schluckte die klare Flüssigkeit, bis ihr Magen rumorte.

Evie öffnete den Spiegelschrank und suchte darin nach einem Arzneitäschchen. Als sie im Bad nicht fündig wurde, ging sie in die Rumpelkammer. Hier fand sie einen Notfallkoffer. Sie warf eine Schmerztablette ein und kramte durch die Schachteln. Ein Fieberthermometer befand sich nicht in dem Koffer.

Evie lief zurück ins Schlafzimmer. Sie wollte es sich so angenehm wie möglich machen. Sie nahm frische Kleidung aus dem Schrank. Nach einer kurzen, lauwarmen Dusche schlüpfte sie in die Klamotten ihrer Schwester.

Mit dem Kater auf dem Arm stieg Evie die Stufen hinab. Sie blickte in die Küche. Ein kleiner Rest Katzenfutter lag in der Schale. Wo auch immer Vito, Romy und die anderen hingegangen waren, sie mussten erst vor Kurzem aufgebrochen sein. Wäre alles nach Plan verlaufen, hätte Evie sie vielleicht vor ihrer Abreise abgefangen.

Doch nichts war nach Plan verlaufen.

Evie füllte die Wasserschale und den Napf des Katers auf. Appetit hatte sie keinen. Stattdessen machte sie sich eine Wärmflasche und einen Tee.

In Wollsocken schlurfte sie ins Wohnzimmer. Im gesamten Haus roch es nach Tannenzapfen und Harz, als herrschte bei Romy das ganze Jahr über Weihnachten.

Evie legte sich auf das Sofa und wickelte sich in eine Decke ein. Der Kater setzte sich an das Fußende und beobachtete sie aus seinen gelben Augen, als gehörte er zu ihrer persönlichen Leibgarde.

Evie betrachtete den Dampf, der in einem langen Faden aus der Tasse emporstieg. Der Duft von heißer Zitrone zog ihr in die Nase. Die Wärmflasche schmiegte sich wohlig an ihren Bauch.

Evies Augen fielen von ganz alleine zu.

36

Ein Schrei weckte Evie.

Der Kater sprang von ihren Beinen, sobald sie sich aufsetzte.

Verschlafen fischte Evie ein paar Strähnen aus ihrem Gesicht. Ohne Orientierung sah sie sich um.

Wo war sie?

Ein erneuter Schrei.

Das Geräusch durchdrang Evie. Es klang wie ein verzweifelter Hilferuf. Sie lugte aus dem Fenster hinter dem Sofa, doch sie konnte den Ursprung des unheimlichen Geräusches nicht entdecken. Draußen war es hell. Sie musste lange geschlafen haben.

Evie glitt vom Sofa. Sie schnappte sich ihren Mantel, stieg in ein Paar übergroßer Stiefel und schlurfte dann auf die Veranda. Sie nahm das Gewehr, das sie an das Geländer gelehnt hatte.

Der Kater umtanzte ihre Beine, als sie über den Vorhof blickte. Ihr Rucksack lag noch in der Einfahrt.

Ein weiterer Schrei hallte Evie entgegen.

Diesmal laut und klar. Er kam von der Wiese hinter der Scheune. Langsam stieg sie die Stufen hinab, unsicher, ob sie nach dem Ursprung schauen oder sich besser im Haus verbarrikadieren sollte. Der Schrei klang menschlich und unmenschlich zugleich, schrill und intensiv.

Zögerlich ging sie auf die Scheune zu. Sie entsicherte die Waffe und nahm sie in Anschlag. Evie schlich um die Scheune. Stück für Stück kam die Wiese in ihr Blickfeld. Ein erneuter Schrei ließ sie zusammenzucken. Sie legte den Finger auf den Abzug und sprang um die Ecke. Evies Mund klappte erstaunt auf. Die braunen Augen blickten ihr genauso überrascht entgegen.

Sie gehörten einem Esel. Misstrauisch macht der einen Schritt zurück. Seine Ohren stellten sich auf, sobald Evie das Gewehr sinken ließ. Sie streckte die Hand aus und näherte sich dem Gatter. Der Esel erwiderte die Geste. Zutraulich reckte er ihr das Haupt entgegen. Er schmiegte den Kopf an ihre Brust, als sie ihm über die weiche Schnauze strich. Evie schloss die Augen und sog die frische Landluft ein. Ein lang verloren geglaubtes Gefühl der Ruhe erfüllte sie.

Der Esel machte einen Schritt zurück. Er öffnete das Maul und stieß einen weiteren Schrei aus. Evie kniff bei dem Geräusch die Augen zusammen. Romy hatte recht gehabt. Die Tiere schrien entsetzlich laut.

»Ganz ruhig«, sagte Evie. Vorsichtig strich sie ihm über die Schnauze.

Der Esel riss den Kopf herum und trabte in Richtung Straße. Erneut schrie er. Er machte eine Kopfbewegung, als wolle er Evie etwas zeigen. Sie folgte ihm entlang des Gatters. Nach einigen Metern entdeckte sie die Gestalten, die die Straße entlangradelten. Abrupt stieg Vito in die Bremsen, als er Evie entdeckte. Romy fuhr ihm daraufhin in den Gepäckträger.

»Schatz, du musst aufpassen, wo ...« Romy hielt inne, als sie ihre Schwester erblickte. »Mama«, sagte sie und drehte sich zu ihrer Mutter. »Du hattest recht.«

Jetzt rieb Evie sich wirklich die Augen. Zum Test kniff sie sich selbst in die Hand, um sicherzustellen, dass sie wach war und ihr Unterbewusstsein ihr nicht wieder einen gemeinen Trick spielte. Ihre Nägel ließen kaum eine Kerbe in der Haut zurück. Evie betrachtete das wunde Nagelbett. Nie war sie so froh über den Anblick ihrer abgekauten Nägel gewesen.

»Romy. Mama.« Sie lief auf die beiden zu. Bei den letzten Schritten stolperte sie über ihre eigenen Füße. Zu dritt fielen sie sich in die Arme. Evie vergrub ihr Gesicht in den Lagen aus Stoff und Haaren. Sie konnte den Mandelgeruch ihrer Mutter riechen und fühlte den warmen Atem ihrer Schwester im Nacken.

Ihre Mutter strich ihr über die Wange. »Schatz, was ist denn mit deinem Kinn passiert? Das ist ja ganz blau.«

»Nicht so wichtig.« Evie schüttelte den Kopf und hielt die Hand ihrer Mutter fest. Eine Welle der Erleichterung brach in ihr auf und strömte aus ihr hervor.

»Ich dachte, ich wäre zu spät«, sagte sie unter Schluchzen. Evie sah zwischen den beiden hin und her. Die Gesichter verschwammen unter ihrem tränenerfüllten Blick. »Ich dachte, ich würde euch nie wiedersehen.«

»Oh, Evie«, sagte ihre Mutter und strich ihr über den Kopf. »Du warst nicht zu spät. Du warst nie zu spät.«

37

»Als wir gehört haben, dass die Stromversorgung weiter unterbrochen ist, sind wir los, um dich zu holen. Aber als wir beim Haus ankamen, warst du schon weg«, erzählte Romy, während sie den Wasserkessel vom Herd nahm und ihnen Tee einschenkte.

Evie und ihre Mutter saßen am Küchentisch. Ein massives Konstrukt aus Eichenholz, das Vito selbst gezimmert hatte. Seitdem sie das Haus betreten hatten, hielten Evie und ihre Mutter einander an den Händen.

Aus dem Wohnzimmer drangen das Knacksen und Rauschen des Batterieradios zu ihnen herüber. Vito suchte nach einem Sender, um die neuesten Informationen einzuholen.

»Als wir die offene Haustür gesehen haben, hat uns das einen riesigen Schrecken eingejagt. Wir haben bei den Nachbarn geklopft. Frau Miran hat uns gesagt, dass du alleine losgezogen bist«, sprach Romy weiter. »Wir wollten gerade aufbrechen, da stand Mama auf einmal in der Tür.«

»Wir wären schon gestern zurückgekommen, aber als es anfing zu dämmern, haben wir entschieden, erst heute Morgen loszufahren«, ergänzte ihre Mutter.

Evie entging nicht, wie sie unauffällig versuchte, den Kater mit den Fuß von sich wegzuschieben. Sie hasste Katzen.

»Ich bin so froh, dass du es sicher hergeschafft hast«, sagte ihre Mutter.

»Ich auch«, erwiderte Evie.

Ihre Mutter fasste ihr an die Stirn und strich ihr über die Wange. »Geht es dir besser?«

Evie nickte. Zwar fühlte sie sich noch immer etwas fiebrig, aber sie hatten ihre Temperatur gemessen und sie war lediglich leicht erhöht. Ihr Hals kratzte. Sie hatte sich unterwegs erkältet.

»Hast du was Verdorbenes gegessen?«, fragte ihre Mutter.

Evie schüttelte den Kopf. Das Wasser aus der Regentonne kam ihr in den Sinn. »Aber getrunken.«

»War wohl alles zu viel«, sagte ihre Mutter.

Romy setzte sich zu ihnen an den Tisch. Mit dem Zeigefinger fuhr sie über den Rand ihrer Teetasse. »Es gibt da noch etwas, das ich euch sagen muss.«

Evie schluckte schwer. »Nichts Schlimmes, hoffe ich?«

Romy lächelte ihr typisches breites Lächeln. »Nein, überhaupt nicht.«

Sie lehnte sich zurück und legte die Hand auf ihren Bauch. Erwartungsvoll sah Romy die beiden an. Eine Erläuterung war nicht nötig.

»Wie lange weißt du es schon?«, fragte Evie mit einer Mischung aus Unglauben und wachsender Aufregung.

»Seit drei Wochen. Ich wollte es euch schon früher sagen, aber …« Ein unsicheres Zucken ging durch Romys Gesicht. »Es wird nicht einfach.«

Bei diesen Worten sprang ihre Mutter auf und legte die Arme um Romy. »Oh, Schatz«, sagte sie und gab ihr einen Kuss auf die Stirn. »Das ist die beste Nachricht seit Langem.«

Evie stand ebenfalls auf. Sie ging um den Tisch herum und strich Romy über den Rücken. Besorgnis lag in den Augen ihrer großen Schwester.

»Du wirst eine gute Mutter«, sagte sie. »Du bist es schon jetzt.«

Das Lächeln schlich sich zurück auf Romys Lippen. Einen Moment lang lagen sich die drei Frauen in den Armen.

Romy hatte recht, es würde nicht einfach werden.

»Im Gegensatz zu uns kennt das Kleine nur eine Welt mit Fieber«, erkannte Evie.

Für Romys und Vitos Kind gab es kein Davor. Nur das Danach.

***

In den darauffolgenden Tagen harrten die vier auf dem Hof aus. Daniel und Laura, die beiden Mitbesitzer des Hofes, kehrten gemeinsam mit Daniels Großvater zurück. Den Opa zogen sie in einem Bollerwagen hinter sich her.

Sie berichteten, dass die Stromversorgung wiederhergestellt worden war, aber in einigen Teilen des Landes schnell wieder zusammengebrochen war. Es herrschte weiterhin Chaos.

Evie und die anderen ernährten sich von Eingemachtem, von Gemüse und Obst aus dem Garten und Eiern von den Hühnern. Daniels Opa bereitete jeden Tag eine Kräutersuppe zu. Bei ihm weckte die Situation vor allem Kindheitserinnerungen.

Mittags zog Evie sich in den Garten zurück, hörte über ihr

Handy Musik und betrachtete schweigend das Grün, das sie umgab. Manchmal gelang es ihr für wenige Minuten, zu vergessen. Dann war sie eins mit dem Moment. Doch die Realität holte sie am Ende immer wieder ein.

»Evie, das musst du dir anhören«, hallte Romys Stimme am Nachmittag über die Terrasse.

Evie zog die Stöpsel aus den Ohren und wandte sich ihrer Schwester zu, die in der Schiebetür zum Wohnzimmer stand. »Was ist?«

»Fieber«, antwortete Romy.

Evies Herz wurde allein bei dem Klang des Wortes schwer. Das war die einzige Sache, die sie während ihrer Odyssee nicht vermisst hatte. Weitere Horrornachrichten über Fieber.

Ohne ein weiteres Wort verschwand Romy wieder im Haus. Evie war gezwungen, ihr zu folgen, wenn sie Details wissen wollte.

Ein frischer Windzug erfasste sie, als sie über die Türschwelle trat. Die weißen Vorhänge wehten in den Raum wie Flaggen der Kapitulation. Evie folgte dem Klang des Radios in die Küche.

»… *konnten wir in den letzten zweiundsiebzig Stunden einen eindeutigen Rückgang der Fälle verzeichnen …*«, knarzte eine männliche Stimme aus dem Gerät.

Vito, Romy und ihre Mutter starrten gebannt auf das Radio, das vor ihnen auf dem Küchentisch stand. Als würde es nicht nur Ton sondern auch Bildmaterial übermitteln.

»Was ist?«, fragte Evie erneut.

Vito legte den Finger auf den Mund und bedeutete ihr, dem Programm zu lauschen.

»*Bei einigen Patienten, bei denen die Körpertemperatur*

schon über vierzig Grad lag, sank die Temperatur innerhalb weniger Stunden wieder auf Normalwerte«, sprach die Stimme weiter. »*Wir müssen natürlich über Folgeschäden …*«

»*Heißt das, uns ist endlich gelungen, Fieber zu bekämpfen?*«, unterbrach ihn eine weibliche Stimme.

Evies Augen weiteten sich bei diesen Worten. Nun klebte auch ihr Blick am Radio.

»*So weit würde ich nicht gehen. Wir haben durchaus noch Fälle von Neuerkrankungen und auch Tote zu verzeichnen. Aber im Vergleich zu den letzten Wochen können wir einen ersten Trend erkennen. Und der ist rückläufig.*«

»*Das sind doch Nachrichten, die zumindest hoffnungsvoll stimmen.*«

»*Ja*«, stimmte der Experte zu. »*Eines sollte aber noch einmal klar und deutlich gesagt werden: Die Gefahr, an Fieber zu erkranken, besteht weiterhin. Dieses Phänomen wird uns womöglich noch über Jahre begleiten, vielleicht werden wir es nie vollständig bekämpfen können. Doch wir scheinen auf einem guten Weg zu sein, es zumindest einzudämmen. Jetzt ist vor allem wichtig, die richtigen Lehren aus den Geschehnissen zu ziehen. Was lassen wir hinter uns? Was nehmen wir mit in die Zukunft? Ein Zurück zu unserem alten Leben gibt es auf jeden Fall nicht.*«

Nach der Radioübertragung kehrte Evie wortlos in den Garten zurück. Eine frische Brise erfasste ihren Körper. Sie wickelte sich Romys Strickjacke um den Körper.

Ein Dunstschleier lag über dem Himmel wie ein Tuch. Dahinter deutete sich die Sonne in der Form eines blassweißen Kreises an. Bildete Evie sich das nur ein oder war sie heute besser zu erkennen als in den vergangenen Tagen? Sie schloss die Augen. Der Sonnenkreis blieb auf ihrer Netzhaut als schwarzer Fleck zurück.

Fieber war auf dem Rückzug. Warum und wie, dafür gab es keine Erklärung. Niemand wusste, wo es hergekommen war, und niemand wusste, wo es hinging.

War es ihnen gelungen, Fieber mit ihren Taten zu stoppen? Lag es an den Ereignissen der letzten Wochen? An den zahlreichen Opfern? Den Aufständen? Den Maßnahmen? Am Zusammenbruch der bestehenden Strukturen? An allem zusammen? Oder an nichts davon?

Womöglich kam Fieber bald mit voller Kraft zurück. Oder es nahte stattdessen eine neue Katastrophe.

Niemand kannte die Antwort.

Evie aber wollte daran glauben, dass jede gute Tat zählte. Sie musste daran glauben, dass sie einen Unterschied machen konnte. Sie hatte keine andere Wahl. Nur so konnte sie nach vorne blicken. Der Glaube, dass ihre Bemühungen nicht vergebens gewesen waren, gab ihr Mut für die Zukunft.

Ihre Mutter trat neben Evie auf die Terrasse. Die Finger der beiden verschränkten sich ineinander, als sie die Hand ihrer Tochter ergriff. Evie lehnte den Kopf an die Schulter ihrer Mutter. Gemeinsam blickten sie in den undurchsichtigen Himmel.

Evie wusste nicht, wie die Zukunft aussah. Niemand wusste das. Die Welt mit Fieber war eine andere. Es gab keinen Lebensbereich, den das Phänomen nicht berührt hatte.

Evie standen zahlreiche Herausforderungen bevor. Aber

sie war hier. Sie hatte diese Katastrophe überstanden. Und sie war bereit, das nächste Kapitel aufzuschlagen.

Vor allem aber war Evie nicht alleine. Sie war umgeben von Menschen, die sie liebte und die sie liebten. Zusammen würden sie sich der Zukunft stellen.

Dies war nicht *das* Ende.

Es war *ein* Ende.

Gemeinsam würden sie einen neuen Anfang wagen.

NACHWORT

Liebe Leserinnen und Leser,

Evies Reise geht weiter. Aber nicht auf dem Papier. Wie die Figuren in diesem Roman blicken auch wir in eine ungewisse Zukunft. Wie diese für jeden Einzelnen von uns aussieht, das vermag ich nicht zu sagen. Niemand kann das voraussagen. (Wirklich nicht: Als ich 2019 mit der Arbeit an »Fieber« begann, ahnte ich nicht, was uns im Jahr darauf alles erwarten würde.)

Ich bin keine Wissenschaftlerin oder Expertin. Ein Phänomen wie »Fieber« kann und wird es in der Realität nie geben, das ist sicher. Die Figuren im Roman wissen nicht, wo es genau herkommt. Viele Mysterien, Gerüchte und Irrtümer ranken sich um die Krankheit. In der Realität hingegen kennen wir die Ursachen unserer globalen Probleme. Das ist eine gute Nachricht. Denn das bedeutet, dass sich dafür schneller und besser Lösungen finden lassen. Auch ist unsere Situation – zumindest hier in Deutschland – längst nicht so prekär wie Evies zum Ende der Geschichte. Es ist nicht »zu spät«.

Die Dilemmata und Ängste, die die Figuren umtreiben, sind dennoch echt. Themen wie der Klimawandel, Umweltverschmutzung und Überkonsum werfen komplexe Fragen auf, mit denen Evie, ihre Freunde und ihre Familie sich in der Geschichte konfrontiert sehen. Nicht immer finden sie klare Antworten. Selten sind sie sich einig.

Manche von euch kennen vielleicht das Gefühl der Ohnmacht, wenn sie die täglichen Nachrichten sehen. Oft überfordern uns die Bilder, Informationen und Zahlen. Die Probleme scheinen so groß und wir so klein. Emotionen wie Angst, Wut und Trauer sind in diesem Fall ganz normal. Es ist wichtig, diese Gefühle zuzulassen, ohne sich von ihnen überwältigen zu lassen.

Dazu möchte ich sagen: Bitte sprecht über eure Sorgen und Gefühle. Sucht euch Gleichgesinnte und Vertraute. Nehmt euch regelmäßig Zeit für euch selbst. Achtet auf euch und auf eure Mitmenschen.

Ihr seid nicht alleine.

EVIES PLAYLIST

India.Arie – Beautiful
Imagine Dragons – Demons
Billie Eilish – all the good girls go to hell
Frank Ocean – Moon River
Fink – Yesterday Was Hard On All of Us
Ray LaMontagne – Shelter
JP Saxe ft. Julia Michaels – If the World Was Ending
Nat King Cole – Smile
Tori Kelly – Silent
Ariana Grande – Be Alright

DANKSAGUNG

Nicht nur für Evie, Pippa und Co. war dieses Buch eine emotionale Achterbahnfahrt, sondern auch für mich. Deshalb möchte ich mich bei allen bedanken, die sich in den letzten Monaten meine Gedanken, Zweifel, Ängste und Fragen angehört haben, ob im direkten Gespräch, per Telefon oder Chat. Ihr habt dafür gesorgt, dass ich gestärkt aus diesem Schreibprozess herausgekommen bin – anstatt, sagen wir mal, schreiend aus der Wohnung zu laufen. ;) Allen voran: meine Mutter und Nadine. Aber natürlich auch (in alphabetischer Reihenfolge): Alicja, Barbara, Cris, Daphne, Diana, Ignaas, Ingo, Liese, Sabrina und Thomas.

Ganz herzlich möchte ich mich natürlich auch bei meinen Lektoren Isabelle und Christian und dem gesamten Team von Beltz bedanken. Bei euch fühle ich mich gut aufgehoben. Christian, du stellst immer die richtigen Fragen. Danke für die zahlreichen Anregungen und Ideen.

Auch meiner Agentin, Annette Wolf, gilt ein ganz besonderer Dank. Dein Enthusiasmus treibt mich an.

Bedanken möchte ich mich zudem bei den Experten, die ihr Wissen und viele hilfreiche Artikel mit mir geteilt haben, sowie bei den *Psychologists for Future*, an deren Workshop ich teilnehmen durfte.

Zu guter Letzt danke ich allen Leserinnen und Lesern, die sich die Zeit genommen haben, gemeinsam mit Evie auf diese mutige Reise zu gehen.

Welche Todsünde steckt in dir?

Swantje Oppermann

Saligia. Spiel der Todsünden

Roman
Hardcover, 343 Seiten
Gulliver (74960)
E-Book (75783)

Keira ist eine Saligia mit übernatürlichen Kräften. Sie trägt die Todsünde Ira in sich und brodelt regelrecht vor Zorn. Jeder schiefe Blick, jedes falsche Wort bringen sie in Rage. Ihr Leben als Außenseiterin ändert sich, als sie auf der Canterbury School aufgenommen wird. Dort soll sie mit anderen Saligia lernen, ihre Todsünde zu kontrollieren. Kaum hat Keira sich eingelebt und in den geheimnisvollen Taran verliebt, wird eine Mitschülerin tot aufgefunden. War es Mord? Keira stellt Nachforschungen an und merkt schnell, dass jeder Saligia sein eigens Spiel der Lügen spielt …

www.beltz.de **GULLIVER** von BELTZ & Gelberg

Angriff der Killerpflanzen!

Kenneth Oppel

Bloom
Die Apokalypse beginnt in deinem Garten

Hardcover, 345 Seiten
Beltz & Gelberg (75558)
E-Book (75562)

Nach einem starken Regenfall taucht überall schwarzes Gras auf, dessen Herkunft unerklärbar ist. Schnell überwuchert es Felder und ganze Städte überall auf der Welt. Die Menschen leiden unter heftigen Allergien, die Nahrungsmittelversorgung ist bedroht und schließlich greift das Gras Menschen an. Zur gleichen Zeit entdecken drei Jugendliche, dass gerade sie seit Beginn des Horrors ihre Allergien losgeworden sind – und ungeahnte Kräfte entwickeln. Gibt es einen Zusammenhang zwischen ihnen und dem schwarzen Gras?

www.beltz.de

Ihr wollt Gerechtigkeit? Wir holen sie uns!

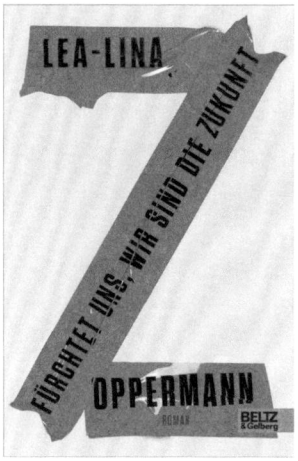

Lea-Lina Oppermann
Fürchtet uns, wir sind die Zukunft

Roman
Klappenbroschur, 296 Seiten
Beltz & Gelberg (75580)
E-Book (75581)

Als der Klavierstudent Theo auf die charismatische Aida trifft, stürzt sein Weltbild in sich zusammen. Aida kämpft mit der ZUKUNFT gegen die Machtstrukturen an der Akademie. Die Studenten prangern Missstände an, wollen wachrütteln und das Leben feiern. Fasziniert lässt sich Theo von Aidas feurigen Reden mitreißen und folgt den waghalsigen Aktionen der ZUKUNFT. Bis er etwas Ungeheuerliches erfährt.

www.beltz.de

Es gibt nur einen Weg aus der Angst – der führt mittendurch.

Antje Wagner

Hyde

Roman

Taschenbuch, 408 Seiten
Gulliver (75535)
E-Book (74680)

Seit sie denken kann, ist Hyde Katrinas Zuhause gewesen. Hier ist sie aufgewachsen, mit ihrer Schwester Zoe und ihrem Vater. Jetzt ist Hyde verschwunden – und Katrina auf sich allein gestellt. Von dem, was geschehen ist, weiß sie nur noch Bruchstücke. Als sie beginnt, ein verfallenes Haus zu renovieren, mit dem sie sich auf seltsame Weise verbunden fühlt, führt sie dies auf die Spur eines ungeheuren Geheimnisses. Ist sie überhaupt diejenige, die sie glaubt zu sein?

Phantastikpreis der Stadt Wetzlar

www.beltz.de